逃脱术

秦羽墨 著

四川文艺出版社

没有人愿意被他人的信仰拯救

目录

峨眉山的猴子

一

我浑身是汗地爬上了三楼，思前想后，打算把这项艰巨的任务交给她，尽管她并不认识我，但这又有什么关系呢，我认识她就够了。照目前的情形，世界上除了她谁也救不了我。送佛送到西，既然她已经为我解了一次围，就有义务解第二次。

她宿舍里的灯亮着，咚咚咚，我敲了三下。

门开了。

她两手交叉在前，受惊似的看我。

干什么？

我说，不干什么，想跟你借点钱。

说到钱，她又吃了一惊，用力将我推向门外。

我要睡觉了，她说。

看起来，她好像隔三岔五就受惊似的。我像抓救命稻草一样抓住她的胳膊，不让她关门。她急了，奋力推搡摆脱。我说，别这样，我是来借钱的，又不是来打劫的。她说，这有什么区别，我又不认识你，我们俩没有任何交情，你快点走吧。我望了她一眼说，作为同事怎么可以说没有交情呢，而且前不久你还帮过我的忙。她说，我帮过你什么忙？我说，不记得啦，在峨眉山，猴子，满山的猴子。为了勾起她的回忆，我调动全身官能，学着猴子的模样在她面前抓耳挠腮。

几天前我在峨眉山看风景，一个人踽踽独行。暑期将尽，山上人影不多，走到一线天时，感到口渴，便找了一块光滑的石头坐下。拧开矿泉水瓶准备喝水的时候，那只猴子出现了。可怜兮兮的猴子。毛发凌乱，眼神清苦，茫茫然的表情，体格瘦削嶙峋，像刚被人揍过快要死了的模样。我把水倒在手心，那只猴子走过来伸出狗一样的舌头快速舔舐。我打开背包，掏出一根香蕉，准备剥给它吃。这时，那只瘦猴猛地跃起，将香蕉从我手中夺去，同时，背后的林中杀出一大群猴子，它们抱的抱腿，搂的搂腰，猝不及防之下，我的旅行包被猴群掠去。它们抢完便跑，转眼消失在山林中，剩下我呆呆地站在原地，眼中只有绝望。

一场阴谋。我如梦方醒，在背后拼命追赶。山中无路，又是绝壁，哪追得上。两小时后，有游客在别处捡到了我的包，旅游区的管理员通过话筒盒子喊人。拿到包时，里面的钱已不知去向，只剩下一本自费的诗集。有人顺手牵了羊。一只猴子的出现，让我陷入了从未遇到的困境。正生气，路边又跑来一只老猴，它姿态沉着，有恃无恐，我怒火中烧，上去逮住就是一顿乱捶。管理员看见我在打猴子，几个人轰地上来，将我摁倒在地，也是一顿捶，我感觉骨头都被人拆散了。他们说我殴打国家保护动物，所以，便殴打殴打我，松松筋骨，好长记性。他们动作纯熟，还相互配合，每一拳都落在实处，打起人来好像很有经验。领头的说，要罚我的款，还要把我送到派出所拘留两天，将我的个人信息和不文明行为公布网上，以示惩戒。我挨了打，却进退维谷，百口莫辩，像一条丧家之犬。这时候，一个讲四川话的妹子站出来为我说情，这娃可怜，丢了东西，太不走运了，就这么算了吧。我也趁机据理反驳。听完我的陈述，他们还算有点同情心，把我给放了，但丢失的物件他们不管，景区进门的告示牌上写着：来往游客要注意保管好自己的财物，遇有失窃，景区概不负责。何况还是一群猴子。我翻了翻裤袋，连同毛票，还剩一千二百一十五块。幸好把这些钱揣在了裤袋里，否则就身无分文了。再看那个姑娘，她人已经走远。不过，我记得她的样子，她很漂亮，而且脖子上有一颗大痣。

听我拉拉杂杂说了这许多，她总算记起来了，问，怎么，你也是学校的老师？新学期开学典礼怎么没见你？我说，我新来的，才报到。她说，哦，是听说来了一个新老师，就是你啊，这个学校中途总不断有老师来，也不断有老师走。我说，莫说这个，先借我点钱。大热天的，我看见她脸上飞过一道厚霜。她问，借好多？我说，两千吧，我第一个月工资归你，行不？她大叫，借这么多干什么？我说，你到底借不借呢？她说，最多一千五。我说，好的，大恩不言谢。她说，怎么能不言谢，大恩小恩都是恩，你要时刻牢记。我说，好的，知道了，那就感谢你的大恩。她说，就算一千五，你这个月的工资也归我。我说，靠，打劫吧你这是？这时她终于忍不住笑了一下，那你还借不借？我说，借借借，秦琼卖马，关公质刀，沦落至此，哪还有资格讨价还价，就算是给地主打长工了，活命要紧。

她脸上松弛了些，说，峨眉上的猴子确实厉害，十五年前就抢过我的贝雷帽。我说，那也不如山上的强盗厉害，你们四川人怎么能这样。话说到一半发觉不妥，便打住了。我说，打个欠条吧，立字为据。她说，那当然。于是，我抓起她案头上的水芯笔，坐下来写。刚写下"今日借到张颖人民币"几个字，她问，你怎么知道我的名字？我说，打听的啊，教初中一年级物理课的长得很漂亮的张颖老师，住教师宿舍楼305。她呵呵笑了一下。继续写的时候，她说，算了算了，我都不知道你底细，你要是明天就跑了，打欠条也找不到人啊，这个学校的老师跟学生一样，都是临时工，算了，莫写了。她拿起那张只写了几个字的借条说，你的字巴适得很啊。我说那当然，大学那会儿得过全校书法二等奖。我问，你四川哪的？她说，嗯，都江堰的。她问，你哪的？我说，我啊，远了去了，是"大弗兰"的，家住洞庭湖边。她说，洞庭湖好啊，那里找不到事做吗，跑这么远干吗？

是啊，我跑这么远干吗？这个问题真是问得太好了。

我也不知道自己为什么要跑这么远，好端端的，去峨眉山干什么，现在像一只无家可归的猴子。

二

他们说我有病。

严重的抑郁症，并且伴随人格分裂。否则，一切解释不通。

那么漂亮的姑娘，两家父母是知根知底的故交，门当户对，两个孩子也是青梅竹马从小一起长大的，谈了这么久怎么就结不了婚？那次，去女友家做客，因为一个菜的做法居然与未来丈母娘发生争执，进而不欢而散。对方的理由是充足的，一个连丈母娘做菜手法都无法忍受的男人，怎会善待她的女儿。这娃肯定有病，不然怎么会这样，带他去看看吧。

家里先后请了四位医生，看过之后，一致认定，我病了，但还不到进精神病院的程度。母亲心疼，日夕忧愁，想方设法寻访名医。省城最著名的精神科医生说是精神方面的问题，严重倒未必，却很复杂。他从母亲那打听到，除了繁重的工作，我还是个业余写作者，思想偏执。他们无法确诊，只是让我好好休养一段时日，最好出去散散心，这样医生就可以撒手不管，全身而退，把困难抛给病人自己。我不想拆穿他们的谎言，不过，那些狗屁不通的诊断书还有些用处。

母亲无奈，说，出去走走也好，玩累了就回来。

我说，嗯。

本来只是去峨眉山走走，没想到会遇上那群猴子，然后，鬼使神差地来到了成都。2012年夏天，我在一所私立学校当了一段时间的语文老师。被猴群洗劫之后，手里积蓄已所剩不多，我想跟家里暂时断绝往来，平日里的狐朋狗友也不想联系。是的，我就是想一个人待着，过一段只有自己的生活，哪怕再辛苦，属于自己的就行。这些年一直像木偶一样活着，从小到大都是，读书、考学、毕业后安排工作，到现在，每天被逼着相亲结婚，真是受够了。在老家泥城，那个洞庭湖边的小城，他们是活一天算一天的，乘凉的样子跟狗没有什么两样，在那里活个二十年，每个人的面孔都差不多，就连灵魂都是那么乏味相像。如果说有病，那也只是对自由过于贪婪。就算乞讨，我也要选择一个自己愿意接受的施主，比如说像张颖这样的。

我是在网上看到这所学校的招聘信息的。这是一所私立学校，也就是农民工子弟学校，很多进城者没有城市户口，子女读公立学校的话，要交一大笔择校费，拿不出钱就只能上私立学校。面试的时候，生怕别人不要，没想到说了没两句话，台下领导就说，打住，行了行了，明天赶紧来学校报到。后来才知道，学校因为扩招，增加了很多学生却找不到老师，那个时候应聘，是个瞎子都能蒙混过关。

成都是一个陌生的城市，这里我既没有朋友，也没有多少钱可以支配，事到如今，我必须得让手里的每块钱都花得物有所值。上课之余，我会坐公交到处逛。我的上课不是为了上课，我的转悠也不是为了转悠，我只是想知道世界是个什么样子，而我的病，究竟什么时候能好。孤独难受的时候，也想过给家里打电话，让我妈重新办一张银行卡，打一笔钱过来，或者联系一下铁哥们，这样就可以衣食无忧了，但还是忍住了，没到最后时刻，绝不能向他们低头。

三

事发是在借钱的两天后。

我只上午有两节课，下午凉快一点，就一个人出去转悠。回来的时候，听说张颖被打了，人都差点被绑走。来者是一胖一瘦两个男人，瘦的老一点，自称是她父亲，保安也没问个究竟，就把人放了进来，幸好当时正是课间，人多，把两个家伙轰走了。不管是出于债务还是人文关怀，我觉得都应该去看看她。

到宿舍时，她正坐在那两眼发呆。我问，怎么回事？她沉默。我就骂学校，什么鬼学校，保安是吃干饭的吗，什么人都放进来，要是来个杀人犯怎么办，学生出了安全事故谁负责，这种私立学校就是乱！我想问她找麻烦的是什么人，又觉得不合适，毕竟我们并不很熟，我们之间，只是赤裸裸的金钱关系，我不过是她萍水相逢被迫认下的债务人而已。估摸着拣话说，说我对成都的印象。我说，你们四川人说话真好听，跟唱歌似的，调子都是跟着音乐走的。她不说话，眼睛却湿润了，很委屈，很想流泪的样子。姑娘一定遇上了事，是大事，我只怕帮不了她。

我觉得自己应该走，让她一个人待着。这时，她却说，你多待一会儿好不好？我说，好，可是不说话，待着憋屈。她站起来，不由分说将我推出门外，然后一个人靠在门后大哭起来。我知道自己做错了事，只好在外面对她说，下次他们要是再来，就告诉我，老子捶死他们，欺负女人算什么本事。

那天一个人去了宽窄巷子。之前听人说过，成都这个地方，只要带上三首像样的诗，待一个月，酒饭管够，吃喝不用花一分钱的。用诗句对一下暗号，就像革命年代的地下工作者，自会有人接待。我心想，我也写过诗，还自费印了一本集子，虽然现在不写了，抄几首去或许可以混一混。在峨眉山时，包里的东西都丢了，唯有那本破诗集他们没要，是时候发挥它的功能了，验证一下传闻的真伪。

灯塔酒吧在成都名气很大，来之前，听说当天有一场诗歌美术联展。到了之后发现，两条巷子跟老家泥城的古街没什么两样，宽巷子并不宽，窄巷子也没那么窄。壮汉们打赤膊，撩膀子，坐在街边喝茶，或者喝酒，有漂亮妹子走过，也不惊讶，抛个媚眼，彼此欣赏一把。也许，这就是它的不同之处，成都人的生活姿态，慵懒如斯。

宽窄巷子32号。灯塔门前的广告牌上有很多诗人的名字，个个如雷贯耳，可惜，我全不认识。进去的时候，他们已经开始拿话筒开始朗诵了，听众不少，一半是大学生，坐不下的站起来挤着，我寻了边角的位置侧身而立。中国哪里的诗人最能写我不知道，但要说最能吹、最能装的一定是成都。不管谁上去，都胡侃一通，先将传统诗歌鄙视一遍，然后，挨个拎出西方大师，轮流批斗，那架势，舍我其谁。他们朗诵故意不用普通话，用的川普。好在湖南四川本是一家，成都方言我能听得个八九成，他们念的每句话，每个字我都认识，就是不明白其中奥义，也可能真的太深刻了，我水平有限，进入不了诗人的世界。一位长发披肩，鼻梁上架一副巨大镜框的青年走上前台，他的诗是这样的："天上的白云真白啊／真的，很白很白／非常白／非常非常十分白／特别白特白／极其白／贼白／简直白死了／啊——"我站立不稳，几欲跌倒。在场的其他听众也满头雾水，面露惊讶之情。全场无声，静默了几秒，大概是听傻了。那人的名字我忘了，只记得他朗诵时的模样。这也叫诗？如果可以，我想冲上去，把这个鸟诗人揍一顿，揍得他一脸乌七八糟，连他妈都不认识。兄弟，你不能公然侮辱大众的智商，侮辱我们高贵的母语！啊，诗歌，我叹了口气，不再听他们朗诵，转身看挂在墙上的画。

灯塔酒吧的画，比诗好多了，其中一幅油画，画的是废墟中倒塌的一所小学。教学楼在地震中被夷为平地，只剩一堵断墙，孩子们沾满灰尘的手从废墟中露出半截来，扭曲变形，作业本和课桌散落一地。画的署名"刘浪"。

我站在那幅画前看了许久，小声念叨，这画有劲道。旁边那人听见了问，你懂画？我说，不懂，但觉得画得好。他说，谢谢夸奖。我问，是你画的啊。他点点头。他说，当初我也想当诗人，可现在，却是个画家，你是写诗的吧？我连忙说，不不不，哪有那才华。他问，那你手里拿的是什么？我想藏起抄有诗歌的那三张纸，已来不及,像犯了错的孩子,脸涨得通红。又一个被诗歌祸害的人,他说。

我是来结交大腕诗人的,没想到却认识了个画家。

画展结束后,跟在几个人后面去刘浪的画室喝茶,我从他们的对话中得知,只有一个是此前就跟他认得的。画室离宽窄巷子不远,走路过去十几分钟,某小区的第一栋五楼。门打开后,酒气扑鼻,其中伴有浓烈的油画颜料味,好像还有别的什么味道——我说不清楚——它们在那个夏天的午后一拥而上迎接我们几个人的到来。画室有一百多平方米,除正厅用于创作外,还有三个小卧室。走进去,客厅地面上滚满了啤酒瓶,一抬脚,踢得乒乒乓乓直响,中间的大茶几上也是。画家很抱歉地说,昨天来了不少朋友,忙于画展,喝完没来得及收拾。他一边说,一边用脚将啤酒瓶扫到角落。

天热,认识他的那个人进门就喊,刘浪,刘浪,快拿啤酒来,热死老子了。于是,画家就从屋角一个很大的冰箱里拎出五瓶德国黑啤,一人一瓶,五个人在画室里边喝边瞅,给人感觉像来过很多次似的。

真像一个旅馆,我是说,屋子里飘浮的气息闻起来让人联想到武侠小说里写的某个江湖帮派的客栈分舵,来此拜码头的都是自家兄弟,不用客气。这个地方一定为很多人提供过栖脚之地。我发现挂在灯塔酒吧里的那幅画此时又出现在了他的画室,不对,不是一幅,而是三幅,内容完全一致,落款从2009到2011,斜在墙上,依次排开。也就是说,他连着四年画了四幅构图完全一样的画。场面有点乱，画板、颜料盒以及那些画过很久的作品，东一件，西一件，不过表面都很洁净，色泽发亮，看起来一尘不染，一定是经常拂拭的。

他们中有的是来看画家的，有的是来看诗人的，有的画家、诗人都不看，纯粹是来看成都的。我跟他们说自己在峨眉山被猴子打劫的事，他们哈哈大笑，一点没有同情的意思。刘浪问我在成都干什么。我说，当老师。他停顿一下说，那不是个好职业。我说，肯定不是好职业。刘浪说，画家也不是好职业，你看我这么多画都没卖出去。不过，他又接着说，我一年卖两幅就够喝酒了。我没搭话，心里却在想，没想到成都的画家比诗人还能装。临走时，刘浪说，他日如若不济，可来相投，别的不敢保证，吃住几天不成问题，我看你这人值得一交。我连忙道谢，充着江湖口吻说，您可真是当代的及时雨宋江啊，交浅言深，以后有事必然来求于您。他的话有些耳熟，出门时记起来，刘备落魄时，袁绍就曾对他说过这话。

四

周末又去宽窄巷子找画家蹭酒，因为他们告诉我，那周画家包场，凡是那天到灯塔看他画展的人，一周内喝的酒一律记在他账上。

回来时已经很晚，走到宿舍大院看见张颖屋里的灯还亮着，就上了三楼。她坐在床沿，头发披散，如同鬼魅。地板上躺着三个啤酒瓶，已空空如也。一个人喝上酒了？我问。她不说话，用手扒拉一下头发，站起身，将从窗户漏进来的月光踩得一片凌乱，像鱼一样在屋子里游来游去。王八蛋男人，她骂道。我说，都十一点了，莫喝了，女孩子喝这么多酒干啥，赶紧休息吧。她却说，你陪我喝一杯好不好。一边说，一边又坐了下来。我说，不好，你都醉了。我想扶一下她，她却将我推开了。我只好走到饮水机那，用她的水杯给她接了一杯水。

张颖脸蛋红扑扑的，胸脯高耸，沟壑深陷露出冰山一角，雪白的小腿直晃眼睛，眼神幽怨凶悍如一只幼兽，坐在那有种强悍之美。只是胸前佩饰的那只猴子形状的胸针令人厌恶。我觉得她不应该在孤男寡女的情势下那样看我，她如此做和勾引我没什么区别，在我眼里，她这种女孩是不应该随随便便勾引男人的，也不应该随随便便被男人勾引，毕竟我们刚刚相识。她问，我漂亮吗？我说，漂亮，很漂亮。她问，你睡过几个女人？怎么回事？！我潜意识掐了一下大腿，不是在做梦，说，没，一个也没。她问，你是不是一直想睡我？看你色眯眯的样子。我说，以前确实想，不不……以前也没想。明明是她色眯眯，却反过来说我色。不过，我身体健康，也确实好色，最关键的是，至今还没睡过女人呢。

看到这里，你一定以为我在写黄色小说，其实我也怀疑，可事情就是这个样子。

完事后，她蹦出一句，何时还她那一千五。我说，刚完事，就问我要钱，你又不是小姐。她说，我现在真的很需要钱。我说，你找我就是为了钱，搞了半天使的是美人计，要钱应该去找大款，我只有一条卵。"啪"的一声，她给了我一巴掌。我还不知道你只有一条卵！我糊涂着，看来她需要的不止几千上万，只怕是个大数字。她猛然侧身，抽泣起来，甚是悲伤。我不知该怎么安慰她，看起来是她送上门的，而实质是我乘虚而入，骗钱骗色。总要说点什么。我问，为什么带这种猴子的胸针？她说，我属猴的。她的回答令我感到一丝不祥，难道她是那只在峨眉山抢走我东西的猴子变的？

张颖惨然一笑，既然还不了我钱，给我一段爱情好不好？我问，爱情是个什么东西，怎么给？她说，我要是知道就不会向你要了。我说，你讲得倒也对，其实我也在寻找爱情，找一个可以结婚的人。她问，你找到了吗？我说，没有。她说，你没有，我也没有，我们就制造一段，然后，你就可以送给我了啊。

这个女人是不是有点儿傻，随便找个人就睡觉，还问他要什么鬼爱情。这也让我更加怀疑事情的真实性，端着她脸看了许久，分明是个活生生的人啊，而且，看起来并不像傻子。我说，好吧好吧，我尽量。她说，不是尽量，要全力以赴。

可是，我的全力，也只有这么大的力，正山穷水尽着。

真是滑天下之大稽，一个因为逃婚而出走的人居然要给别人爱情，这比瞎子指路还不靠谱。可我又不忍心戳穿她。再说，只要给她一个肯定的答复，就能美人在怀，何乐而不为呢？

为了证实事情的真实性，第二天早上，我主动出击，而她也没有拒绝，欣然应战，两人短兵相接，战斗比前晚更加激烈，酣畅淋漓。我问，张颖，你不会后悔吧？她说，你一连睡了我两次，还说

这话。张颖说，我们别住在学校了。我问，为什么？她说，我不想
见到那个人。

五

那天来学校找她的那个人确实是张颖的父亲。5·12地震，她妈
被压死了，父亲瘸了腿，好赌成瘾，欠了镇上包工头二十万赌债，
她弟弟今年上大一，交不起学费。父亲要将她嫁给包工头，那个包
工头四十多岁，是离过婚的，可父亲说结了婚就是一家人，债务也
不复存在，弟弟的学费，也都全有了。我骂了一句，靠，这是买卖
人口啊，与禽兽无异。骂完又觉得不好意思，那人毕竟是她父亲。

张颖真可怜，她说这些的时候，我真的很心疼她，不，是很爱
她，起码很想爱她，也许再做两次，我就会真正爱上她的。

我说，好，咱们搬。张颖问，搬哪里？成都房租可不便宜。
我说，我去找个人，他那有地方，而且是免费的，条件好，舒服得
很，就是距离远一点。张颖用狐疑的眼神看着我，你在成都还有朋
友？我说，刚交的。她说，刚交的就给房子住？我说，你也是刚交
的啊，人都睡了。这回她没有给我一巴掌，而是在我的胳膊上咬了
一口，留下两排清晰的牙印。

没错，我说的那个人就是画家刘浪。

因为他那天说过，我要去的话吃住几天没有问题，既然吃住
几天没有问题，那么大的房子暂时出租一间给我们问题应该也不大

吧？我把这些告诉张颖，张颖说，人家那是客套话，你还当真了？我说，你不懂，艺术家的客套话都是可以当真的，否则，与凡人何异？张颖说，我才不信。我说，不信就走着瞧。其实，要说把握，我是半点也没有，可现在已走投无路，死马当作活马医，我们没有多余的钱再去租房子。既然一面之交的张颖能借给我钱，那么，一面之交的画家为什么不可以给我提供住处呢？

我和张颖来到刘浪的画室，门敞开着，他一手捏着啤酒罐，一手拿画笔，目不斜视地涂抹着。他的脸正对着大门，我和张颖在那站了好几分钟，他似乎没看见，一直快速而有节奏地在忙活，偶尔停顿一下，也只是盯着画板看，对我们宛若无视。张颖用手碰了一下我的手臂，递眼色说，走吧，别自找没趣。我的脸像是结了冰，是啊，他是大画家，怎么会记得一个素不相识、仅仅见过一面的外地人。我拉着张颖转过身，打算离开。这时身后传来一个声音，你们自己坐，我先忙一会儿。

他在画一幅肖像。是个单眼皮姑娘，额头上顶着齐刘海，身穿藏服，微笑着站在一所低矮的乡村小学校的操场上，表情腼腆。她的身后有一群学生在嬉戏。姑娘鼻子很挺，鼻翼两边似有轻微的凹陷，不过我也不确定。刘浪反复往她鼻翼两边抹东西，他一下精神抖擞，一下又很沮丧。我竟然忘记了她鼻子的长相，他沮丧地说。那个鼻子他画了半个小时才住手，不知道是否达到他的期望。

我开门见山表明来意，想在他这租房子，住一段，不过现在没钱，等有钱了再给。他笑了一下，在我这里住从来不收钱的，只要能喝酒、懂艺术，还有就是，到了晚上……他顿了顿，望了张颖一眼说，莫搞得太大声，符合这三条就行。我说，我的酒量还可以，晚上也绝不会闹出大动静，万一控制不住我会把她嘴巴塞上的，只是不太懂艺术。张颖抬脚，用高跟鞋在我脚面使劲跺下去，疼得我差点喊出声来。刘浪说，别谦虚，你很懂艺术。我说，既然你这样认为，再好不过了。

当天下午，我和张颖就搬了过去，跟刘浪过起了三人生活。

住进刘浪的画室，我成了刘氏客栈的店小二，短短一周时间，便接待了三路好汉，几拨客人。有几个是上次看了画展后专门拿钱来买画的，有的纯粹为拜码头，这是艺术圈的套路，我在一旁替他招呼。刘浪是酒鬼，画室最里面的角落置了一个大冰箱，冰箱里一半是德国黑啤，另一半是英国进口的温莎牛顿颜料。他只喝这一种啤酒，也只用这一种牌子的颜料。刘浪不喜欢别人动他存放啤酒的冰箱，更不准人碰他那些颜料。有朋友来，其他都可以帮忙，唯独到冰箱取酒，他必亲力亲为。高人都是有怪癖的啊。据说那种牌子的颜料价格昂贵，半柜子，得值好几万。他的在乎并不是没有道理的。画家的颜料柜，如同川菜大师的厨房，珍藏着艺术家的最高秘密。没有朋友来访的日子，刘浪整天坐在画室创作，如果下过阵雨，午后他会背着画架去杜甫草堂、文殊院或者某个街头的阴凉处，架起画板描摹行人。最初还担心给他添麻烦，看来纯属多虑，我们基本处在互不打搅的状态——他搞创作的时候，我和张颖在学校上课，而他的那些江湖朋友来了，个个喜欢跟我扯淡，他们都很欣赏我的口才。

刘浪作画必喝酒，他的颜料不是用水，而是用从嘴里吐出的德国黑啤调成的，油布上散发着独特的刘氏酒香，如同防伪标志，私下里他们喊他酒鬼画家。张颖说，你觉不觉得屋子里有股怪味。我说，什么怪味，这是艺术的气味，免费让你接受艺术熏陶还嫌弃。张颖说，不是嫌弃，难道你闻不出来？我说，还好呀，习惯就好，我们现在可是跟大师住一起。她偷偷哼一声，一个人躲进了卧室，然后，就听见高跟鞋掉在地板上的声音。张颖喜欢在屋里打赤脚，我觉得她脚气的味道比起大师的颜料啤酒味难闻十倍，不过，为了享受她脚气以上的部分——那双修长美腿，只好忍了。自从上次那件事后，张颖总疑神疑鬼，有时候回家故意绕道很远，倒两次车才到家，我劝她，她不听。她说，有人跟踪我们，要是他们知道我们住在这，恐怕又要搬地方，还得重新找工作。

傍晚，我和张颖回来，见刘浪坐在画架前，手持画笔，表情异常苦闷，地上丢了很多张作废的画稿。看来他始终不满意，还在画那张肖像。我觉得那个姑娘很漂亮，他画得也很有神采，艺术这个东西没有止境，何必如此劳神苦思，折磨自己，可我又不忍心打搅他，就和张颖躲进里面的屋子去了。幸好他画的是姑娘，而不是自己，我在一本书上看过，当年凡·高画自画像，左边耳朵怎么也画不好，于是便觉得那是多余的，用刀子直接割掉了。在天才画家眼中，没有什么东西是画不好的，除非那个东西自己有毛病。刘浪要是画不好自己的鼻子，是否也会将它割掉呢？

　　我走出来说，大师，休息一下吧，陪你喝几口。张颖问，要不要下楼给你们买点凉拌耳尖跟花生米？我没来得及答话，她就噔噔噔下去了，等了一会儿又噔噔噔上来了。楼下街口就有推车的小贩，专门卖这些小吃。刘浪说，你女人不错。我说，还行。他又说，我女人也不错。他放下了画笔，拿出了啤酒。

　　那晚，那个叫刘浪的画家向我说出了他的故事：我是六年前来成都的，本来在杭州待得很好，来成都是因为小庄要到川西一个叫映秀的地方去支教。我不同意她去，捐点钱就可以了，没必要把时间和精力耗在那。后来我们一块去了那个学校，山里孩子一个个衣衫不整，神情可怜，全睁大了好奇的眼睛。虽然上面有一些扶持政策，可没有好的老师来教学也是白搭，根本没办法彻底改变他们的命运。那次川西之行改变了我的看法，我不再劝她。成都离映秀近，是国内少数能卖得起画价的城市，为了离小庄近点，我就搬来了。我每个月都会去看她一次，顺便给孩子们带一些书和文具。学校在山沟里，那地方，周围环境很好，就是太穷，因为交通不便，旅游也搞不起来。小庄对我说，作为一名画家，应该拿起手中的笔为孩子们做点什么。我觉得小庄说得对，谁见了那些孩子都会生出悲悯之心的。我邀了一群画家朋友去山里采风，画学校，画孩子，也画那些生活在山里的百姓，然后回成都办画展，搞义卖，希望引起外界的注意。小庄说，等新校舍建好，一定会有更多的人愿意来支教，到那时我就能安心离开，我们就结婚。我说，好，说话要算话。有了画展筹集的钱，加上当地政府从上面要来的配套款，新教学楼和教师宿舍很快开建了。2008年春，学生们搬进了新教室，小庄却不肯走了，她说舍不得，想再多待一段时间。我理解小庄的心情，她自己就是从湘南大山走出来的，大学毕业后在杭州报社当编辑，这个项目她原本只是牵线搭桥，跟踪报道了几期后，自己也跑去当起了志愿者。

听到这里，我说，你们真伟大。刘浪说，我也这么觉得，可伟大有什么用？我说，伟大怎会没用，你们改变了那些孩子的一生，他们将来一定会记住一个女老师和她男友画家的。可刘浪却一脸悲伤，咕噜噜一口气将半罐啤酒喝光。你知道吗，他说，5·12那天学校没坚持半分钟就被夷为了平地，全校一百多个孩子差不多全被埋在了里面。没想到，我们筹了那么多钱，却给孩子们修了一座坟墓。说到这里，画家刘浪双手掬头，哽咽起来。

可惜了小庄这么好的女人，这都是命。

刘浪说，我知道小庄没死，地震后一个礼拜，她还给我发短信，说自己很安全，让我别担心，等山里的路通了，就回成都。我说，等她回来，就结婚。她等我这句话已经等了七年，如果我早点答应她结婚，她可能就不会去支教了，也不会碰上地震。刘浪问，你信不信，小庄没死，后来挖掘废墟并没发现她的尸体。我只好安慰他说，我信，当然信，说不定哪天她就回来了，出现在你面前。刘浪很认真地点了点头说，我也是这样认为的。

刘浪醉了。喝醉酒的刘浪，说话全无逻辑。他突然冒出一句，其实你女人不是好女人。我问，为什么？他说，我看见了，她脖子上有颗痣,那是蛇身痣,专门祸害人的,当年苏妲己、潘金莲身上都有,我以前认识的一个女的也有。我问,你怎么知道苏妲己、潘金莲身上有?他惊讶,你连这都不知道?我匪夷所思地摇摇头。这两句话我们说得很小声,不知道张颖在房间里听见了没有。

六

刘浪每年都会去那个小学看一看,他说,如今,学校还是一片废墟,上面树了一个告示牌,成了地震博物馆,新学校选址在另外一个地方。那里的人几乎都认识刘浪,他去到那总能得到当地人最高的礼遇以及各种形式的安慰。我又想起了他那幅画。我知道,他留在成都是不死心,是在等小庄回来。可5·12地震的失踪者成千上万,至今没有下落,就算没被压在学校下面,也有可能埋在其他什么地方,山里到处是塌方,谁知道哪里会不会埋着一个人呢?

刘浪说,明天是小庄三十二岁生日,我要去一趟,待一天就回来,你帮我看着画室,别让他们动我的东西,任何东西都不能动。我说,没问题。他再次强调,你知道任何东西的意思吗?我说,明白,住在这里已是大恩,你的这些家私我会全部照看好的。说完这个,我们已经喝掉了第三罐。

再去拿的时候,刘浪说,不好意思,最后一罐了。

我起身走进卧室拿钱,说下楼买酒,张颖不让。我觉得这样不好,住着人家的房子没收钱,别人不说,咱自己要自觉,得地道,不能光占便宜，白吃白喝。张颖说，你工资那么少，经得住几下喝。我说，你到底烦不烦，天天拿钱当紧箍咒念。脾气正上来的时候，她忽然脱得只剩三点，赤着双脚，开叉处隐约凸现，变魔术似的将身体靠在门上，顺手将把柄一带，反锁了。她这是要用美色抵消我喝酒的欲望啊。

使上劲的时候，张颖开始喊叫，身体有节奏地抖动抽搐，她每次都如此享受，吓得我赶紧拿枕头将她的嘴捂住，不然刘浪就会过来敲门了。我说，你越来越像女流氓了。她说，嗯嗯，承蒙你的改造。我说，请时刻牢记自己的身份，你现在是一名人民教师，这个样子怎么为人师表？她说，还不是被你祸害的。我说，靠，这鬼成都不能待了，再待下去，你都快成婊子了。说完这句，我像烂泥一样瘫在床上。不知道上辈子造了什么孽，看上了这样的女人。扭头去看张颖，她却比我还烂泥，微闭着眼睡，鼻翼做自然起伏状，带着疲惫后的满足。她捏住了我致命的要害，捏得那样稳当，那样准，哎嗨哟。

躺了一会儿再出来，刘浪已经不在画室，他也睡去了。卧室对面那间房传来了响亮的鼾声。

他的小庄真幸福，张颖幽幽地往外吐字。我说，你没睡呢。她说，睡不着，想事。接着，她又说，你应该去学画画，像他一样痴情，人都走了四年了，还在等，每年还去看她。我说，你一直在听啊。她说，那当然，我终于知道什么叫爱情了。我说，莫扯什么鬼爱情了，他明明在自欺欺人，人都死了几年了，爱情有个屁用。我将她的身子翻过来说，让我仔细看看你脖颈上的那颗痣。她轻声说了一句，滚。

七

那天一早，刘浪整装待发。临走，扔给我两千块钱，让我给他搬一件德国黑啤。我说好的，问他哪里有。他说，去旁边的太古里商场，那里有各种进口货。第二天学校开家长会，回来不想动，给耽搁了。第三天，上完上午的课，吃了中饭从学校食堂出来，直奔太古里商场。张颖下午有课，不便叫她，其实叫也没用，这是体力活。从公交车搬啤酒下来，我看见很多人坐在马路边的绿荫下摆了小桌子喝茶，打赤膊摇扇子，他们一边摇，一边贪电力公司的"仙人板板"。原来，我们早上前脚出门，后脚这一片的几个小区就停电了，九点开始停，到现在也没来。天这么热，整片区域陷于瘫痪。成都不缺电，但缺变电站，据说是变电站出现了故障。这几年成都外来人口膨胀过快，用电量越来越大，这个季节家家都是空调加电扇，变电站长期超负荷运行，一旦出事便会引起连锁反应。变电站故障不是简单的线路问题，恢复起来很麻烦。

停了电的城市如同丢了魂的人，成了摆设，什么都运转不了，商店、公司，打的打烊，罢的罢工，写字楼底下的公共场地人头攒动。他们骂归骂，精神上却处于某种特别的放松状态，偶尔停停电也好，等于放半天假，只是天气太热，才让他们这么抱怨。

好像不对，街上的人在往一个方向移，激烈的警笛也响了起来，从远处一直响到跟前。有警车开来，人群中裂出一条缝。那辆警车在我们住的那栋楼下停了下来，车中走下来几名警察，荷枪实弹，直奔楼上而去。一定是发生了什么事，我扛着啤酒，飞奔起来。

楼下围满了人，有两个警察站在门口拉了警戒线，谁也不准上去。我问旁边的人究竟出了什么事，怎么来警察了。他说，我不知道，我也是来看热闹的。我用力往前挤，见到一个熟悉的面孔，他也住在这个小区。问他，方知今天停了一天电，楼上的一个住户嗅到了一阵臭味，像是从隔壁邻居家飘出来的，去敲门，没人应，就去找保安。保安撬开窗户爬进去，在客厅的冰箱里发现了一堆肢解的尸块，还有一个女人的头颅。尸块高度腐烂，要不是停电，没人知道这里死了人呢。大热天里，我打一个寒战，猛然意识到什么。

警察从楼上拥下来一个男子，那人双手戴了手铐，果然是他。他身上背的画架还没来得及卸下，像是刚回来正好撞在了枪口上。我本想喊他一声，终究没喊出声。刘浪回过头，别有深意地朝我望了一眼，像是想说什么，边上的公安人员双手一架，不由分说将他推上了警车。警笛继续鸣叫，扬长而去。

掏出手机给张颖打电话。电话通了，她说，我也正想给你打电话。我说，你听我说。她说，你听我说。我说，你必须先听我说。她说，你能不能别说，先让我说。我急了，不管那么多了，抢先说，家里来警察了，你知不知道发生了什么事？张颖说，你听我说，你那发生什么事并不重要。我说，出大事了，死人了，发现了尸块。张颖依然慢条斯理，你说完了没有？说完了该我说了。我不明白她是什么意思。她说，晚上我不过来了，我知道你并不爱我，我已经辞了职，明天回老家结婚。我说，你讲什么张颖，你能不能再说一遍。于是，她又复述了一遍，问，听清楚了没有？说完，电话就挂了，再拨，那边已经关机。我早就听清了，只是没反应过来。

地面似乎在摇动，街上的人群发出惊恐的叫声，乱糟糟地四下奔走。

又地震了。

我抬头，看见对面的楼房颤抖了一下向这边倾斜过来，半空不断有重物坠落，它们在空中张牙舞爪，挥动着狰狞的手臂。我认识它们，那是峨眉山的猴子。看来这回要被彻底埋葬了。我眼前一黑，心里在想，不知道为何要来成都，难道就是为了体验一次地震？

八

浑身酸疼，拼命睁开眼，发现屁股落在床垫上，埋葬我的不是废墟，而是柔软厚实的棉被。阳光从窗户斜射进来，墙上的挂历光晕熠熠，那个日期用朱笔画了个圈，非常醒目，2017年10月9日，我人生中极重要的一个日子。

掀开被子的一角，张颖睡得像头死猪，可能昨晚被我折腾得太狠。伸手拨弄她的头发，又轻轻捏了一下她的脸蛋，我说，起来，说好了上午去登记。她"哦"了一声,你不是说打死也不结婚吗,那么深信婚姻坟墓论的人居然会改变主意。我说,虽然婚姻是爱情的坟墓,可要是连个坟墓都没有会死无葬身之地的。既然早晚都是悲剧,躺在一个修葺好的坟墓里,总比暴死街头要好。

你终于醒悟了,她坐起来说,我爱你亲爱的,我们去登记吧!

登记就登记,谁怕谁呢!

就这样,我和绝大多数适龄男人一样,终归没能逃脱婚姻的牢笼。眨眼间,三年过去了,我们按部就班地有了孩子。

那天,我们带着孩子去逛街,走着走着妻突然大叫一声。

露天广场来了个马戏班,有人在那耍猴,她拉着我坚决要去看看。我说,别看了,有什么好看的,不知道是谁在耍谁呢。妻说,你看你,现在对什么都不感兴趣了。我说,不感兴趣就对了,只要生活还在继续,随时都有被愚弄的机会。她问,你在说什么?我说,我也不知道自己在说什么。说完这句,我看见趴在她背上的儿子猛地张开双臂,头一摇,脸瞬间变了个样,这哪里是儿子啊,分明是长了满脸绒毛的猴子。

僧人、
作家
和小偷

一

清早出门坐公交，去乾明寺看我的朋友境明法师，倒不是求什么法，只是觉得无聊，想出门走走，仅此而已。寺里的野蔷薇开得正香，也很寂寞，想必也需要人来瞧。境明平素话少，不知道为何，那天说个没完。境明年纪比我小，可已经出家十几年了。他以前在南岳马祖庵吃素，两年前来的德山，身份好像升了半级，除了讲经弘法，还能在寺里说上几句话，所以，我可以在寺里四处走动，喝茶散步看风景，没人会管。至于他的职位调动，我觉得理应如此，不然跑这么远换工作地干什么？我说，来寺里是想静一下，你是不是太久没说话了，有话可以跟佛祖他老人家说，跟我讲没用，你那一套我不懂，也不想懂。他说，就因为你不懂我才说，懂了就没必要说了。我说，你执念太深，难道想全世界的人都像你一样出家当和尚？他眼睛一睁，瞪了我一下，捻着檀木珠子说，你啊，什么都没学会，光学会了贫嘴。我说，你最近是不是有事，家里的？他说，我没事，是你有事。我说，我能有什么事，我是世界上最无聊的人，无聊也就是没事，所以才出来走走。他说，自己到井里照一下，看看额上那两道纹。我说，那又怎样，最近夜熬得多。后来的事证明境明说对了，这让我觉得他的修行确实精进了不少。

回来坐9路车往市里走，人很多，车过沉水大桥的时候，扭头俯瞰河上的风景。河面并无我想看的那个驱使鸬鹚下水捕鱼的老头和他的小木舟，倒是有几条大挖沙船来来去去，它们一边走，一边冒着滚滚浓烟，轰隆隆大声喘气。我们村也有一条河，没这么大，也没这么喧哗。我在村里的那些年，每到这个季节河上就浮满嘎嘎叫的黄鸭，母亲上回打电话说，现在放鸭子的人少了，要吃鸭蛋，得到镇上买。她这是想我了，想我为她放的那些鸭子下的那些蛋了，可我不能回去，至少现在不能，我还没活出个样呢。

只要是坐车或者坐船，我就会想起故乡，好像我背着包袱在远行，又或者走在回家的路上，这种奇妙的感觉只有长久漂泊在外的人才会有。就在这时，口袋里多了什么东西，不断往下沉，我潜意识将手伸进去。那是一只手，一只柔软无比的手。那只手慌了，赶紧往回缩，而我，莫名握得更紧了。手的主人惊慌不已，不敢往外拔，任由我握着。可能是握得太舒服了，我不禁将那只柔软的手把玩起来，捏了一阵才抬头看。那是个漂亮的姑娘，好像并不知道我在把玩她的手，她用空出的那只手抓着车上的吊环，像我一样，无所事事地望着窗外。侧过去的瓜子脸，鬓角梳成三角尖，很秀气，也很端庄，但我知道，她是个贼。她的五官并不算好看，眼睛太小，鼻子不挺，额头甚至有一点斜，然而，这些不好看的器官拼在一起却变得十分生动好看。车上人多，她似乎没有同党，所以一直不敢出声。这种情况以前从未遇见，我愣住了，不知如何处置，就那么注视着她，而她，很久以后才扭过头，脉脉含情地看我，或者假装脉脉含情。

到了站，从车上下来，她也跟着下了车，她的手还在我口袋里掖着。几站下来车里的人把我们当成了情侣，丝毫没看出异样，我们互相配合演了一场默契的好戏。站台上只有两个人，我才将她松开。我在9路车上丢过两次东西，这回终于抓住了现行。她有点慌张，显然，姑娘的业务不够纯熟，是个新手，心态也是新的，这一点我非常确定。不过她只是慌张了一下很快就缓过来了，露出大方的笑。看起来她对自己的现状还算满意，干这一行，不可能没想过被人识破后将面临几种结局，现在这种情况一定超出了她所有的预料。

她感谢我没当众拆穿她，让她下不了台，更没将她扭送派出所。说这话时，她显得格外谦卑，她的谦卑很好地掩盖住了尴尬，也许，她并不完全是新手？只不过技术不过硬，或者今天有心事，大意失荆州了？她问我要电话号码，说现在有急事，改天专门答谢。起码半年没人问我要过电话号码了，我的电话是多少来着？姑娘这一下竟将我问住。她说，不告诉就算了。说完，噔噔噔，踩着高跟鞋，从旁边的小巷子拐进去，不见了。我真记不清自己的号码，如果问境明的，肯定记得，自己的反而一时记不起。除了境明，就连父母的电话我都记不住。平日电话用得少，值得我用电话去联系的人不过只是两三个而已。

送走她以后，我懊悔不已，觉得应该请她到哪里去坐坐，两个人聊聊彼此的生活，比如她为什么要做贼。闲着也是闲着，跟一个俗世之人聊天总比听和尚讲经有意思，何况她还是个女的。如果有足够的好感，或许我们还可以深入发展，这有什么不可能的呢？这么想，并不是真的想女人了，而是无聊。无聊的时刻所有人都有过，很多人把这个词挂在嘴边，然而真正懂得其中奥义，或者说，能够抵达无聊内核的人少之又少，他们说的无聊，不过是相对日常状态而言，而我说的，是绝对的无聊，没有比它更无聊的无聊，比佛祖说的那种无，还要更大一些，是无的 N 次方。见境明之前，我已经有十天没跟人说过一句话了。因为缺乏言语的欲望，境明法师说，我比他更适合出家。其实，我自己也这么觉得，只不过佛祖他老人家那套没办法说服我，否则，以我的智商，如今每天向人诉说佛法的是我，而不是他境明。在别人看来，我之所以这么无聊很可能是因为没有一个正当的职业。其实，我是有职业的，一个很不错的职业，他们资质太浅，理解不了，这一点也不能怪他们，因为我也理解不了他们。理解从来就是相互的嘛。

不管你承不承认，我就是一名作家，虽然至今发表的小说有限，但写了不少。我的职业就是将社会上那些无聊、无助、无耻的东西揭露给人看，当然，偶尔也会写一点美好的事物，只可惜美好之物实在太少，没办法多写。

有人说我这是蠢写，且位置不对，他们说，文人宜进京，才能名天下。这个道理我也不是不懂，倒不是胸无大志，仅仅因为懒，便一直在泥城待着。小人物就该待在小城市，这没有什么毛病，等哪天写出了名，自然会到大城市去。他们又告诉我，好男儿当居大邑，富贵随手可掇，小地方待久了，如同小人物当得太久，会丧失意志的。我这人什么都不好，唯有一点值得肯定，那就是从善如流，然而不善的呢？就不从了吧。我觉得说这话的人是在故意讽刺我，把我当傻子还以为我听不出来呢。我虽然有一颗虚怀若谷的心，却没能生就一双辨别真伪的眼睛，无从区分哪些劝诫出自真心，而哪些又源于险恶，说白了，我分不清哪些是真朋友，哪些是虚伪的逢场作戏。好在一点，他们都是朋友。是朋友就好，管他是真的还是假的呢，人毕竟是需要朋友的，就算假的又有什么关系？你难道希望全世界的人都对你赤诚以待？别傻了，人呐，只有爱自己的时候才没有情敌。为了避免受骗，我只能尽量少交朋友。

我的父亲常被村里人问起，你儿子大学毕业在哪里工作啊？每到此时，父亲便骄傲地说，他啊，是一名作家。他们又问，作家是什么家，跟科学家哪个大一些？父亲说，唔，作家嘛，就是坐在家里写字卖的人。他们一听很是吃惊，那就是自己给自己打工了？你儿子太厉害了，刚毕业就当上老板了，看来还是要读书啊。父亲想跟他们解释，发现事情并不那么简单，看到人家一脸羡慕的表情，便也跟着很享受起来，似乎他儿子真成了老板。当然，那是最初的两年，后来他们发现，当作家的儿子并没给家里寄回来多少钱，便疑惑了。而父亲始终无法对人解释清楚我的职业问题，他们唯一能确定的是，作家并不是什么老板。父亲很想来泥城搞清楚这件事，毕竟我是村里有史以来第一个大学生，理应给家里带来荣耀而不是耻辱。可他走不动了，终日躺在床上，最多杵拐棍到村口去站站。父亲中风了。那天早晨他去放牛，被我们家的大牤牛踢了一脚，从此不能行走。被自家养的牛踢了，可见他的命是真不好。父亲原本有机会来泥城的，我考上大学那年，他收拾好行李，烙了几个红薯饼塞在包袱里，打算亲自送我，可临到买票进站的时候，父亲后悔了，说车票太贵，舍不得，凑足学费已经阿弥陀佛，到了学校还要一大笔生活费，等我毕业时再去。没想到，现在莫名中风了。父亲对我在泥城的学习和工作情况一无所知，他的晚年一直生活在虚构的荣耀之中，这一点，我不忍心将真相告诉他。当然，我也怀着另一种想法，也许不久的一天，我真的写出名堂，一鸣惊人，那么，父亲的荣耀就成了实打实的了。

现在，我唯一可做的是每逢有作品发表，就将杂志寄回家，让母亲念给父亲听。母亲说父亲中风以后变得很黏人，简直像个小孩，听她这么说，我觉得非常难过，这说明父亲已时日无多，因为爷爷临死前也是这种表现。父亲听母亲念完，会吩咐她把印有我名字的杂志放到堂屋的神龛下压好，这么做是为了让祖宗知道，老陈家出了一名非比寻常的人物。据母亲的描述，父亲隔一段时间就会举着鸡毛掸子敲打杂志封面上的蒙灰。

方圆几十里，读过大学的人要么当公务员，要么当老师，或者工程师什么的，从未听说谁的儿子在当作家，以写字为生。这也导致我在老家的名气很大，完全不像在泥城这样默默无闻。每年回家过年，遇到相熟的人，都会在背后指指点点，这就是老陈那个当作家的儿子啊，好像也没三头六臂，怎么就当上作家了？

我问周戴戴，我到底算不算作家？她说，算，肯定算，天天坐在家里，屁股都不挪窝的，你不是作家谁是作家。说这话的时候，她盯着手提电脑，嘴里嚼着绝味鸭脖，头都没抬一下。我说，真无知。她说，什么叫无知。我又说，你看，果然无知啊。其实，这么说对她不公平，我俩现在干的是异曲同工的事，都是卖，做无本生意。我卖的是从脑子里抠出来的字，她卖的是从脑子里琢磨出来的点子，具体到实物，她比我丰饶百倍。我曾见她为人下订单，寄出过一条体型巨大的毒蛇。周戴戴在开网店，她的网店无须花一分钱，每天瞎逛，四处网罗稀奇古怪之物，然后以中转的名义卖给需要的人，从中赚取差价，这种方式连进货的成本都省了。马云之后，想走捷径一夜暴富的人层出不穷。我对她这种坐在家里不劳而获的生意方式嗤之以鼻，真是万恶啊，都像她这样，谁还去为人类创造真正的社会价值？周戴戴的店注册名叫"呆呆的小铺"，这是我给她取的。而以前，她就是一个贼。

二

没人愿意遇到贼，即便她是个女的，再漂亮，或者再善良，她的漂亮和善良只会增加行窃的把握性。贼是偷东西的，而我身上的东西太少，禁不起几下偷，两次失窃后，坐公交车变得谨慎了。错就错在谨慎上，如果当初让她顺利地将我身上的钱包摸走，就不会有后来的事。境明说得很对，别看这几年我一直在干一件事，好像很专注，其实一点定力也没有，不过是只张牙舞爪、故作强大的螃蟹，坚硬的外壳下没有一根骨头。如果有骨头，绝不会吃她那顿饭，更不会让她来为我分担房租。

那段时间日子凄凉，暗无天光，键盘上敲不出几个字，囊兜里掏不出几块钱，三个月没发东西，眼见要坐吃山空，心想，也许眼睛一闭，睡一觉，邮箱里就会有好消息蹦出来。遗憾的是，好消息迟迟不来，日子一天比一天煎熬。我既不愿意每天待在出租屋，吃了睡，睡了吃，也不想出门被熟人碰见——在泥城，虽然朋友很少，毕竟还有几位。

一个人游走在城市边缘，在别人忽略的时间和部位里，像一只孤魂野鬼。我得让自己忙碌起来，如果不游荡，就活不下去。沿城市的街道独自行走，从傍晚走到深夜，将一条路走到尽头，乃至虚无。泥城最宽最长的几条，柳叶大道、朗州路、沿安路，我都没放过。我发现，不管哪条路，无论修得多漂亮，多宽敞，新潮的路灯如何别致好看，最终都通向黑暗。有一回从市政府的门口漫无目的地到了郊外，眼前出现一块空旷的稻田。四野寂静，只蛐蛐在叫，我坐下来，伤感莫名，悲从中来，简直想哭。这时，我发现田头蹲着一个黑影，它晃了一下。那是一个在深夜无人角落里哭泣的男人。本来在为自己难过，看见别人难过，那难过仿佛就冲淡了许多。我俩心照不宣，同时站起身，在夜色中对视一眼，从不同的方向返回城中。

凌晨一点，步行街空无一人，能听到走路的回声。广场上硕大的广告牌还在滚动，上面闪出一大行字，"泥城春季大型人才招聘会"。时间是3月18日，在母校泥城学院的图书馆。

跟境明发了一条短信，说要去找工作。他回复说，祝贺你啊，希望佛祖保佑，不过，我并不看好你能去上班。我干什么境明都不会看好的，即便如此，我也并不厌恶这个狡猾的出家人。

去泥城学院是很难为情的，如果被以前教过的老师发现，将无地自容，毕业五年了，居然还来找工作，岂不给学校丢脸，给老师们丢脸？可又不能不去，我不想被饿死。出门时戴了顶棒球帽，这样，即便遇到相熟的老师，帽檐一压，不至于被撞破。人很多，转了一圈之后，无比沮丧，从人群中挤出来一屁股坐在楼梯间的台阶上，长叹一声。这时，有人走过来，在我跟前站定，然后伸手，拍了一下我的肩膀。是个女的。我问，你谁啊？她笑着说，这么快就不认得了。我说，不认得了，你到底是谁？于是，她伸手比画了一阵，我这才记起，原来是那个小偷。

是你啊，我说，你又来偷东西？她啐了我一口，说什么呢，别胡说，我是来找工作的。我问，找着了吗？她摇摇头，没有，学历不够，这里要的都是大专以上。我说，我也没有。她问，也没合适的？我说，不不不，不是我不合适它们，是它们不合适我。她说，你真逗，找不到就找不到，还在这里吹牛。我说，你不懂，你哪里能懂我的意思。她说请我吃饭，补上回的债。这次情况不同了，我已经失去了拒绝的资格。我们先是吃了一顿饭，然后坐下来聊了一会儿天，过了不久，又吃了一顿饭，然后又坐下来聊了一会儿天，一来二去很快成了熟人。至于后面的事，过于老套，总之，我们住在了一起。

虽然我们住在了一起，但她并不是我的女朋友，我也不是她的男朋友。我们只是一起分担房租，我看她挺漂亮的，而且还做饭给我吃，才让她住了进来。她的性格好到你没办法忍受，所以我叫她呆呆。发脾气的时候，让她滚，她就滚；让她陪我喝酒，就陪我喝酒；让她陪我去散步，就陪我散步；逼急了，缺钱花了，她还会重操旧业，为我偷上一笔。用她的话来说，就是报个恩。我觉得她脑子有毛病，或者因为从小没了父母，缺乏安全感，随便找个人都觉得可以依靠。问题是，我并不是一个可以依靠的人，也不想被人依靠。谁要是依靠我，我就恨谁，甚至对他不客气，比如说，那个千里之外的，中风在床的老父亲。

我说，呆呆，你倒是很容易将自己交出去。她说，我看你是个好人。我问，你凭什么说我是好人？她说，你抓住了我，却不揭穿，可见心地善良。我说，你倒是没看错，我确实心地善良，但未必见得就是好人。她说，你这里踏实。我说，可我不踏实。她说，不，其实你很踏实，不承认而已。我错愕，问道，何以见得？她说，当然，你是不是觉得自己特孤独？我说，是的，确实很孤独。她说，我也孤独，两个孤独的人凑在一起就不孤独了。我说，未必，也可能是孤独的加倍。听到这里，她沉默了，因为我说到了事情的要害。然而，她幽幽地说，就算孤独，那也是不同的孤独。我感动了，眼眶潮湿，任何一个人男人听到女人对他这么说，都不会不感动的，即便你一点也不爱她。

周戴戴是个可怜的女人。小时候，父亲下河打鱼，让岸边一台正在抽水的电机给打死了，母亲随之改嫁。周戴戴和不到四岁的弟弟跟着爷爷奶奶过。后来，爷爷死了，只剩下一个奶奶，周戴戴初中没毕业就出门谋生，弟弟今年还在读高二。这些年，她做过童工，在服装厂干过，还在超市当过收银员，当然，也兼职做小偷。她发现，过去那些地方，不论干得多出色，永远没有出头之日，虽然开网店也未必有出头的可能，但至少不用像丫鬟一样被呼来唤去，大小是个老板。一分本钱都不用花的老板，当然值得一做。可我觉得她这个行业，跟当贼没什么区别，以前是偷，现在是骗，偷摸拐骗从来都是不分家的啊。

有一天，我跟她说，呆呆，住腻了就走吧，找个正当工作，好好挣钱搞生活。她说，我这不是在努力挣嘛。我说，你那个屁店，一分钱成本都不要，能挣到几个钱。她说，起码比你强。她这话令人感到愤怒。写作岂能用金钱衡量？更加不是什么生意。每次我愤怒的时候，她就让我少管。我说，你这样就好，我可不想跟任何女人勾扯不清。她说，也许有一天你想勾扯呢。我说，可能吧，到那天你就滚蛋。她说，好的好的，滚蛋而已，又不是没滚过。她这么说，反而让我觉得不好意思。一直搞不明白我和周戴戴到底是什么关系，单纯分担房租，还是像禽兽一样无耻淫乱。

我搞不懂周戴戴，就跟搞不懂小说一样。

三

在泥城，我一直过着离群索居的生活，深居简出，极少与人联络。周戴戴搬来之前是这样，搬来之后依然如故。我的日常生活就是码字，有感觉的时候多码一点，没感觉的时候就去逛论坛，看看别人对小说的看法。我们那个论坛叫煮石会馆，很小众，一小拨人在上面混。互相鄙视，或者互相吹捧，个个都能装高深，不过也很真诚，虽然他们批评起人来残酷无情，可一旦认同某部作品，便不顾一切地表扬。最初贴东西上去的时候，他们说，死了这条心吧，你不适合这个行业，文学不是人人能搞的，勤奋出天才是骗人的鬼话，没天赋再努力都是白搭。后来，再贴作品的时候，他们说，也许，你可以搞一搞。这群文坛之外的无名小辈目光如炬，凡是他们点头的小说，基本都能发出去。论坛上有匿名的大鱼，××杂志的编辑也有马甲在，××杂志是期刊界的权威，中国当代文学的活化石，如果得到那个编辑的认可，很可能鲤鱼跃龙门。现在好几位当红的青年作家，都是被他发掘出来的。

通常小说一完稿，就贴到论坛，听他们的高见。若大家觉得不错，就找个邮箱投出去。我最近的作品跟以前不同，出现了褒贬不一两种声音，好的认为很好，差的认为狗屎，乃至我自己都怀疑，这能不能叫小说。倒是有一个叫"椿十三郎"的，不遗余力地鼓励，他识透了我的写作意图，拨云见雾，很令人感动。绝境之时，有一个人能站出来为你说话，你会生出一种如遇知己，甘愿赴死的悲壮之心。

忽有一日，接到大头电话。大头是我大学时的同学，住同寝室的，他在那边说，唐兵要请我吃饭。我问，唐兵请吃饭为什么自己不打电话？他说，他没有你的号。我说，哦，也对，他怎么可能有我的电话。大头又说，哦什么哦，你来不来。我正犹豫着怎么回复，周戴戴听到了，在一旁说，来，我们一定来！大头说，这谁啊，漂不漂亮，你小子总算有女人了。我瞟了一眼周戴戴说，不漂亮，一点也不漂亮，就是骚得很。

打完电话，周戴戴问，我真的不漂亮？我说，你前世一定是饿死的，有饭就吃，你知道那是什么饭？周戴戴说，难道是午时三刻的砍头饭？我说，低头和砍头差不多，都是俯地称臣，他们就是缺观众了。周戴戴说，我看你一个月没出过门了。我问，有一个月了？过去几年，没人提醒我时间问题，我也没有时间的概念，一天，一个月，一年，都差不多的，至于节假日好像跟我也没啥关系。我也了周戴戴一眼，拜托，下次别随便替我做主。

也不能怪周戴戴，她不了解个中情况。虽然我不去找朋友，朋友却隔三岔五来找我。但凡有点小成功，他们便不约而同想起我这个老同学，比方说，买车了，买房了，或者升职什么的。我知道，他们并非真惦记我，只不过想找一个高质量的听众，观看他们的演出。奈何我这个听众并不合格，不懂得如何配合，那些饭局每每达不到他们想要的艺术效果，甚至场面难堪。大概正因为如此，反而激发了他们的征服欲。他们的饭，我通常都会拒绝，有饭就吃，岂不成了狗？然而拒绝并不容易，他们会把车开到我租住的小区，要是我闭门不出，他们会用脚挝，破门而入，踹倒房东的第三张门板后，我放弃了反抗。

大头说，开车来接。我说，算了。他说，怎么可以算了呢，要的要的。我说，岂敢岂敢。他接着说，一定要的。我就说，你有完没完。他说，我是怕你找不到地方。我挂了。什么高档地方，泥城有多大，还找不到了？

周戴戴问，你的朋友是不是跟你一样寒酸。我说，不，他们一个个都很成功。她说，那真是太好了，我还没有见过成功人士呢。我说，见吧见吧，到时候最好被狼叼去。她没心没肺地笑。

大头说的馆子在城郊，柳叶大道拐上去一截，一个叫渔樵村的地方，店名叫"火焰山"，从地图导航看，有七八公里。天气挺好，郊外池塘荷秆高举，荷叶已纷纷撑开，有脸庞大小，绿成了墨黑色。公路两边的柳枝迎风吹拂，时不时击中脑门。快五一了，风中是和煦的暖意。我骑电动车载着周戴戴，她不停用手去薅那些枝条。

大头没说假话，那地方真的很难找，手机导航显示明明已经抵达附近，可转了两圈也没找到准确位置，电动车的电即将耗尽，我有点急了。大头来电话问，你们怎么还没到。我依然打肿脸充胖子，说，到了到了就到了。见有路人经过，停下车问。那人不说话，抬起胳膊往身前一指。朝他指的方向望去，有一堵很高的围墙，上面爬满了藤蔓植物，绿幽幽一片，陈旧的石墙上隐约嵌着一道门，还有褪掉的红色字眼，取下墨镜一看，不就是"火焰山"吗？搞得跟武侠小说里的暗门似的。用手一推，门开了。好大一个院子，荷花池，木栅栏，水榭亭台，样样具备。进去问，有没有充电的地方。一个穿制服的人见我推着电动车进来，以为走错门了，伸手阻拦，要将我往外赶。我说是来吃饭的，他爱理不理很不相信的样子。于是，我火了，两个人争执起来。大头听到我的声音，跑出来打招呼，那人很不情愿地扔给我一个插线板，看也不看我一眼，甩手而去。靠，什么态度！大头说，算了算了，说了去接，还不让，跟这生什么气。把车停好，插上电，发现院里确实没有一辆电动车。

他们已经到齐。说是老同学，我只跟大头有话说，他现在在泥城最大的广告公司当部门经理，油滑，但也很仗义，不讨人嫌，我骂他的时候，他装作很享受的模样。邓方在报社混，李志恒在市政府办工作，唐兵在一个叫牛皮滩的地方当副镇长，前几天刚升为镇长，这个饭局就是他设的。没想到于小静也在。他们说，大作家来了啊。我说，可不就来了吗。他们又说，还有个小美人。刚坐下的周戴戴站起说，本人一米六八，哪里都不小。一桌人哄笑不已。狼不叼肉，肉自己要晃荡。

有个生面孔，高高的个子，剃了光头，人精瘦，像从没吃饱过饭一样，他鼻梁上架着一副粗大的眼镜，不时用鄙夷的眼神扫视饭桌上的人。我问大头，这谁啊，看把他牛的。他们说，亏你还是文化人，连清河茶馆的丁三都不认识，怎么在泥城混。这时，丁三慢悠悠地说，不认识就对了，我又没什么文化，初中都没毕业。周戴戴傻乎乎，把他的话当真了，哎呀，我也初中没毕业，幸会幸会，这年头碰到个初中没毕业的，比发现活恐龙还稀奇。一桌人大笑不止。我说，不要笑，她的名字叫呆呆。这样一说，大家笑得更厉害了。印象中，这是唯一一次跟他们同桌吃饭，可以谈笑风生的。他们问，你俩怎么认识的，姑娘干哪行啊。我说，她呀，就是个贼，专门偷东西的，你们这些官僚资本家可要小心。又是一阵大笑，桌上碗筷噼啪作响。周戴戴一脚跺得我差点喊出声。本来就是个贼嘛，我有说错？

　　我问于小静，你不是毕业去上海了吗，怎么回来了？她说，玩够了就回啊。我问，回泥城做什么？她说，还能做什么。于小静的父母是六中老师，他们不准她出去，要她回来教书，可于小静不干，她从小在校园长大，人生的头二十年就没怎么离开过学校，所以打死不肯教书，没想到现在吃起了回头草。于小静说，多少向往自由的人颠沛流离之后都回到了原点，找到属于自己的笼子。她颇为自得地说，这个世界一定有另一个我，做着一件我一直想做而没去做的事。我说，你觉得好就行。她抬头看了看我，又看了看周戴戴，说，当然好，为什么不好。大头他们说，她是回来结婚的。我说，噢。我问，什么时候结呢。于小静说，下个月。我又说，噢。

　　他们告诉我这些，无非是因为我跟于小静以前谈过。这个以前是很以前了，我几乎已经淡忘，他们却还记得，说不定于小静自己也忘了。不过，他们的话多少提醒了我。我看了一眼于小静，她还是那么漂亮，甚至更漂亮了一些，有了少妇才能有的风韵。我说，祝贺啊，结婚好。于小静没说话，惨然地望了我一眼，我的不失望令她很失望。他们说，吃着碗里的，看着锅里的。我说，又不是吃你们碗里的。周戴戴又踢了我一脚，问，谁是碗里的，谁是锅里的？我说，土鸡是碗里的，红烧猪蹄是锅里的，不都得尝尝。唐兵端着酒杯站起来说，兄弟们，同学一场不易，班上留在泥城的就我们几个，聚是一团火，散是满天星，平日联系不多，但情谊在，有什么事我都惦记着你们，你们可别忘记我啊。说完，一口干了。当了一把手就是不一样，说话一套一套的。当时在学校他就很会巴结老师，学生会干部落选，找系主任开后门，硬是增加了一个副主席，天生就是混官场的料，毕业五年成了副镇长，如今又成了镇长，虽然在基层，但也是一方诸侯，大小事情他说了算。大头跑过来悄悄告诉我，于小静那位是离过婚的，前副市长的儿子。这么火急火燎赶回来，原来是给人打替补。她的世界我不懂，以前不懂，现在更不懂。

三个屠夫讲杀猪，三个老母只讲吃，三个记者比扯谎，三个秘书比卵长。周戴戴问，什么意思？我说，就不是一类人。偶尔跟他们见个面，很为自己形同乞丐感到羞愧，可回到小屋，又为他们一心为俗事奔波而哀怜。这是一个精致而虚伪的时代，明明互相讨厌，却非要坐在一起，假装开心。我说，走吧。周戴戴说，还不是听你的。站起来说走的时候，邓方拉住我说，就走？唐兵说吃完饭请我们到沙滩公园玩，那里搞了个海钓场，专门从海边运过来的沙子，养的全是海鱼，晚上玩海钓舒服着呢。我说，你们好好玩，我又不认识海鱼，海鱼也不认识我，它们要是不给面子把我给吃了，就太冤了。大头拍了下邓方的手说，你要把他留住就成神仙了。

临走时，那个叫丁三的问我要号码，我好奇地看了他一眼，他们好奇地看了丁三一眼。我们的目光在有限的空间里踢了一会儿皮球，球不知所终。

回来的车上，周戴戴坐在后面说，其实，他们说的也有道理，这年头，得把能力变成钱。我说，他们说的当然有道理，没道理怎么会说。有道理，你为什么不听。因为那是他们的道理。周戴戴说，于小静真好看。我说，当然好看，班花能不好看？她说，那你为什么不多看几眼？我说，我一直都在看啊。她说，然而并没有，你根本没勇气看她，你心虚。我说，你总是自以为是。她说，因为我说得对啊，当然认为是。她问，你们当年发展到什么程度，睡过么？我说，让我好好想想。她问，想想怎么睡她的？我说，想想是她睡我的，还是我睡她的。周戴戴又踢一脚说，你够了！

手打了个抖，车一下停了下来，前灯也熄了。

我回头看了周戴戴一眼，四下漆黑，俩人表情俱无。她说，至于吗，踢了一下还不走了？我说，不是我不走，是车不走了，这下好啦，前不着村，后不着店。她说，不会吧，不是充了电吗？我说，狗日的肯定偷偷将线拔掉了，就充了一会儿，肏他祖宗。周戴戴问，那怎么办？我说，我怎么知道怎么办，走回去啊，难道风餐露宿。周戴戴问，那车怎么办？说到车，我又来气了，上去就是一脚。它没力气走了，却还有力气叫唤，警报声"救我救我"地喊。

我说，肏。周戴戴抬头看了一下天。天漆黑一片，一颗星都不见，路灯发出朦胧鬼魅的光，似在冷笑。她说，有专车送不坐，非得骑电动。我说，肏。她说，你除了肏还会说别的吗？我又说，肏。她说，你能不能别肏了，我们走。我问，你会骑车吗？她说，不会。会推吗？她说，不知道。我让她在前面掌头，我在后面推，可这个女人连车头都握不稳，几次栽倒在地。于是，只好把位置调过来，她到后面推，我在前面掌方向，如此车才平稳。

这叫什么事。偶尔有车开来，全都飙风而过，像在炫耀。周戴戴说，你能不能心态平和点，现在才八点，大不了推到十点，也到家了，几公里路嘛，平时你又不出门，就当锻炼身体了。说这话的时候，又一辆车开了过去，快得像鬼。晚上车少，他们都当飞机开，开这么快怎么不上天呢。话音未落，那辆车掉过头，又开了回来，车灯正对着我们，照得人睁不开眼，我准备开骂，那人把脑袋从车窗里搁出来。哟，深更半夜搞锻炼啊，让美女推车不太好哦。是大头。我说，你不是去沙滩公园了吗，这么快就急着回城？他说，老板有事，临时催命，不得不回啊，在别人底下吃饭，还不得听从指挥。见我们狼狈如斯，他问，怎么回事，坏了？我说，没电了，狗日的店小二缺德，故意没充满。大头一听，乐呵呵地说，上来吧。我顿了一下，车怎么处置？大头伸手一指，边上是黑黝黝的蒿草蓬。我将它往草蓬里一耸，两个人跳上了车。

除了骂娘，别无他话。屈辱和心酸交相来袭，真是窝火。

回到屋子心情灰暗。我说，呆呆，咱看会儿片。她问，什么片，好看吗？我说，当然好看。周戴戴说，那太好了，你还没请我看过电影呢。电影的开头是一个男的跟踪一个女的，一直跟到出租屋，那个屋子跟我们住的差不多，女的长得很像于小静。周戴戴问，原来你是让我看你老情人啊。我说，是啊，她是日本演员。周戴戴说，我还不知道是日本演员，说的日本话，这长得也太像了。我说，别讲话，好好看片。那个女的进去以后准备脱衣服洗澡，跟踪她的男人一脚把门踹开，三下五除二把她衣服给剥光了。看到这里，周戴戴以为是惊险片或者破案片，两眼死死盯着屏幕，很为那个女人的命运担心。没想到女的异常配合，两个人开始了赤裸裸的表演。周戴戴面红耳赤，低下了头，但屁股始终没离开椅子。我说，怎么了，不好看？她说，我们换个片好不好，要不你把电脑关了。我说，为什么不看，学习一下嘛。然后，她有些生气了，站起来要走。我一把将她拉过来，搂在怀里。

通常她是不叫的，可电脑里的日本女人拼命喊，她实在忍不住，便跟着叫了起来，并且很快明白叫的好处。女人如同矿产，需要多方面开凿，我躺在那，像躺在一条舒缓的河流之中，精疲力竭，任凭温暖的河水漫过肚皮，哗哗流去。

第二天，天没亮起来，打了个的，沿柳叶大道去找车。师傅看我行迹可疑，很警惕地问，找什么呢。我只好将前晚的事如实相告，他听完后哭笑不得，提醒说，你走的时候车上了锁吗？我说，没，当时匆忙。他说，那就看运气了。还好，早上这一带车流量少，它安然无恙地躺在那。一台旧电动车而已，就算有人看到也不会要，师傅的好心纯属多虑。我多加了一百块，让师傅用绳子把它拖了回来。

进屋的时候周戴戴做好了早餐，别有深意地看了我一眼，昨晚一起看片的事还历历在目，这让她感到很难为情，埋头吃了起来。我也坐下吃了起来。

朋友都是用来应付的，而应付的目的，是为了将来有一天可以利用，我说。周戴戴说，别这样讲，我看大头就不错，你同学个个出息，你看你咯。我说，全世界都有出息，就我没，你还待在这干什么。她说，我是说人家也并非不可取，你说的志向啊兴趣啊，我不懂，但人相互帮助，绝没错。我说，还是境明讲得对，不交葛就是最大的慈悲，不沟通便是最好的相处，两只野狗可以相互取暖，两只刺猬就只有伤害。她说，那我们是野狗还是刺猬？我说，随便什么，无所谓。她问，境明是谁？我说，我在泥城最好的朋友。她又问，比我还好？我说，那当然。她乐了，问，为什么最好的朋友，这么久都没见你提。我说，好朋友不必时刻挂在嘴上，他在寺院出家呢。周戴戴说，那我要去见见。我说，行。

四

平日来看境明，他要么在禅房打坐，要么在会客室沏茶翻看经书。

但这次没，一个人在院里围着那棵枝丫虬曲的老桃树踱步。那棵老桃树，老得极难看，然而，每根枝丫上都缀满了花，有的部分已经开始谢落。他一边走，一边看从空中坠下的花瓣，手里不停拨动念珠，就是不看我们。他说，桃花在谢了。我说，是，它每年都谢，每年也都开。他说，不，去年就没开，大病一场，差点死去。我说，多亏你救活了它。他说，不是多亏我，而是多亏高科技，没有那种农药根本杀不死它体内的虫子。我说，这是时代的进步。他说，但农药伤到了它的根，它只怕活不长了。我说，这你都能看出来？今年的桃花比前年迟开两天，却早谢五天，不过，他顿了顿说，有些东西凋零的时候远比盛开好看。我说，是的。他问，你可知它谢了多少朵？我愣住。他自言自语道，一共三千三百七十六朵。

周戴戴凑到我耳边说，一个呆瓜和尚。

我一听笑了起来，境明也笑了起来。而周戴戴，一副莫名的尴尬。她理解不了一个和尚不念经，专心致志数桃花的那种寂寞，就像不理解我一样。境明心里有事，大事。他说，里面坐。我说，好。

境明是我隔壁村的，本姓马，他上面有一个哥哥和一个姐姐，到他，已经是老三，小时候我们都叫他马老三。当时正在搞计划生育，因为他的到来家里被罚了款。以前他的性格很不好，十二岁那年把村里一个人的腿给打瘸了。家里本来就穷，他又是个超生子，养活已经很难，更没钱送去读书，闯了这样的大祸，爹妈一狠心，干脆送到衡山当起了小沙弥，如今成了颇有成绩的青年小僧，寺里一有外事活动，师父们便推他出来讲经，照住持的形容，他的佛学造诣已经不浅，在众徒弟中出类拔萃。

境明的苦恼我上回就瞧出端倪，他的话特多，表情绷得很平，水面越是平静越容易看出风的痕迹。境明是因为家里穷才被送到寺里当和尚的。去年冬天，老家修高铁，那条路线，不偏不倚，刚好从他们家老院子穿过，给了一大笔拆迁款，也就是说，他们家现在有钱了。有钱后他父母想起了远在百里之外，已经出家十几年，却未满三十岁的儿子。家里用那笔钱在县城给他买了套房，如今还俗，再相个亲，娶个媳妇，啥都不耽误。

境明问，怎么办？我说，我怎么知道怎么办。他说，我妈昨天在寺里闹得鸡飞狗跳，还用脑袋撞墙，以死威胁，哭哭啼啼一整天，要师父还她儿子。我说，那你还是回家吧，你这和尚当了十几年了，还没当够？他说，住持想让我当监院呢。我问，监院是多大的官？他说，怎能如此类比，寺院又不是政府部门，还分三六九等领导什么的。我说，就是领导，不然你怎么这么惦记。他叹了口气，斋饭吃久了，佛祖伺候惯了，出了寺门不知道怎么过活啊。我说，你看，其实你并不是不想离开这里，而是担心出去了不会过活，实在不行学我啊，啥班不上，一个人独来独往，你好歹还有套房子呢。境明说，你这不是有个人吗？

我们说了一大通，把周戴戴给忘了。

周戴戴说，我不想打搅你们。我说，你想得很对。周戴戴说，但我已经打搅了。我说，那怎么办？周戴戴说，我怎么知道。大师，你能不能给我看个相？我说，有没有搞错，人家是出家人，又不是茅山道士。境明笑笑说，看看也无妨。我说，不是吧，你会看相？周戴戴伸出双掌。境明摇了摇头说，不用。他仔细端详周戴戴，那架势，那眼色，像用铁扫帚在周戴戴身上扫了一遍。境明说，你啊，吃过不少苦，不过没关系，将来可以旺夫。周戴戴笑了一下。我说，可能吧，就是不知道旺的谁的夫。周戴戴问，你怎么看出我能旺夫的？境明说，一痣痣嘴，喝汤喝水，一痣痣颈，扎索吊颈。周戴戴说，那又怎样？境明继续说，一痣痣眉，夫唱妇随，你眉间那颗痣是故意点淡的吧？我走近一看，那里还真有颗痣，虽然很淡了，但痕还在。我说，你真会看相啊，还说自己出了寺门活不下去，干脆摆个摊得了，保准饿不死。境明说，不，不是什么算命，这是童谣，小时候我妈念给我听的。

周戴戴对寺里的菩萨意见很大。她说，菩萨们的塑像全都凶神恶煞，不单罗汉，地藏王也一样，一点看不出慈悲的意思。我说，那是为了镇住坏人。她说，恐怕只能镇住好人，坏人哪是几个表情能镇住的。我吃了一惊，虽然每次见到佛像都很惧怕，却从未作如此想。她无意间说出了一个真相，这种地方不能待太久。我说，我们走吧。跟境明打了声招呼，就出寺了。

出寺门的时候，周戴戴说，这个和尚当不长了。

我问，何以见得？

她说，他眼神不老实。

五

躺在沙发上闭目养神，手机突然在桌上跳了起来。我当作没看见，继续养神，它继续跳，并且更有节奏了，三起三落，终于，啪嗒一声从桌沿滑到了地上。我起身去捡。那边说，你好啊作家，我是丁三。我问，丁三是谁？他说，丁三就是丁三，不是谁。我说，这个回答有意思。他说，当然有意思，怎么会没意思。我说，记起来了，你是那个开茶馆的吧。他说，对，你的记性不错。我说，我的记性一向不错，想记的东西一定能记住，不想记的也一定会忘掉。他说，这么说我得感谢你还记得我。我说，客气了，有何贵干？他说，我看你挺需要一点钱。我说，确实需要，不止一点。他说，那我给你介绍个事。我说，什么事，钱容易赚吗？他说，对你来说容易。我说，那真是太好了。

市文化馆搞了个音乐工作室，牵头人是泥城文联的一位副主席，当地小有名气的作曲家。这个工作室的主要任务是给市里的文艺演出提供节目，诸如国庆周啦、旅游节开幕啦、春节晚会之类。尽管作曲家能耐非凡，却总找不到好歌词，他需要一个人为他填词。丁三发了一些所谓优秀作品的样本过来，我瞄了一下，里面的词全是"红旗鲜艳、高高飘扬在祖国的上空、我爱你啊壮美河山"这些内容。

我说，写可以，但不署名。他说，那怎么行，人家看中的就是你的名。我说，别扯了，泥城几个人知道我。他说，我让他们知道他们就知道。我说，你这么牛？他说，等着吧，你的名字就要价值连城啦。我说，是吗？他说，我狠劲吹了你一把。我说，那就麻烦你了。他说，也不算太麻烦，一杯茶的事。如此，我勉强答应。他们出的价钱不算太高，但也不低，一首词两千块，我怎么也得给他们闹五六首吧。后来才知道，丁三就是煮石论坛上的"椿十三郎"，我的小说他全看过，因为写的都是泥城这点屁事，每次跟帖都很积极。这个开茶馆的，居然懂文学。

对于我的歌词事业，周戴戴举双手拥护。写吧写吧，赶紧写吧，没想到你的名字这么值钱。她不知道，我是因为不断被退稿才勉强接受这个业务的。编辑说，我写的小说社会阴暗面太多，现在管得严，发不动。既然这样，就先写几首歌词，解决一下眼前的困境。

周戴戴一边经营她的无本生意，一边沉迷起了看小说，最开始还玩点网络游戏，现在一有空就抱着书啃。她还对我的小说提出自己的看法，为那些狗屁编辑摇旗呐喊。我说，你懂个锤子。她说，其实你的好多小说换个结尾就行了，为什么非得写死啊，痛苦，完全可以阳光点。我说，阳光了，主旨就全变了，艺术分量全部会被消解。她问，什么消解？我说，说了你也不懂。她说，要不我来改改？我说，你个初中没读完的半文盲，居然对小说评头论足，还改呢。

拿了个本子，只身出门。写小说时，我喜欢关门闭窗，只稍微透一点光进来，在藏身荫翳和幸存的状态下表达，那样会觉得惬意，有安全感。而憋歌词，就去空旷的公园，只有在那里才能喊出"啊祖国，大地啊我爱你"之类的话。有时候一个上午憋一两句，有时候能憋出三四首，全看心情。

公园门口不远处有一堵旧城墙，经常贴一些官方公告以及寻猫找狗的启事，当然更多的是牛皮癣，五花八门，糊了一层又一层。那天经过时，发现上面贴了一张巨幅的手写体海报，这引起了我的注意。是寻人启事。与往常寻找被拐卖的儿童、因患老年痴呆症走丢的老人不同，它寻找的是一个正常人，一名刚满三十三周岁的男子。从启事的内容看，他的生活非常美满——至少表面看是这样，有一位贤惠的妻子，一双聪慧的儿女，还有一个体面的社会身份——人民教师。可他出走了，并且已经不是第一次。一个自己出走的人，家里贴这种启事，恐怕无甚用处，但他们不能不贴，上有老，下有小，一大家子人都在等他回来。他为什么要出走呢？是厌倦了自己的生活，还是有了外遇？我永远做不到这样，因为我无家亦无妻可抛，没家的人也就永远没办法离开。像境明说的，要放下，首先得得到。不知道他的和尚还能做多久，现在他只怕也是做一天和尚念一天经，其痛苦程度不亚于我憋歌词。拿出手机，给境明发了一条短信，问他到底还不还俗。他没像往常那样回复，我知道事情结束了。十几年的修行终究抵不过亲情和世俗的力量，和尚就算涅槃，也还有肉身在。

　　我站在寻人启事下，掏出笔把那个老师的名字涂黑圈掉，换成自己的，完事后，感觉浑身轻松。这意味着在世界的某个地方，我已经离家出走了。

　　一个被几家杂志退稿的小说突然发表了。编辑在电话里兴奋地说，改得不错，符合他的用意。他的话让我丈二和尚摸不着头脑。后来才知道是周戴戴的杰作。她偷偷将小说从我电脑上拷过去，修改了，并且瞒着我投了稿。她这种行为，等于跟编辑合谋杀害了一个孩子，逼良为娼，一篇文学作品改成了地摊读物。

她说，只是试一试，没想到真行。我愤怒，谁让你动我的东西的！她说，发表有什么不好，有稿费，那都是钱啊。我就说自己有写作才华，小时候写作文经常被老师当范文读的，她得意地念叨。我说，你有才，全世界就你最有才。她被我暴怒的样子吓住了。我花了这么大的力气，还做错了……

六

不知为何，那个遥远的故乡突然感知到我的存在，向我发出了频繁的传感信号，全部都是求救的。故乡的人并不知道，我跟他们一样，都是等待着要被拯救的人。

最先是表姨。她用父亲的手机打来电话。她的事听起来头绪复杂，表姨本来是街道办的干部，妇女主任兼会计，管钱的，可现在却成了地方上的维稳对象。原因是她知道镇里某个工程的贪腐内情，事情牵连甚广，镇里劝她息事宁人，她不干，于是，她的干部身份没了，成了一名上访的农村妇女。不久前，她查出了乳腺癌，已时日无多，即便这样还坚持告状，她说，死之前一定要把事情告下来。听说我在城里当作家，写东西，她要我为她找媒体申冤，我只认识杂志编辑，对新闻界一无所知。

我想起了一个人，他的名字叫温度，是自由作家。他创办了一个公众号，叫"温度之上"，专门登"非虚构"作品，就是那种很写实的，直面社会底层的文章。公众号运行不到一年，迅速赢得了知识圈的口碑，好多朋友都以在上面发东西为荣，他本人也因此受到关注，频频在大刊上露脸，而此前，他跟我一样，是个籍籍无名者。给温度发微信，他回了一杯啤酒的表情，看不出是什么意思。我将表姨事情的来龙去脉告诉他，说了一通好话，想借他的平台发声，他一字没回。再发信息过去，发现已被他拉黑。

什么玩意。后来有人告诉我，他们早已看穿温度的把戏。这种人，所谓正义，不过是喊喊不痛不痒的口号，打一下网络擦边球，真触及核心问题，立马噤声不语。他的那些套路和标榜文章，是在为自己博名声，捞打赏，赚粉丝的钱。批评这，批评那，也不过是为了获得文学话语权，一旦话语权到手，立刻成了自己反对的那种人。这跟武侠小说里正邪两派的所作所为如出一辙，黑道白道，最终走的是同一条道，都为一统江湖，只是手段不同而已。

堂弟要娶媳妇了，女方要求住新屋，而二伯一家还住在爷爷以前的老房子里，家里拢共只凑到十万块，必须再借十万，屋才修得成。父亲打电话说，这笔钱你得借。我说，你记不记得爷爷死后分地的事，为了一尺宽，二伯差点把你的腿打断。他说，人不能记老账。我说，可我没钱。他说，你可以不寄钱给我，但不能不借钱给他，那可是我亲弟弟，你的二伯。我又说，我读大学那年向他借路费，一个子也没有。父亲说，那时他是真没有。我说，那我也真没有。父亲号啕起来，那你读什么鬼书，都读到狗身上去了，毕业五年了，屋里修房拿不出一分钱，我的老脸往哪里搁。原来这才是他苦苦相逼的理由。我说，好的好的，就给你这个脸。我把写歌词挣的六千块打了回去。

七

他们说父亲是气死的，被我。

照他们的描述，端午那天，父亲四个老兄弟聚在一起吃饭，当父亲得知，二伯家修房子其他两家借了两万，而他儿子只拿了六千，一口气没上来，就那么过去了。对此种污蔑我当然不认，但父亲的的确确是死了，并且多少跟我有些关联。作为村里的第一个大学生，我没给二伯借足钱，这么多年也没给家里带来半点荣耀和好处，在村里人看来，我们家的亲戚应该跟着我鸡犬升天才对。他们说，读那么多书有什么用，还不如老早出去打工。我成了村里最大的反面教材，成了他们省钱不送子女读书的充足理由，砸锅卖铁，换来了什么？前车之鉴啊。他们表面上看不起我，心里其实很感激。农村就是这么现实，成本太高又没有好处的事，绝不会干。

母亲打电话告诫我，回来时千万别大白天从正门进屋，夜里悄悄回来，否则父亲会很难堪。一贯理解我的母亲都这么认为，这让我很难过。她这么说并不是因为我真羞辱了父亲，他死都死了，还知道什么荣辱，母亲是觉得我羞辱了她，这个不孝子——我几乎能从她的鼻音里听到累积多年的不满和无奈。其实，父亲死了对她来说是天大的好事，从此她不用再每日守候在旁，对于她的不满，我多少觉得有点虚伪。

坐长途车回家，窗外夏苗清秀，招摇不已，六月的骄阳洒在田野上，一派生机。洞庭湖平原的荷花已陆续开放，火车开过，风中白鹭纷飞。九年前第一次走出大山，看见这里的一切，觉得很新奇，现在依然这样。九年前我一无所有独自出门求学，如今，又一无所有地回来了。我和这个世界的关系，是谁也不打扰谁的关系，我只是出门看看，仅此而已，可他们总把理想和希望压在我身上，让人觉得很累。不过，想到那个给我最大压力的人已经死了，还是轻松了不少，本来不应该感到轻松的，毕竟那个人是我的父亲。一路想了很多，人为什么非得到外面去看看，折腾这折腾那的，在哪里，怎么过，都是一生，我想了很多理由，最终却并未说服自己，因为，我觉得像父亲那样困死在小山村实在划不来，他连洞庭湖平原都没看过呢。想到这，我第一次对父亲的死感到了悲伤。

照母亲的嘱咐，半夜到县城，然后租了一辆车，开到村口，让师傅停下，自己提了包往村里走。

空气中飘着低沉的哀乐，远远的，我看见我家大门口亮着大功率灯泡，不时有人头晃动。晒谷坪上搭了一个大敞篷，敞篷里也亮着灯，下面摆着几张桌子，有些熟悉的面孔将桌子围住，一面打牌，一面给父亲守夜。对村里人来说，我们家的丧事正是他们吃喝耍乐的机会。天空挂着上弦月，我摸着单薄的月色往村里走，小心翼翼尽量不弄出声响。我闻到了新翻的田泥的气味，青蛙躲在田埂边呱呱乱叫，很快，那条绕村而过的河流出现了，黑绸带上不时闪烁着月光。那月光让我觉得刺眼，一时竟迈不开步，一屁股坐在了岸边的大石头上。从口袋摸出一根烟，刚点着又摁灭了。曲肘去摸后背，身上全是汗水。我把手机和行李包放在石头上，脱光衣物，赤裸裸走进河中。端午刚过，河水还很凉，如寒风入骨。我把头埋进水中，憋了很久，直到不得不露出水面时，才抬起来。平视河面，心头无限凄凉，望着不远处挂着死亡幡布的家，阵阵哀乐传过来，我无声哭泣。那是我第二次对父亲的死感到悲伤。

七岁那年，跟人下河洗澡，被父亲发现，用竹片一顿好揍。挨打之后的我奋力反抗，说，你怕个卵，你有两个儿子，淹死一个还有一个。围观的人哄堂大笑。我并没淹死，那个跟着我下水的弟弟淹死了。如果弟弟没死，父亲的晚境也许会好一点。

在水里泡了差不多二十分钟，上岸后用力甩干身体，穿好衣服，乘着月色走出了村子。那是我最后一次对父亲的死感到悲伤。

第二天在县城待了大半天。给周戴戴打电话，让她假扮女友，为父亲送终，她爽快地答应了。最开始就想过让她来，父亲生前急切盼望看到儿媳，这是我能为他做的最后一件事了。周戴戴坐高铁到省城长沙，然后再从长沙转车到县城。怕她找不到地方，又怕外面坏人多。她说，有什么不放心的，满大街都是好人，就我一个坏人。

周戴戴穿着朴素，悲悲戚戚，似无比郁结，其悲痛程度远远超过了我。她进灵堂跪拜的时候，尽管没有什么特别的表示，但举手投足间的收敛，拿捏得非常到位，脸上的悲戚让她显出一种媚态，病西施一样，连我都觉得好看，比任何一次都好看。那些亲戚原本准备讨伐我，用杀人的目光在我身上动刀子，周戴戴的出现转移了他们的视线。我觉得，她真的是一个好演员，让她来算是弄对了。他们问，姑娘干什么的。周戴戴抬头一愣。我说，电视台的记者。周戴戴赶紧点头。他们说，不错，都是知识分子，郎才女貌，你爹可惜了。我爹当然可惜了，还用得着你们说。

很多事等着我定夺，比方说坟地的选择，丧事的档次和规格，还有父亲留下的没来得及厘清的事，他走得太快，一句遗言也没有。活着的时候他总对我指手画脚，现在，我让他躺在哪就躺在哪，这样一想，很是同情那个躺在棺材里的人。

连续两天通宵，熬夜熬得人麻木无觉。出殡的时候要念家祭，他们让我跪我就跪，让我站起来就站起来，像木偶一样听从他们的指挥。可是让我哭，我就哭不出来。他们说，不哭不行，会显得你们父子感情不够深，有忤逆之嫌。本来就感情不深，又累成这样，哪里哭得出来。勉强哭了几下，有声无泪，他们看了直摇头，只好作罢。

周戴戴则不一样。哭得那叫淋漓尽致，痛彻肺腑，两行清泪像村前的河水哗哗流淌，简直惨绝人寰。我用手捅了她一下，说，算了，莫哭了，哭这么久够了。她不答话，将我的手拨开，哭得更加伤心，更加动情了。我说，还有完没完，又不是你爹死了。她说，就是我爹死了。我说，怎么就成你爹了。她不答话，继续哭，入了迷了，好像真死了爹一样。最后还是旁边的人不忍看，将她从地上搀起来。如果周戴戴哭得不那么伤心，我觉得她的表现非常到位，可以打满分，可她哭得实在太过分了，乃至后来村里人评价说，看，养了二十几年的儿子，还不如一个外人抵用。这让我很是难堪。

母亲倒高兴，逢人便说，可是个好姑娘啊，我儿走了大运了。

回泥城的路上，我问她，你凭什么哭成那样，纯粹是给我难堪。她说，她父亲当年因为偷鱼被电死，死得不光彩，连像样的葬礼都没搞，像抬短命鬼一样被抬上了山，那时候她还小，不懂得悲伤，现在懂了，还不让好好哭一回。我说，哭就好好哭，用不着那样。她说，你以为我想，我控制不住啊。说着，她的眼泪又出来了。我将她搂在怀里，双眼迷蒙地望向远方。

母亲打电话说，办事那天，亲戚丢了东西。我说，丢了东西就找啊，打电话给我干什么。母亲说，他们找了，没找到。我说，找不到就对了，村里那么多人，来来往往，怎么可能找得到，丢了就丢了呗。他们丢的都是值钱的东西，母亲顿了顿说，村里人是不会偷的。我说，你什么意思？母亲说，我也很气愤，他们怎么可以怀疑我儿子和儿媳妇呢，可人家既然这么说，我就不能不打电话问问。我纠正，儿媳妇，儿媳妇的，你莫乱喊。她惊讶，这还不能喊儿媳妇？她惊讶是有理由的，在我们那，参加了长者的葬礼，给高堂跪地磕了头，就算是家里人了。母亲说，现在他们都怀疑你俩。我说，知道了知道了。然后，挂了电话。

内心冰凉，羞辱感在翻涌。周戴戴玩了一晚的欢乐斗地主，睡得正香。我轻身走到床头，翻开她的红色皮包，一道光从眼前闪过。里面全是细软，旧的金手镯是外婆传给大舅妈的祖传之物，小时候她经常取下来给我玩，我是认识的，其他不知是谁的。参加葬礼带这些干吗？我蹑手蹑脚地把包恢复原样，坐在那半天喘不过气。每个人都需要一个单独的忘我的游戏才能摆脱孤独，对我是写作，对她则是偷窃，这就是一种本能。她终究没忘自己的职业。

我没给母亲回话，也没对周戴戴提半句，但我把她偷东西的举动写到了一个夫妻生活题材的小说里。那个小说在论坛上口碑不错，得到一致好评，很久没人给我的小说打好评了。他们说，应该为小说找个好婆家，你的日子熬到头了。

那天上午，正敲着键盘，电脑突然"叮咚"一声响，是邮件的提示音。我打开邮箱，忍不住在大腿上拍了一巴掌，大笑起来。周戴戴说，怎么了，踩到狗屎了。我说，是啊，比狗屎香。她说，那中午都不用吃饭了，吃狗屎就行了。我说，不吃了，三天都不吃。她说，什么大好事。我说，××杂志给我回信了。她说，那又怎样。我说，我的小说《数月亮的人》准备刊发，你知道××杂志吗？她说，不知道，说说看。我说，跟你讲吧，这就相当于文学界的泰山北斗，在它上面发了小说等于半只脚迈进了文学殿堂。她说，这么牛逼，拿来看看。我打开电脑让她看，自己出门去买啤酒，顺便买点毛豆和鸭脖庆祝一下。

回来的时候见她坐在椅子上，脸色大变。我说，怎么了？她说，你什么意思？我说，什么什么意思？她又说，你跟我谈恋爱就是为了搜集写作材料？我说，当然不是，顺便搜集一下也未尝不可。她说，在你眼里我永远是个小偷是吧？我说，我又没写错，你就是一个小偷啊。周戴戴说，你无耻。我说，我怎么无耻了，这就是小说。她咆哮，你太无耻了！周戴戴夺门而去，我没有挽留。

我不会挽留一个要走的人。

境明也要走，还俗回家。

当年进寺时他没带一件东西去，如今离开，也不带一件东西走，不像我，总是行囊满满，这是出家和入世的区别。可现在，他也要入世了，而且入得比我还深，一出寺门就要相亲。我说，你要好好保重，外面可比寺里险恶。他说，你也一样。确实一样，我们对眼前的世界都所知甚少。

阳光暴烈，树荫里蝉声如雷。踏出寺门，境明回头重重望了一眼，双手合十作了个揖。寺里的师父没出来送他，想必早就深谈过，再说，出家人活得再久，再怎么看透世事，睿智透顶，也没办法给一个还俗的人指点迷津，那不是他们的领域。我和境明走在出寺的山林道中，像两个被遗弃的孤儿。

八

偶尔想起周戴戴，想起她给我做的那些早餐。秋风凉的时候，我决定给她打个电话。拨过去，电话响了，半天没人接。再拨，那边说，你终于打电话来了。是个男的。我问，你谁啊，这不是周戴戴的手机吗？他说，是的没错，是她的手机。我问，那你是谁？对方说，你是周戴戴的家属吧。我继续问，你到底是谁？对方说，这里是滨湖派出所。听到这个，我心里一凉，赶紧说，不不不，我不是她家属，就一普通朋友。那人说，这个女人太嚣张了，被抓三天，一个罚金都不交，也不让人来领，还一个劲儿骂人。我问，什么罚金？

事情原委大概如此：三天前的晚上，周戴戴一个人走在街上，两个酒鬼半路将她拦住。可能穿得有点那个，又是大半夜，他们以为她是出门赶生意的坐台小姐，两个人上下其手，在她身上乱摸起来，还要强制带她到宾馆过夜。周戴戴扬起脚，将其中一个人的蛋蛋踢坏了，那人现在还躺在医院。我说，既然如此，她才是受害者，这属于正当防卫，没找他们索要精神损失费就不错了，还想要罚款。那人说，问题不在这里，正当防卫没错，可我们查出她过去有很多不良记录，是个职业小偷。我问，要交多少钱？那人说，最低五千。她是个惯犯，被举报了很多次，这回抓住，处罚金算是从轻，不交钱，那就等着去坐牢。我问，你怎么知道我是家属？他说，你不是谁是，手机上备注着"自己选的狗"，肯定是她男朋友。原来我是她"自己选的狗"……

周戴戴两眼憔悴，头发蓬松如鸡窝状，衣服乱糟糟的，到处是褶皱，派出所对女人也这么不客气。她说，没想到来的是你。我说，我也没想到。她说，那你怎么来了。我说，我也很想知道为什么会来。她说，因为你爱我。我说，何以见得？她说，爱的反义词不是恨，而是遗忘，你终究没把我忘了。我问，这话谁告诉你的？她说，你自己啊，写在小说里的。我说，我哪记得这些，小说里的话写写而已，当不得真的。话没说完，周戴戴上来一把将我抱住，在肩膀上猛力抽泣起来，我的双眼也随之滚烫无比。

受辱
训练

一

大学毕业后我没找工作，当了几年自由作家。一个人在泥城租一间小屋，过蜗居生活，每日昼伏夜出，独来独往。很多人对此感到费解，不明白我为何选择这样的职业。在他们看来，这是一个没多少前途的工作，如今看书的人越来越少，大家的眼睛都盯着手机转，还有几人关心文学？而且，我们家祖上三代都是农民，只会伺候土地，血液里没这方面的基因，我搞文学，纯粹是误入歧途。

那几年，我过得很自由，但也很艰难，因为发表作品不多，除了写作，我不得不帮人搞点广告文案。关心我的亲戚说，家里砸锅卖铁送你读大学，不找份稳定工作，早点成家立业，为家里分忧，尽做些虚头巴脑的白日梦，是不学好呢。更多的人权当笑话看。他们觉得我脑瓜子有问题，中了魔怔，作家是那么容易当的吗？对此，我不予理会。我没力气跟他们解释，我爱上的并非文学，而是自由，是掌控自己命运的机会，这一点世界上只有写作才能做到。不过，我也有自知之明，混得不好，没写出名堂，没出人头地前，尽量避免跟亲友联系。

埋头写了几年，我发现自己并没掌握自己的命运，反而被命运摁得死死的，喘不过气来。我既没结婚，也没找女朋友，孑然一身，一文不名。要说最大的所获，可能是结识了几个人，比方说大头、丁三，还有老赵。大头是我大学同寝室的同学，如今在泥城一家广告公司当部门经理，关于我和大头的事，以后再说，现在要说的是丁三和老赵。丁三是个开茶馆的，同时，也策划一些艺术展，充当经纪人角色。我跟他认识的时间不长，但很投机，活不下去的时候，他介绍过几桩业务给我，有段时间，我天天泡在他的茶馆里，一边蹭饭，一边听茶客们聊天。你说我死皮赖脸也行，毫无尊严也罢，只能说明你孤陋寡闻，见识浅薄。困境会让人变得自私，作家也不能例外。老赵就是那段时间在茶馆认识的。老赵并不老，才四十出头，是文化馆的一名作曲家，某音乐学院的高才生。一次市里搞活动，需要一首主题歌，老赵临危受命。曲没问题，问题是没有好词，收到几个人交上来的，他都不满意。听说我是个作家，就让我帮个忙。要是别人让我干这种事，想都不想就会拒绝，可这次中介人是丁三，在他的茶馆蹭了那么多顿饭，这个面子得给，也就勉为其难地答应了。憋了一天，好歹弄出一首，老赵看完，竟然挺满意，后来就一直鼓动我写歌词。不白干，一首词，制成曲子，有两千块劳务费。老赵想找一位创作上的搭档，这么多年一直没有着落，第一次合作之后，便看上我了。我讨厌写歌词，但并不讨厌写歌词赚来的钱，所以，也就不讨厌老赵。发不出小说没有稿费的时候，老赵成了我的财神爷。

每次去茶馆都碰到老赵，这让我有些纳闷。有一次我问他，你天天泡在茶馆，不用上班的？他说，这就是我的上班方式，我在搞创作。坐在茶馆就把班上了，这样的工作倒是适合我。老赵笑了笑说，确实挺适合你的。

年底的时候，老赵告诉我，文化馆要招一个人，文学专干，单位十几年没招人了，以前要么是军转干部安置，要么是领导直接签字进来，那位同志已经退休三个月了，等着萝卜填坑。我上次说的话，他放在了心上。他告诉我，馆里想要个男的，三十二岁以下，要求发表过一定数量的文学作品，单位现在女的太多，搞演出，搬东西找不到劳力。他跟我说，机会难得，可以试试。我拿不定主意，这几年自由惯了，没有工作的打算，上次不过是句玩笑。他说，文学专干，专干文学。我说，不干别的？他说，当然了。我动心了。有一份工资，不影响写作，有什么不好的呢？关键是，我想到了母亲。

从小到大母亲都以我为荣，说起我这个儿子，像挖到了金元宝。作为村里第一个本科生，我的成绩一直很好，村里人都是用石灰给屋子粉墙，我们家不用，那些年我从学校领回来的奖状，把家中的墙壁全贴满了。考上大学那年，母亲在门口放了一挂五千响的鞭炮，家里像过节一样热闹，在亲戚们看来，我应该前途无量，光宗耀祖，没想到混成如今这样。村里跟我同班辈的人，很多人初中毕业就出门打工了，用打工挣的钱，接二连三盖了新房，母亲却还住在土砖屋。别人都脚踏实地地做事，我非要当什么自由作家，跟菩萨一样一坐就是一整天，五六年过去，没搞出来半点名堂。母亲盼着儿子有出息，等了一年又一年，换来的只有失望。去年夏天父亲突然去世，我又如此表现，母亲很是伤心，这两年出门连招呼都不想跟人打，她脸上挂不住，她的大学生儿子混得还不如在工地打零工的文盲。想到这些，我也很不好受，母亲不该遭这份罪。我要是到文化馆上班，端上铁饭碗，也算做儿子的为她尽了一次孝。

关于考试，我心里拿不准。多年不上考场，刀斧生锈，如今的公务员和事业单位考试，盯的人太多，一群豺狼虎豹抢食，不知道手里的武器能否干赢那群虎狼。事到如今，只能姑且一试。没想到，上去就考了个第一。接着是面试，感觉也还不错，结果要一个月以后才出来，他们让我回去等消息。我早早回乡下去过年了。

父亲走了没多久，母亲一个人待在家，日子不太好过。我想把考试的事告诉母亲，让她高兴高兴，又担心结果还没定，万一到时是一场空欢喜，她会更难过。相对于希望的破灭，没有希望对她来说伤害可能会小一些。

这个年过得窝囊。

每天睡到十点起来，吃两顿。年底下了几场雪，到正月，大雪封门，山中一片寂静，这让村庄显得更为热闹。外出打工的年轻人陆续回来了，大人小孩四处追打，鞭炮响个没停。上下屋的客人迎来送往，酒肉飘香，猜拳的喊声几里开外都能听见。真不该那么早回来，在家里大眼瞪小眼，我看着她难过，她看着我没好气。电视机一直开着，欢快的春节文艺节目没能改变屋里的气氛，我们像被世界遗弃了。

因为偏居一隅，本地古风很盛，诸事因循旧制，按老祖宗规矩办。年末祭祖，妇人不得出席，外姓女子嫁到村里，族谱上要随丈夫叫"陈李氏"，或"陈王氏"，长者的墓碑上儿媳有氏无名，身份再尊贵也不能逾矩。此外，高堂去世，子女要守孝三年，三年内，逢年过节，这家人不得饮酒，也不能待客。父亲刚走，我们是"耗家"，家中冷冷清清。

这还不是最糟糕的，规矩中有一个对我极为不利。

他们规定，男子三十未娶，不能上正堂吃饭，更不准入席就座。三十未立，那是给祖宗丢脸，必须谦卑地表示低人一等。我今年已经二十九了，再这么下去，将失去落座吃饭的资格，叔叔伯伯爷爷奶奶一干人等会跟着脸面无光。

初一起来在屋门口放了报春的鞭炮，噼里啪啦炸过一阵之后是长久的沉静。开春吃三十岁的饭了，母亲说。我嗯了一声。她又说，你打算混到一百岁？我又嗯了一声。我没读几句书，是半文盲，但我也没看到哪个读书的像你这样，她无可奈何地说。确实，周边的村子，哪怕整个莫索镇也找不出第二个像我这样的人。我是一把年纪了，到时候脚一伸找你爸去了，你怎么办？

夜里困觉把枕头垫高些，好好想想，她说。

真没想到，儿子让她陷入了如此困境。

二

三年前我相过一次亲。

她是对门黎嬢嬢家的侄女，人长得挺好看，家里条件也不错，就是年龄上来了，因为长年在外打工，车间清一色都是女工，一直没找到合适的对象。黎嬢嬢说，她侄女二十七，比我还大半岁。

我知道你，也中意你，她说。当着那么多人的面，姑娘单刀直入，率先开了口。看起来她像是相过很多次亲了，很有经验的样子，我觉得不好意思，坐在那一边烤火，一边假装用铁钳子往火盆里添炭，顺便抬头瞄她一眼。姑娘穿着咖啡色呢子大衣，脖子上套了条红围巾，头发是齐刘海。长得确实蛮好看的，也确实能看出一点年龄。是个大腮帮，跟《倚天屠龙记》里的周芷若一样，有颗眉心痣，不偏不倚长在额头正中，神情也像，说话时嘴角上扬，有股子狠劲。大龄农村剩女，这么有自信，这一点我真的很佩服，看来女人的确能以貌自珍的。

炭火照在脸上，她低着头并不看我，自顾自地说。

我是打工妹，你是大学生，不过我们厂有好多大学生跟我做同样的流水工，工资只高一点。我的工资现在是××，你呢？姑妈说了你一些事，我拿不准，你真的没有工作吗？写东西能挣钱吗？一年挣多少？……我脑袋发蒙，未能言语。原来，相亲必须通报一下双方的工资收入，可我没有工资可以通报，文学的事，跟她说不清。

她不紧不慢地说着，我始终没回应，像在听别人的事。如此，她不得不停下来，讶异地望我一眼。见冷场了，黎孃孃有一句没一句地替我回话。我索性摆出局外人的状态，袖手旁观。事情自然不了了之，我喝了半杯茶，没吃饭就走了。

我好话讲了一箩筐才把她喊来，你怎么一点都不主动，黎孃孃颇有怨言。我这个侄女你也看到了，是不差的，绝对配得上你，你连工作都没有，莫把眼睛杵到天上去了。

听黎孃孃说完，母亲很生气。人家女孩子问这些很正常，你这么多年的书白读了，都读到狗身上去了。

但很快，她的气就消了。

母亲不知从哪打听到，那姑娘在外面做过那种事，十七八岁出门打工，二十七八还没嫁人，是有原因的。母亲特别指出，姑娘额头上那颗痣没长对地方，太正了，痣正则人偏，女人眉心痣长得太正，是造孽命……母亲热衷看相，颇有一些研究，有事没事替村里人预测命运走向。我说，人家只是没看上我，没必要这么说。母亲说，我就是看相。

母亲看得挺准。那姑娘年后就结婚了，招郎的，男的是河南人，长得不怎么样，但干事勤快。结婚以后，她家修了一座大房子，只是两口子现在还没生娃，隔三岔五关了门吵架。她，还有她的父母，三人加在一起吵不过丈夫一个，北方人嘴皮子很厉害。据说，她做皮肉生意时，把身体弄坏了。

幸好没成，才躲过一劫，母亲很为我庆幸。不过，那是三年前了，现在，我的个人问题已刻不容缓，母亲再度张罗要为我介绍对象。她说，你大舅妈看好了一个姑娘，你以前见过的，就是她家上屋的二女儿，知根知底，舅妈不会坑自己外甥。

我说，要去你去，我是懒得去了。母亲见我这种态度，长叹一口气。她知道，即便去，也未必有好结果，一穷二白，哪个姑娘愿意跟我？她不知道，哪怕打一辈子光棍，我也不想再像烂菜帮子一样被人挑来拣去了。

三

我在家一直待到元宵节。

我是在等一个消息。一个能让母亲高兴，暂时可以对我放心的消息。我自己并没那么在乎，在我看来，干什么都只是活命。母亲就不同了，她马上要满六十，剩下的日子只那么多，我不想让她天天为我担心。消息终于来了，因为此前没跟她提过，母亲一开始还以为我在骗她。反复确认后，她高兴得差点晕过去。她缓了缓神，急匆匆地在神龛上给父亲上了一炷香，第一时间向他汇报了儿子的喜讯。我觉得母亲很可怜，这么点小事就把她乐得找不到北了，也太容易满足了，可能以前我让她太失望了吧，任何好消息对她都成了奢侈。从大门口朝野外望去，田里的油菜花开了，阳光下一片金黄。脆软的春风打在脸上，轻重适度，可我一点也高兴不起来。三十年来，我总算为她完成了一项任务。

出门前，我对母亲说，放心吧，好日子就要来啦，你就在家等着享福吧。母亲一听，笑出了眼泪。

四

回到泥城觉得浑身舒服，好像这里才是我的家，而老家，不过只是个寄居地。越来越喜欢泥城了，喜欢它的楼盘、街道以及来往人群中携带的各种气味。在这里，人们埋头走自己的路，吃自己的饭，互不干扰，不像老家，动不动就有人拦住你的去路，问你的工资和收入情况。一个人只有自己过得好的时候，世界才是好的。我现在虽然过得还不够好，可世界已经好了起来，既然它已经好了起来，说明好日子就要来了。这么看，我其实挺容易满足的。

上班前有一个月的真空期，我无事可做，晚上看书写字，白天四处游荡。

我喜欢跟巷子里的老人聊天，听他们谈论泥城新近发生的事。为了跟他们套近乎，我会花一下午时间陪老人打牌，或者下棋，把从他们那里听来的故事写进小说里。那天，我骑着电动车，钻进了建民巷。那是条老巷子，里面的房子拆了多半，剩下的正在拆迁中。那蓬好草挤在旧脸盆里，从断墙上坠下来，尾巴拖得老长，叶子粗壮，毛茸茸的，很厚一团，一下就撞进了我的眼帘。只要不是瞎子，谁都能看见。只不过，我没想到，它们将在我未来的生活里扮演重要角色。

它们的主人是位老中医，刚从单位退休。据他的描述，他是当药来种的，以备不时之需。第一次在泥城见到虎耳草，这种草即便乡下也属贱类，入不了爱花人士的眼，花卉市场绝少见它的影子。小时候爱下河洗澡，河水一旦灌进耳朵就会发炎。用虎耳草泡米酒，滴入耳内，能起到很好的消炎作用，母亲专门从山里找了一丛，移栽到后院，多年下来，层层叠叠，蔓延一大片，成了村中一景。

我停下车，双脚撑地抬头看它。老头以为我是踩点的贼，警惕地看着我。我问他，您的草能不能卖我一点？他说，他不喜欢人把草药当玩物养。我说，我也当药种。他不信。我只好大声说出它的名字，详细阐述了它的药性。老头总算信了，用木棍带着泥挑出两蔸给我，还慷慨地送了我一个花盆和一小包自制的营养泥。

得了草，我如沐春风，心情愉悦，车速不自觉地加快。

接下来发生的事，用她后来的话说，我一定是不怀好意，或者怀了某种特殊的好意。她穿侧空高跟鞋，细脚伶仃，撑着太阳伞从十字路口经过，掐腰的牛仔裙，紧绷绷的，很是性感。我喜欢在街上和老头聊天，也喜欢左顾右盼看美女，可电动车没这个功能，它未能领会主人的意图，事故不可避免地发生了。

我觉得事故责任不完全在我。虽然气温的上升逼迫人们不得不改变自己的装束，可没几个像她那样大张旗鼓地把前胸和脚丫子露在外面，她脚背上的青色血管，清澈、宁静，如汩汩溪水在肤下流动，让人很想跳进去洗个澡。

电动车前轮磕到街沿，花盆打了个滚，歪斜着划出一道弧线飞了出去，炸弹似的在地上爆开。我从车上摔下，身体匍匐在地。她一声尖叫，伞飞到几米开外，黄色高跟鞋也掉了一只。我没去扶车，赶紧爬起来向前探问。她蹲在地上，花容失色，看来受惊不小。她摸了摸脚踝，扶正鞋跟，噔噔两下便站了起来。

开车不长眼睛？她质问道。我回答，就是长了眼睛才看美女啊。她说，现在的人怎么这样，撞到人了还想占便宜。她这么说我就放心了，看来她不是那种娇滴滴的女人，不那么容易受伤，只是不知道会不会讹人。

你他妈还笑？她说。

是啊，我怎么能笑呢？赶紧憋住。她发怒的时候，双唇开启露出不易觉察的微笑，一种很特别的神情，骄傲、蔑视，可能还有一丝得意。被撞了为什么会得意，难道知道自己被撞源于男人对她的窥视？她的脸型给人一种熟悉的感觉，尤其是从侧面看去，轮廓曲线似曾相识，拿不准在哪见过，可能漂亮女人都长得差不多吧。

她将手伸到耳际，拢了拢头发，睁眼瞪我，后来我才知道，用手拢头发是她的标志性动作。忽然，她的眼珠像金光一样闪了一下。我不知道该去收拾地上的残局，还是继续听她指责。她咦了一声说，虎耳草？她的最终索赔是一兜虎耳草。我愣了一下，这个要求实属意外。

盆坏了，草并没损伤，那不是容易受伤的东西。

拿着剩下的草，我跟她说了声再见。回到家，弄了一个新花盆，培了些营养泥将草摆在了窗台上。

真是万物生长的季节啊，不到十天它就长出了新芽，草茎分出长长的叉。草木不懂世俗，贫贱之地，也能安居乐业。

五

一个人生活多年，突然上班，套上固定角色，感觉跟眼前的世界格格不入。倒不是说这个世界有问题。我从来不觉得世界有什么问题，就算有问题，那也是正常的问题。它很正常，有问题的是我，不过，我不想改变这一点。

上了两个月的班，跟同事没说几句话，工作之外，绝少生活上有往来。老赵说，你这样不好，要主动跟同事打成一片。我倒是想打成一片，可做不到，性情使然。他们对我很感兴趣，想知道我的情况，家里经济状况如何，父母是否健在，有无别的产业，过去谈过几个女朋友，现在为何单身，诸如此类。过度的热情让人无所适从。我不想干预别人，别人最好也别来干预我，人之所以友善，是因为保持了适当的距离。一个人一旦跟他所处的环境一样了，就彻底完了。这大概是文人的通病，不信任眼前的生活，对它保持古老的敌意。好作家都不容于当下，也不太为周边的人喜欢，我虽然不是好作家，却有了好作家都有的那些毛病。和光同尘，给撮土就能活得很好，这一点，虎耳草比我强。

除了多一份工资，日子好像跟以前没什么两样。我依然独自一人，慵懒过活，像穴居动物。一个人有一个人不为人知的自由和快乐，也有不为人知的空虚和寂寞。忍受不了寂寞的时候，就到丁三的茶馆枯坐发呆，以此打发时间。仿佛只有把自己扔进人群，才能获得短暂的安宁，而短暂的安宁之后，是持久的不安。这么多年，我在两种情绪之间进进出出，无家可归。每滴水都想回到大海，就像每颗沙子都愿意落在沙漠，那是它们的故乡。可我找不到自己的大海和沙漠，茶馆里的身影越来越让人陌生了。

清荷茶馆是泥城文人雅士的根据地，多为玩美术和玩书法的，可能就我一个人写文章。他们着唐装汉服，麻衣布鞋，长发披肩，有的还留山羊胡子，总之，就是不按常人的样子装扮，如果跟街上的人穿得一样，那就掉价了，不足以显示艺术家的身份。其中很多跟我一样，每日以馆为家。他们个个谈吐优雅，举手投足很有格调，可听久了难免让人厌倦。话题总是那么两三个，遮遮掩掩，绕来绕去，词不达意，说大半天，并无多少灼见。还不如巷子里的老头，他们直话直说，怎么听都听不烦，形容事物，常常一针见血，让人过耳不忘。真理都是朴素的，像刚出生的婴儿，一丝不挂，最好的艺术跟最好的文章一样，无须太多装饰，我觉得他们过于演了，虚有其表。

泥城是小城，艺术家是弱势群体，他们扎堆是为了引起别人的关注，自抬身价。我问丁三，泥城有文化吗？他说，没有，要说有的也只是两种，一是打麻将，使灵魂凝聚，二是跳广场舞，使灵魂涣散。我问，那喝茶呢？他顿了一下说，喝茶和上厕所差不多，都是排泄，只是一个拉在下水道，一个拉在杯子里。我忍不住笑了，没想到文化人打起比喻来这么粗俗。

有一天晚上十点多，突然接到丁三的电话。

他说，到茶馆来，要紧事。我问他，大半夜的，什么时候喝茶成要紧事了？他说，别废话，来了就知道了。我好奇，丁三能有什么事找我，难道又给我揽了什么活？会不会是上回那个找人写自传的企业家？我现在有工作了，只要饿不死，再也不写那些狗屁玩意了。骑了小毛驴出门，在茶馆门前停好，三步并作两步上了二楼。

我看到了老赵，还有个生面孔。

丁三说，不是我找你有事，是老赵找你有事。老赵说，不是我找你有事，是董副局长找你有事。那个生面孔轻描淡写地朝我笑了笑，没什么事，就是喝杯茶。如此我就更搞不清，到底是谁找我了。我问，董副局长？老赵说，刚从文化局退休的董副局长。文化局是我们的主管部门，局里的领导我都见过，从未听说有个姓董的副局长。老赵说，你进单位前，他就退休了。我只好哦哦地点头。看着这个国字脸，两鬓发白，红光满面，对我微笑着的中年男人，我不明所以。老赵说，我们在这喝茶，碰巧遇到了董副局长，就聊起了你，听说你单身，董副局长有个当老师的女儿现在没对象，想让你认识一下。原来是想做媒。

自从到文化馆上班，同事们不停给我介绍女朋友，被我一一拒绝了。相亲是在做买卖，做买卖不可能两边获利，不然，利润从何而来？我打听过你，你家世清白，没有不良嗜好，文章写得不错，穷是暂时的，英雄不问出处，年轻人靠自己拼搏。没想到已经退休的领导会注意到一个小人物的出场，从他口中的话来看，似乎同情多于欣赏，我不知道该表示感激，还是难过。老朋友在场，又是领导主动提出的，看来这是一件没法推脱的政治任务，即便应付也要见个面。

六

她叫董燕，二十八岁，气质不错，就是人冷冰冰的。她一会儿看窗外，一会儿看杯里的茶，似笑非笑，就是不看我，也不怎么说话，也许看过，用余光，我不太确定。年龄不大，又是官宦之家，家里居然也这么着急。茶馆灯光昏黄，她脸蛋雪白，既然别人表现得这么冷淡，我也不能太热情，何况，我是被请来的。

有那么一瞬间，我们同时抬头朝对方望去，都无所谓，又都很紧张的样子。两个人一言不发坐着，像两个呆瓜木头，还相亲呢，相斗还差不多。我坐不住了，想把丁三喊来当灯泡。这时，她慢悠悠地开口了，像一个启动的机关，暗弩进发，直射心脏。

我中意你，她说。

我像受了某种胁迫，三年前黎孃孃侄女跟我说过同样的话，造成的伤口至今没有修复。等她继续说点什么，她却沉默了。说完那句话，她很费力地恢复到原先品茶的姿态，好像刚刚那几个字，已然耗尽了她的全部力气。不知她中意我什么，为何要中意我。居然有两个女人见面时跟我说了同样的话，就像挖了两个相同的陷阱，等着我跳下去。我警惕而慌乱，希望她再说点什么，可那就是我们那天对话的全部内容。

放心吧小陈，我们没别的要求，只看人，你们可以试着先交往一段时间。副局长夫人和董副局长的口气完全一样。我说，噢。她接着说，小陈，你要是娶了我女儿，是不会吃亏的。我又说，噢。她问，那你到底是什么意思呢？我说没什么意思，继续噢了一声。我不明白她的意思，为什么娶了她女儿会不吃亏。

相对于夫人的藏头露尾，董副局长要坦诚得多。

几年前，董燕跟某公子谈恋爱，中途被弃，她割过腕，命是救回来了，但性情大变，脑子好像也出了问题，不过，这并不影响生活，也不影响工作。平日里看不出什么，她只是喜欢一个人待着。看过医生，都说不算什么毛病，以后会慢慢好起来的。女儿大了，不愿和父母住在一起，一个人住，家里又担心。她爱搞户外，动不动就找不到她的人，我们经常担惊受怕。

我明白了，他们是想找个老实人，像我这种从农村来的，家庭情况简单，能轻易把控的老实人。他们找了很多次，都不合适，所以就找到了我。可是，我们老实人有什么错，专门给人垫背？

我觉得你们挺合适的，董副局长说，我们不会亏待你。

看来我确实合适。不单两口子同意，董燕也表示认可。更关键的是，我自己也这么认为。我觉得自杀没那么可怕，那是社会的偏见，恰恰相反，在我的认知里，自杀者比其他人更能看透生命的本质。从未思考过终极意义的人，不可能得病，更不可能自杀，这个时代到处都是病人，都是潜在的自杀者。

问题在于，为什么是你们中意我，而不是我中意你们？人人都想控制我的命运，并且相信能够做到。父亲是这样，母亲是这样，董副局长也是这样。这样觉得的人多了，我便认了命，好像全世界都认为你犯了罪，你必须得伏法受诛。董副局长送给了我一件珍贵的礼物。一件需轻拿轻放、防潮防晒的礼物。

我感激涕零。

听说我有了女朋友，家庭条件还不错，母亲连说了几遍祖宗有灵，她在电话那头激动得哽咽不已。只要我遇到事她就把祖宗挂在嘴边，好像我的好坏全拜祖宗所赐，祖宗们会为我负责的，而我也必须给祖宗们一个交代。这回一定是祖坟冒了青烟，是我上辈子修来的。

我又为母亲做了一件事，以为她一定能在村里人面前扬眉吐气了。

很遗憾，并没有。

国庆节大舅六十大寿，我回了趟老家。村里人都知道我端上了铁饭碗，只是不知道那个碗长得什么样，有多大。我也搞不清它有多大，也就没办法跟他们描述。我说，在文化馆上班。他们不知道文化馆是干什么的，镇上有个人的儿子在政府工作，是县里的一个科长，有一次他给莫索镇批了几十万的农村产业专项扶持资金。到时候可别忘了我们啊，他们说。我说，文化馆不管这些事，村里跟泥城八竿子打不着。他们听完很惊讶，都是政府部门，怎么会管不到呢？我说，确实管不到，我们只管文学创作。听说我在继续当作家，他们吓得面色惨白。他们实在搞不明白，读了那么多年书还没读够，还要读书写字，国家养写文章的人干什么？养猪能吃肉，架桥能过路，写文章除了给家里通信用一下，还能有什么？他们心里打鼓，深表怀疑。母亲没因为儿子端了铁饭碗而挺直腰杆，相反，遭到各种质疑。他们不买账，我有什么办法，儿子只能帮你到这了。

母亲问，你一个月工资多少？我告诉她大概多少钱。母亲听完，总算有所放心。比镇里老师多一点，别急，慢慢来。一个农村妇女，也只能问这了。父亲活着的时候，我给家里寄过不少杂志，主要是为了告诉他一声，我在外面没有天天玩，上面发了我的文章。母亲不明白杂志上写的那些东西，父亲死后，她把它们压在堂屋的神龛上，逢年过节，禀告祖宗一声，老陈家出了一个作家了，文章发在全国各地，已经扬名立万了，你们快来看看啊。没正式工作的时候，她不好意思跟别人说这事，如今，我考上文化馆，她才大白天下，把那些杂志拿出来给人看。村里人跟她一样，没一个能看懂上面的文章，对署有我名字的小说云里雾里，摸不着头脑。他们既疑惑又敬畏，用手翻几下，表情严肃地把书交还到母亲手中，不置一词。

七

新房老丈人出了首付，装修的钱自己出。我身无分文，跟老家的亲戚东拼西凑借到八万，老赵四万，丁三虽然关系好，但那是江湖交情，不好开口。这些年离群索居，联系的人很少，所有微信群我都退了。我觉得微信群就是监狱，每加一个群，就等于给自己修建了一座监狱，各种微信群提供各种禁锢服务，束缚你的方方面面。思来想去，决定跟大头打电话，他好歹是个部门经理，手中当有余钱。有一段时间没联系大头了，不知道他最近过得怎样。电话通了，大头二话没说，借了六万，这让我觉得自己没看错人。

大头曾被我写进过一个小说，他看后非常满意，因为我把他塑造得很讲义气。另外几个同学则不然，他们看完小说，一个比一个气愤，开玩笑说要组团打我一顿，为了衬托大头，我无意贬损了他们几句，这让他们无法接受。我的大学同学混得好的不少，有的当了科长，有的在公司当白领，工资以万计。我发现越混得好的人，越令人讨厌，而不太得志的，倒跟我投缘。我总是这样，看到穷人觉得亲切，好像那人是我失散多年的兄弟，看到锦衣玉食、衣冠楚楚的，浑身不得劲。社会上把这种心理叫作仇官仇富，说是目前中国患病人数最多、传染率最高的疾病，我怀疑自己很可能得了这种病。大头有钱，混得人模鬼样，却并不令我厌恶。因为他和丁三一样，随时允许我上门蹭饭。看来一个人是否令我讨厌，并不在于他有没有钱，而在于他给没给我好处，给我好处，就把他写成讲义气的好兄弟，不给，对不起，那是个王八蛋。你看，作家要是坐歪了屁股，比其他的人更可怕。

搬新家的时候，虎耳草也住了进来，共患难那么长时间，我不忍舍弃它。它长得越来越喜人了，肆意汪洋的一大堆绿，把盆子挤得满满的。草色和泥土令人想起故乡，而想起故乡，就会想起死去不到两年的父亲。

漂泊久了感觉到肉体的沉重，随着年龄增长，它在不断发胖，日渐臃肿。臃肿的躯体活下来不易，我已经不像以前那么迷恋远方了，所谓远方不过是穷困之时，给自己画的一个饼。上班写字，找个女人安安静静过日子，只要会做饭，会做爱就行。她很会做饭，是个美食家；同时，也很会做爱，只是不喜欢出声，关键时候故意翻个白眼给你看。这有什么关系呢，我已经很满足了。娶妻生子，死后声名，一辈子几十年就这么点事，跟谁过不是过。

成长无非是明白一些简单的道理，爱世界远不如爱自己的肉体。父亲不知道这个道理，他关心国家大事，却不懂得关心眼前的家和自己的女人，更不懂得关心自己，如今坟头的草长得比我还高——那些蒿草一年就蹿上来了，风中摇摆起伏的它们，像胜利的旗帜，下面埋的偏偏是一个彻头彻尾的失败者。低下头，承认自己的卑微和渺小，幸福就会来到身边。我现在真的觉得很幸福。

董燕喜欢安静。我喜欢她的喜欢安静。

因为没有跟女人在同一个屋檐下生活的经验，我一度感到恐慌，她的这种态度给了我信心。董燕是个完美主义者，有一点洁癖，但不严重。一米六八的她，身形不瘦，走路时脚步轻盈，好像生怕把地板踩疼了发出痛苦的呻吟。即便在家，她也像踮脚的猫。她喜欢吃日本料理，在泥城最好的料理店办有会员金卡，她的工资多半献给了生鱼片。她吃生鱼片时，蘸芥末的量是我的两倍。在碟子前端坐，目不斜视，用筷子夹住慢慢送入口中，刺鼻的味道，呛得我直闭眼睛，她连眉头都不皱一下。鱼肉在齿间嚼动，发出搅拌稀泥的声响，嚼上一阵后，迅速从喉咙滑落。不动声色地生吞活剥，所有动作做完，她露出了满意的笑。她吃东西的样子是另一道美食，我要是三文鱼，就算被吃掉，也心甘情愿。

她吃东西安静，睡觉安静，走路安静，安静地往来于人间，从不问我在干什么，在写什么小说。我们之间是那么合拍，简直称得上是相敬如宾。如果有一天，我不折腾文字，文字也不来折腾我，我跟世界就彻底达成了和解。

从料理店出来，董燕说，你还没请我看电影呢。我说，家里就有，电影院空气不好。我有两个存电影的盘，一共一千多部片子，各个国家各个语种的都有，搞文学的朋友碰到好片相互知会，几年下来，就下载了这么多。只可惜片子找来了，却没时间看，只有很无聊的时候才点开一部，我觉得这辈子都不可能看完它们。

鼠标停在《罗拉快跑》上，她说，这部好看。我问，你看过了？她说，是的。看过了还看，这么多新片都看不赢呢。董燕说，我只看已经看过的片子。其实，我也是，宁愿把一部好片看上百遍，也不愿拿一秒去忍受烂片，这正是我看不完那些电影的原因。

罗拉开始跑了，她一共跑了三次，每次结局不同。董燕看过好几遍了，情绪依然紧张，眼睛盯着屏幕，手心冷汗直冒，好像奔跑的是她。

我们每周至少看三部电影，看完，不谈论剧情，也不虚张声势，完了就完了，各自消化，好像相处多年，达成了高度的默契。我热爱孤独，但并不喜欢一个人，可我又很懒，不愿意花心思去爱具体哪一个人。董燕也是如此。所以，我们结婚了。

我咨询过一些医生，在网上查询了大量资料。他们说，心理疾病不会遗传给后代，个人习惯更不会，而且，董燕的情况很难鉴定一定有病，不过是受打击之后的正常反应。医生和专家的说法既让我放心，又让我很不满意。每次在网上看到抓住犯罪分子的新闻，我都很感兴趣。我想看看他们的灵魂构造跟常人有什么不同，万物皆有裂痕，那正是光照进来的地方。犯罪分子跟艺术家一样，不喜欢生活本来的样子，犯罪做到极致，就成了艺术。只可惜看过众多案情分析之后，我发现他们的裂痕中既没有光，也没有黑暗，那些人的内心跟常人无异，把我放到那个位置那样的环境之中，可能也会做出那样的选择。

我很想跟董燕谈谈她自杀的事，却不知如何开口，这让我觉得有些遗憾。董燕很正常。按时上班，按时回家，也按时睡觉。她带的班级考试成绩优秀，因而被评为先进班主任，每个季度她会和同事出门搞一次户外，雷打不动。除了做菜，她还很爱剪纸，从简单的图案开始，慢慢地，剪出复杂的动物图形和大大的喜字。她的过分正常让我觉得不正常。料敌先机，才能有恃无恐地应付自如，她要是按兵不动，我便束手无策。

果然，她还是有些不正常。

和同事在西双版纳搞完户外回来，她买回了一条蛇，说要养在家里。是条小蛇，样子乖巧，体型修长。夜间小蛇会焦躁地把脖子鼓起来，摩擦空气，发出"嗞嗞"的响声，听着头皮发麻。我从网上查找信息，它的名字叫丽纹蛇，剧毒，不但凶猛，还很残忍，除了老鼠，饿的时候，连配偶、子女都吃。但董燕却告诉我，这种蛇性情温和，不咬人的，她还到跳蚤市场耐心地挑选肥美的老鼠给它充饥。

跟岳父报告情况，他听了后，大惊失色，好像蛇已经缠到了他的脖子上，随时会要了他的老命。老革命像救火队员一样，火急火燎上了门，还带了一个帮手，装备齐全来对付那条蛇。他一个劲儿给我道歉，解释女儿的举动，好像做了一件很对不起我的事。这让我很是惊愕。喊他来，是因为我从小怕蛇，不敢太靠近，并不是不满意他的女儿。

那条蛇后来被董燕和她的闺蜜剥皮炖汤喝了。那么小一条，估计炖不出多少汤汁。也许不该告诉岳父，相对于人，我其实很喜欢动物，当然了，跟动物相比，我又更喜欢植物，人和动物都有自私残忍的一面，植物更接近神性，更值得让人亲近。

虎耳草长出了长长的须，有一米来长，瀑布似的从盆沿边挂下来。它的叶子冒着绿油，粗的有半个巴掌大，鼓胀的花苞点缀其间，离花期已经不远。每天洒一点儿水，早晚调转一下盆子的方向。夏日炎炎，街上的人个个垂头丧气，跟生了病一样，只有它长得如此之好，又安静又精神，真令人羡慕。

那天下班早，从单位回来，见家里的门没关紧，以为进了贼。

佝身瞄一眼，是董燕，看来她下午没课，回来得比我还早。本想推门进去喊一声，发现她妈也在，两个人坐在客厅的沙发上小声嘀咕。我站住了。

她妈语气混沌而愤怒。那是他的私生子，他早在外面有了个女人。董燕一听，哑然失笑。当母亲的惊住，接着，也一边揩拭眼泪，一边笑出了声，好像在为自己撞破丈夫的私情而感到自豪。看我怎么收拾他，她妈说。董燕没说话，用如愿以偿的表情迎合。

大致听清了。说单位以前有一个单身女下属，生病没钱住院，董副局长帮她垫付了，有人告诉她，那个女人其实是董副局长的老相好，女人的孩子很可能是他们的私生子。董副局长当然不承认。向来口碑极佳的董副局长在外面有女人。狗改不了吃屎，她妈恨恨地说。说着，起身走向窗台。然后，一把揪住虎耳草的长须。董燕从电视柜里拿出剪刀跟了过去。两个人相互配合，咔嚓咔嚓，几下功夫，把长须消灭干净，盆里只剩一蓬刘海式的脑袋盖。

我不想知道别人的秘密，即便那个秘密跟我密切相关。因为所有秘密都会成为负担，多余的负担会让本来臃肿不堪的生活更加累赘。这是一桩意外的交通事故。我在客厅外站了一会儿，悄悄退出来，下了电梯。到了楼下，给董燕打电话，说晚上有事，不回去吃饭了。

心情不好，想出门喝酒。

上班后，很少出门喝酒了，生活进入了另一个次元。当我感觉想喝酒的时候，就好像某桩往事重新降临心头，过于久远的记忆让人误以为眼前的生活是一场虚构，我是小说里的蹩脚人物，举手投足，无所适从。闻到酒精的气味，大头和丁三的面孔从脑海中迅速升起。装房时跟大头借了钱，还没感谢他呢。

八

三个人约好了在茶馆碰面。

丁三说，要不要喝杯茶再走。我说，我只想喝酒，要是有漂亮姑娘一起喝就更好了。大头说，我不喜欢去乌七八糟的地方，跟不相干的人喝不相干酒，我喝酒就喝酒，聊天就聊天，睡女人就安安心心专注地睡，不能拿酒当借口，那会浪费了好酒。以前，只要他们不喜欢，我就不会喜欢，可我现在不想听他们的了，因为我已经是个三十岁的男人。大头说，没想到，老实巴交的人也想找姑娘了，这个世道真是没救了。丁三说，不知道吧，董燕怀孕了。大头一听，做大悟状。对此，我没解释。丁三说，只可惜，好看的皮囊泛滥，有趣的灵魂匮乏。对此，我不认同。我认为，泥城好看的皮囊也不多。大头说，你啊，然后，用眉头鄙视了我一下。他说，等下带你们去看好看的皮囊。

这个问题大头确实有发言权，他管公司业务，跟三教九流的人打交道，泥城没有他不知道的秘密。而且，他确实看过不少好皮囊。大头离婚四五年了，有一个孩子，跟他过。离婚后他身边的女人换了好几茬，每个都貌美如花，却无再婚的迹象，他现在过得简单滋润，没人指责他。看起来，没有爱情甚至跟爱情背道而驰也能获得幸福，而很多人拥有爱情反而过得很不幸，因为爱情组成的家庭，常常会因为另外的爱情而破碎，婚姻没有埋葬爱情，而是被爱情给埋葬了，它是一切不幸的源头。没有爱，也能每天过得开心，那才叫幸福。

大头说，好女人就像海里的贝壳，掰开来里面蓄满了月光，运气不错的话还能碰到珍珠。但他忽略了一件事，任何人都是经不起审视的，他掰开了那么多女人，一颗珍珠没发现，光遇见臭屁了。没有月光，只有一股红薯味道。他说，可能我已经麻木了。

那地方叫"柒零年代"，在城市的腹部，我以前租住过的老巷子背后。白天从那里过，店子大门落了锁，不知道里面有些什么。到晚上，除了扑闪的小彩灯，看不出跟别的酒吧有什么不同，黑木门隔音效果很好，它很安静。推开门进去，差点被声浪挤了出来，里面是火爆的大型摇滚现场，不只重金属，还有黏稠的空气裹着你。多是80后和90后，老家伙不多，没看到几个四五十岁的人，可能它的老板是个70后吧，所以才叫这个名字。灯光闪烁，姑娘们裸露着背脊，像深海鳗鱼一样穿梭其间。找位置坐下，要了啤酒、蛤蜊和碳烤牛肉。

有人喊了一声，酒吧太吵，不知道在喊谁。后来那人走到跟前，用手势跟我说话，我还以为她找错人了，仔细看了两眼才认出，是几个月前被我撞倒在马路上的那个姑娘。"虎耳草"，我后来一直这么喊她。这个皮囊果然好看，早知道如此，我早来了。挪了个位子让她坐下。大头和丁三很吃惊，没想到在泥城我会认识这样的女人，两个人相视而笑，我只喝酒，顺便吼了几首王杰和童安格，"虎耳草"夸我嗓门好。

摇色子、划拳、贴胡子，变着戏法喝。到零点散场。大头和丁三，我和"虎耳草"，各自分道扬镳。

　　喝多了白酒，想睡觉

　　喝多了红酒，想做爱

　　喝多了啤酒，想摔碎自己

　　喝多了西北风，吾就只想你

　　……

我高兴得唱了起来。

她问，你在唱什么，怎么没听过。我说，一个朋友的诗。她说，听起来不错。我说，当然不错。她问，那你现在想干什么？我说，我刚刚白酒红酒啤酒，还有西北风通通喝了。她说，好像没喝红酒吧。我说，喝了，去酒吧前就喝了。她问，那怎么办，这么多事你忙得过来？我说，不知道，试试看。

我说，不知道你身体里是月光，还是烂红薯。她问，你怎么总念念有词，说些不明不白的话？我说，其实我也不明白。她笑了笑说，算了，我们坐着聊聊天吧。她一边说，一边拽过被子。于是，就聊天。可并没有什么可聊的，我问她，那盆草长得怎样。她说，长得很好，比我耐看。我笑了一下，不是说你不好看，在马路撞到那次，你就看得出，我很好色，今天是喝多了。她说，下次别喝这么多。我不是来找她聊天的，她的职业也不是陪聊。我们都不擅长这个。始终没能打开她，尽管已泄露出一大片月光。

往床上一倒，很快睡着了。醒过来已是第二天早上。

这个季节，天亮得很早，回到家六点半不到，董燕还没起床。她没问我一晚上跟谁在一起，也没问我干了什么，我们各自洗漱，然后去上班。

九

董燕怀孕了。从第二个月起，每天都要给她熬汤。虫草花炖土鸡、墨鱼炖排骨、木瓜炖鲫鱼。有时候我熬，有时她自己熬，她妈隔三岔五上门帮忙，只能隔三岔五，因为她比董副局长小好几岁，没到退休的年龄，抽不出身。

董副局长虽然退了休，却比在职时还忙。老干活动中心，文艺界的老朋友，到处请，他跟女儿一样也喜欢户外，一年四季在外面的时间多，待在家里的机会少。因为那件事，他自顾不暇，跟岳母明争暗斗。

董燕的肚子到了五个月，不能没人照顾。我把母亲接了来，让她给董燕做饭熬汤，反正她一个人在老家也没事。关于董燕以及她的过往史，我没跟她提半句。父亲去世后，母亲一下老了很多，头发大把大把地白，说是让她照顾人，其实也想让她进城享点福。

活到六十岁，第一次走出大山，母亲对城里的生活很不适应，在这里她没有朋友，想说话的时候，只能跟村里的老姐妹打电话。除了做菜、洗衣服，母亲跟董燕没有话说，对于她的亲家母与亲家公，因为地位悬殊，生活环境差别太大，也无多少交流。即便坐在一起聊天，也不过是只言片语，问一问老家的情况，太客气的说话方式，显得过于生分，好在他们登门的时间并不多。在董燕面前，母亲像是走钢丝的演员，事事小心。

一模，一样，你们娘俩，董燕说。

非常奇怪的腔调。她是说脚气问题。乡下人从小下地干活，我和母亲都有脚气，这是劳动人民的身份标识，一旦染上，会带到棺材里去。母亲的脚气比我严重，夏天脱了鞋，臭气熏天。我给她买了泡脚的药，让她每天泡两次，少穿凉鞋，尽量别在家脱袜子，情况总算有所控制。

母亲还在夜里讲梦话，这个问题责任在我。这些年很少给家里打电话，就算打，也是草草了事，几句敷衍过去。母亲是个话痨，心里藏不住事，跟我说不上，就打电话跟村里人说，说着说着，到了梦里。来到泥城，除了在家看电视，其他时间她如同哑巴。去公园，泥城方言太重，老头老太太们的话她搭不上，他们多是退休干部，而她只是个进城的农民，身份有天壤之别，根本就是两个世界。她梦到了村里的老姐妹，跟她们说了很多城里的事。董燕睡不好觉，颇有微词。母亲偷偷买来口罩，睡觉时给自己戴上，还加了一条带子，绕过后颈脖，缠上两圈，可还是阻止不了滔滔不绝的呓语。白天她能事事小心，到晚上她毫无办法。我也无能为力，没办法跑到母亲梦里将那些不听话的词一个个抓起来毙了。

看得出，董燕快爆炸了。她不知道，在她爆炸之前，我的内心早就硝烟弥漫，成了一片废墟。我能怎么办。她是病人，要多迁就，我又想起了岳父大人语重心长的嘱托，忍不住一声叹息。

我很想喝酒，然后像酒瓶一样把自己摔得稀巴烂。

又去了几次"柒零年代"，一个人去，有时能碰到"虎耳草"，有时不能，她的微信有时回，有时不回。见不到人，加剧了我对她的揣测。我觉得，她那枚贝壳里一定藏了不少月光，夏天的月光能给人清凉，靠近她的时候我感到了那种凉意。只可惜，除了月光，我不迷恋她身上其他任何东西。所以，她有些烦了，觉得我有病，严重的心理变态。我确实有病，这个病别人理解不了，我自己也理解不了。任何女人我都不愿意从前面进入，因为我不知道她脸上的表情是享受还是难受。如果有一个知己跟他说说就好了，可惜我没有，不管是丁三还是大头，都不能让我表达这些东西，老赵更不能。人生得一知己足矣，得不到，有什么办法呢，只能自给自足了。

周六早上站在阳台上发呆，虎耳草开花了，花茎上成串的雪白花瓣如张开的羽翼。昨晚只星星点点，一夜间就有了如此气象。白色的碎花上带有一抹淡红或者深紫，细绒毛上挂着露水，没有须，它依然开得美丽。掏出手机，给它拍了张照。

上午，董燕在学校开家长会，母亲一早就到公园转悠去了，她和那些老头老太太有了破冰的迹象，慢慢能说上几句话了，只要有话可说，她就能待住。一个人坐在书房，对着电脑屏幕发呆，半天没敲出一个字。这段时间怎么也找不到写字的感觉，走路做事浑身不自在，总感觉会有什么事发生，丢了魂似的，惶惶不可终日。敲了一下键盘，屏幕一闪，跳出一张女人的脸。

我抓起手机给她发微信。我的草开花了，你的呢？等了三四分钟，没有回音，我决定打电话过去，拨了两次，对方处于关机状态。快到十一点的时候，手机响了，她主动打过来的。声音含混，大概没睡醒，唔唔两声，就挂了。打算再拨过去，看见她从微信发来了共享地址。在电视台后面的巷子里，从我的小区过去只有两个红绿灯。原来我们离得这么近。

那是一个旧小区，楼道两边贴满开锁、治疗性病和租房的小广告，新旧叠加，花花绿绿，糊了一层又一层。铁门上也粘满了牛皮癣，每扇门都一样，绝无例外。这种地方我很熟悉，它们是生存者的地狱，却是广告的天堂。她住一楼，数着门号过去，很快找到了。

开了门，立马关上。门后有一面镜子，她正对着镜子梳理。上身穿了件雪纺衫，下面是牛仔裙，鬓发凌乱，没描眼线，来不及拾掇的她，看起来和我们村的姑娘没什么两样，我一直怀疑她是隔壁某个村的人。屋里很干净，也很凌乱。地上到处是高跟鞋，差不多有十几双，美丽的刑具尸横遍野，从门口蔓延到床下。房子比我以前租的房子小，大床占据了半数空间。她趿着拖鞋，一边梳头，一边通过镜子偷偷瞄我。

泥城是湖区，夏天三楼以下都会受潮，她的屋子表面干净，却有一股浓重的霉味，那些霉在看不见的地方日夜滋长，覆盖了所有角落。我感到了山洞式的阴凉，这种地方适合升起月光。她的虎耳草摆在窗台上，长须和防盗的铁条纠缠在一起，大概很久没移动了。那些花开得比我家那盆阵势大，这是一种喜阴植物，地方越潮湿，长得越好，看来它们喜欢这里。

梳理好自己，她将头发拢向一边，转过身来，很厌烦，又很得意地说，刚刚才穿好衣服，现在又不得不脱掉，有时我真觉得衣服是一种多余的东西。她不知道，男人才是被耽搁的一方，花很多精力去给女人买衣服，然后，再花更多精力劝说她们脱掉衣服，大好时光就这么白白浪费了。

我很失望，她身体里没有月光，只有滚烫的火焰，我不需要火焰。

也许这辈子都搞不定那件事，就像小时候没办法尿过隔壁二婶家的那堵断墙，这样的事不能指望别人。出其不意解下她的牛仔裙，像剥粽子一样，轻轻一绕，就脱掉了。尿吧，扶正家伙，攒劲一飙就过去了，可我怕二婶突然走出来，那样我就丢人丢大发了，就像现在，她坚持要面向我。她说，从后面进入，像是在和一头种猪做事。她眼神迷漾，模样可人，脸上霞晕恰到好处。彼此有着足够的好感，真的挺喜欢她的。她很像周芷若，我生怕她说出令人胆战心寒的四个字——我中意你。是的，那张脸我尽力回避着。只要有人中意我，就要了我的老命。

关键时刻，我夺路而逃。

十

听见客厅一阵窸窣，以为是在剪纸，猴或者大公鸡之类，并没在意，翻个身继续睡午觉。怀孕期间董燕把这门手艺打磨精了，各种复杂的图案，连人像也剪得栩栩如生。她曾对着照片剪出我的模样，可不管剪出什么形状，多精致，多逼真，最终都会化为乌有，咔嚓咔嚓，沦为碎片。把一件东西剪那么漂亮，就是为了弄碎它。好几次我看见自己在她手里翻来覆去，从无到有，又从有到无，愣头愣脑的留有一撮山羊胡的文艺青年，从她指间滑落，肢体撒了一地。

起来冲咖啡，见董燕躺在懒椅上，手指快速滑动，乐不可支地发微信，椅子边有一堆草屑。是虎耳草的花茎和叶子，她把它们全剪了，齐刘海剃成了一个光头，盆里只剩一抔土！每个天使都是危险的，她们只是安静得不屑于摧毁你，何况董燕并不是天使。

并不想打她，我没学会如何打女人，那不过是一盆草。可她脸上洋溢着十足的成就感，那种得意前所未有，她的灿烂笑容对我的胳膊发出了致命的诱惑，如果不甩她一巴掌，会显得我很没用，很不称职，辜负了她的美意，未能履行丈夫应有的职责。那巴掌力度恰到好处，一点没改变她躺着的姿势，不介意的话，她可以继续躺着。这样精准的力度，既让我感到满意，又让我感到吃惊，好像她早就该打，而我，已经打过她很多次了，不然怎会如此熟练？意外的是，董燕居然彬彬有礼地起身，表情平和，像是要就刚才发生的事跟我交流一下意见。不过，片刻之后，她便大哭起来，这终于在我的意料之中了。我摊了摊手，彬彬有礼地走开了。她那么彬彬有礼地哭，我必须彬彬有礼地回应。母亲听见动静，从卧室出来，我已经坐电梯到了楼下。

我浑身轻松，像完成了长久以来的心愿。

得偿所愿之后，又有点不知所措。正午两点，站在十字街头的我，像一只落魄的猴。烈日高悬，我踩着自己的影子，两手空空，四顾茫然，如果脖子上挂一个锣，再敲两下，兴许就能得到路人的施舍。可我没有锣，而且表面衣冠楚楚，并不很像山里的野猴，我的狼狈写在脸上和眼睛里。

泥城是个小城，小城也是城，城市的人都很忙，没人会去注意一个站在街头的男人的脸上和眼睛里写有什么内容。他们没这个耐心。太阳很大，我的脑袋晒得快开裂了，抬脚往树荫下走去，被一根拐杖拦住去路。他慢条斯理喊道：算命打八字，结婚生孩子，上梁搁檩子，出门弄票子，都要请我算哈子，日落酉时，半夜子时，算命不是么子丑事。本人刘木顺，江湖人称"刘一手"，八卦推背略知一二，天文地理懂个五成，算不准的分文不取……词整得不错。抬头一看，是个瞎子。

我很想替那些算命者算一卦，看看他们是如何沦落到上街给人算命谋生的。算得出的，还能叫命吗？有一段时间，我专门跟踪过他们。我发现那些人看的书都差不多，你若报出某个时辰某地发生的事，他们会得出几乎一样的答案。像学生在课堂上背好书，考试时再填上去，江湖术士们在做同一道算术题。我没理会他，跨步走了过去，找了家路边店，坐下来叫了两瓶冰啤。

一个人大口大口地喝。隔着落地窗，只一会儿工夫，就看见有三个人光顾了瞎子。一个是老头，一个是中年妇女，她身上还背着个孩子，另一个是跟我年纪差不多的男人。看来这个城市有很多迷途者，他的生意不错。

母亲打电话问我在哪里。我说，在外面转转。母亲说，你赶紧回来吧，你老婆在家摔东西呢。我说，让她摔吧，别拦着。母亲说，那哪行，东西摔坏了不要钱买啊，以前你老子爱摔，吃着饭，不高兴了顺手就往地上砸，现在好了，反过来了，轮到女人摔了。我说，总比两个人都摔好。母亲说，她怀着肚子呢。我说，要不是怀着肚子，哪轮得到她摔。我告诉母亲，不用担心，在边上看着就好，摔够了她自然会停手的，吃晚饭的时候我再回去。

两瓶啤酒喝完，又要了一杯酸梅汁，拿在手上边喝边出了店门。那个算命的瞎子用帽子遮住眼睛，在栾树底下打起了瞌睡。我觉得他根本不是瞎子，瞎子睡觉哪用得着用东西挡光。

泥城不是泥巴做的，是水泥做的。

下午五点，街上热浪滚滚，我想起了"虎耳草"，决定去找她。

十一

这次"虎耳草"不像上回那么糟糕，这个时辰她睡得很足，正是精神焕发的时候。不想月光的事，两人像两股洪水搅在一起，彼此失去了界限。准备发力的时候，身体猛地一凉。我发现她脑袋顶着的那片区域突然玩起了变脸术。一会儿是她自己，一会儿是董燕，一会儿又是周芷若，弄得人头晕目眩。我闻到了一股浓浓的红薯味，呛得呼吸困难。稳住身子，定了定神，把她脑袋扳过来，双手捧到眼前端详。她说，看什么呢你？我说，你那颗眉心痣呢，你应该有一颗痣啊，怎么不见了？她愣了一下，发狂似的把我掀下来。神经病你！她一只手拧开房门，一只手用力将我推到门外。

门开了，母亲站在外面。

母亲看了看"虎耳草"，又看了看我，两个女人的目光在空中相触，都惊骇万分。

逃
脱
术

一

　　一连几晚，王东亮都做了同样的梦。

　　大水冲进院子，沿墙壁直立行走，蜗牛成群结队在屋里爬行，从床脚爬到床头，又从床头爬进耳朵。他伸手去捉，捉着捉着人就醒了。他以为外面在下大雨，沅江又涨水了，然而并没有，窗外夜空晴好，沅江像往常一样，流得自信满满，波澜不惊。见王东亮枕头边洇湿好大一块，汤盈盈提醒说，你的耳朵要去看看了。王东亮说，没事，用药棉处理一下就好。汤盈盈说，你能不能别在被窝里倒腾，这个样子叫人怎么睡觉。不能，王东亮反驳说，梦里的事你能管着？

　　汤盈盈知道会出事，但没想到会出这么大的事。这种情况，王东亮是不好开口的，就用自己手机给老同学郑云武打了电话。云武，你可要帮帮我们家东亮，你们是最好的朋友，你要是不帮他，

就没有谁能帮他了。郑云武在电话那头说，别慌弟妹，我先问问情
况。郑云武一问，慌得比汤盈盈更厉害。头儿跟他说，这事你甭打
听了，书记和市长发了飙，要严肃处理。郑云武凉了半截，把实情
转告汤盈盈，到了这种地步，他这个市纪委八室主任哪说得上半句
话。事情闹大了啊，别说他这个副处级主任，书记、市长都挠破脑
袋，想着如何平息舆论，好对外界有个交代。

听完郑云武的话，汤盈盈一屁股坐在沙发上，如被电击，发出
阵阵颤抖。王东亮倒很淡定，一副死牛认剥的样子，祸已闯下，他
能怎么办，只能听候发落了。汤盈盈说，要不，找找上面的领导？
省里的某某某，不很欣赏你的文笔吗，还说要把你调到省政研室去
写材料，找他求个情，兴许有救。王东亮看着汤盈盈，表情麻木，
无动于衷，可能根本没听到她在说什么，他现在已经很难听全一个
人的话了。汤盈盈长长地叹一口气，她的世界塌了。

二

王东亮是市委办的一位主任科员。昨天市里召开全市下半年经
济工作会议，各局各处的头头，几大机关科级以上干部，好几百人
参加。会议通过市电视台现场直播，书记和市长轮流讲话，会场里
掌声一浪高过一浪。结尾时，镜头扫过全场，尴尬的一幕出现了。
那一幕不过两秒，却明明白白、清清楚楚地呈现在全市人民面前。
那是一张专注而沉醉的脸，脸的主人不为台上领导讲话所动，也不

为不时响起的掌声所动，他似乎在做一个梦，一个无比酣畅无比痛快的梦，以至于旁边的人推了他好几下都没反应过来。那个人就是王东亮。没人知道他什么时候开始睡觉的，睡了多久。他身姿很正，腰板坚挺，如果不是镜头扫到他的脸，这个秘密永远不会有人发现。到底还是发现了，发现得很彻底，现在全市人民都知道有个叫王东亮的人开大会时在下面打瞌睡。

会开完，参加会议的干部记住王东亮了。这个会议起到一个作用，那就是让王东亮出名，像是为他一个人开的。

各大网站和微信公众号吵翻了天，民意沸腾，来势汹汹，指责泥城公务员尸位素餐，浪费纳税人的钱。开大会，电视台直播，居然在众目睽睽之下睡觉，党和国家的颜面何存？政府工作人员的形象何存？市领导怒不可遏，表示要严肃处理。必须严肃处理，这是一个很容易得出的结论。

所有人都为王东亮捏了把汗，认为他必将饭碗不保。纪委调查后却发现，事出有因。王东亮之所以睡觉，是因为耳朵听不到，而耳朵听不到，是因为上回下水救人被感染了。夏天开会，空调一吹，人就疲劳，听觉不灵很容易走神，打瞌睡也就成了人之常情。因公弄坏身体，不奖励也就罢了，怎么能处罚？那会让下面的人寒心。纪委书记为难了，他质问市委办主任，身体有问题，耳朵听不到，来开什么会？聋子听得见报告吗？

三个月前，市政府筹划招商引资论坛。新一届领导班子下决心，要改变泥城尴尬的经济面貌，北上广，港澳台，商界大佬应邀而来，市委、市政府的主要部门忙得焦头烂额。在泥城投资，清水湖得天独厚，那里是城郊，风光好，地势平坦，住户不多，便于拆迁，也便于规划改造。那天，王东亮和接待办的人一起陪同商界代表环湖考察。一群人浩浩荡荡，兴致颇高，尤其是那位港商，虽上了年纪，身体瘦弱，步伐却迈得很大，他一边走，一边指点江山。湖区大风呼啸，水面波涛汹涌，前两天下过雨，地面湿滑，老头一个趔趄跌落湖中。随行人员中王东亮离他最近，来不及想，第一时间跳下去救人。好在，那是浅水区，老头只是弄湿了身体，并无大碍，倒是王东亮出了问题。

回到家，他洗了一个澡，好好睡了一觉，第二天起来发觉左边耳朵不对劲，里面奇痒无比，于是，忍不住用掏耳屎的勺子去挠。如此，又过了一天，就疼了，阵阵撕裂的疼，从左耳穿过脑袋传到右耳，似乎疼痛也可以传染，一下子两只耳朵都出了问题。王东亮心想，一定是湖水灌入耳内，把耳膜感染了。汤盈盈让他到医院看看。他却说，这种事小时候下河洗澡经常遇到，痒两天，痛两天就会没事了，会自愈的。他找出一团药棉，沾了酒精给耳朵消了毒。然而，并没好。几天后，他的耳朵嗡嗡作响，流出大股脓水，别人跟他说话，他断断续续，听得有一句没一句。最可怕的是，他做起了怪梦，脑袋里有一条河，一条奔腾的大河，河岸爬满蠕动的蜗牛，怎么都捉不完。这下王东亮慌了。然而，为时已晚。他去市医院看，又去省医院看，各路专家束手无策，说他错过了最佳治疗时机，把自己耽误了，他的耳朵是死是活，能否回到从前，只能看天。

汤盈盈在保险公司上班，当办公室副主任，工资待遇比王东亮好，但她的光环是王东亮，不但她，两个家庭的光环也都集中在丈夫身上，因为他在市委大院上班，是家族的未来，随时可能捞个大职位的。尽管这几年那个光环有些黯淡了（因为他迟迟没得到升迁），但黯淡的光环仍然是光环。她不能看着丈夫的耳朵这么坏了，那样的话，就一点希望也没了。保险公司接触的人多，三教九流，干什么的都有，汤盈盈通过各种渠道打听江湖郎中，寄希望哪位民间高人，手里握有祖传偏方，一不小心就把耳朵治好了，这种事以前不是没听说过。

汤盈盈准备到王东亮单位去索要赔偿，在她看来，这属于工伤。王东亮挡住她说，谁能证明耳朵跟下水救人相干？时间过去这么久了，医院开不出诊断书，就算他们有这个能力，也不会这么做。连我自己都搞不清耳朵是怎么回事，王东亮自顾自地说。汤盈盈说，那就这么算了，吃哑巴亏？王东亮说，那能怎样，慢慢来，好好治，会好的。汤盈盈没好气地说，治治治，早让你治你不治，搞成现在这样。王东亮一脸苦笑，没别的表示。

对王东亮的救人举动，事发当时，领导重重表扬了他，只不过，他们认为此事不宜宣扬，毕竟招商引资，客人不慎落水不是光彩事。因此，王东亮虽立了功，除了口头嘉奖，没得到实质好处，反而把耳朵给搭进去了。自那以后，他的耳朵一下听得见，一下听不见，成了失效的零部件。他清晰地感觉到，两部零件一天比一天接近于摆设，能捕捉到的言语越来越少，也越来越微弱，好像所有人都站在遥远的地方跟他说话，当那些话抵达自己耳边时，已经像云雾一样缥缈无形了。而脑袋中的那条河，潮起潮落，强烈地召唤着他，他不知道那是一种什么样的召唤，但明确感到了它的存在。

王东亮是个坐得住的人，性格沉稳，不知底细的人看不出他跟以前有什么不同。他依然十年如一日地写材料，递材料，有事情向领导汇报时，敲声门进去，算打了招呼。没人会想到，王东亮的耳朵会给大家带来这么大麻烦，他竟然在全市大会上睡着了。早知道这样，肯定早把他调离岗位了。现在说什么都迟了，迫在眉睫的问题，得赶紧给出处理结果。

部门里的人都知道王东亮的耳朵是怎么回事，因为耳朵开小差，打了瞌睡，被一撸到底开除公职，会让很多人寒心。再说，开除人家，砸了他的饭碗，人家寻根究底，说耳朵是工伤怎么办？若真算工伤，领导们谁也负不起这个责，不说政治责任，钱就赔不起，双耳失聪是很严重的残疾，不是随便一个小数目能了结的。最好两边各退一步，对外有个交代，对王东亮也有所保留。如此这般，纪委决定网开一面，给一次党内警告，市委大院是不能待了，将他发配到六中挂办公室主任。

刚到六中那会儿，很多人都怀疑王东亮的耳朵并没有什么问题，他之所以这么说，完全是为了找借口逃脱重罚，否则工作难保。有一天早上，王东亮去上班，走到单位门前的十字路口，当时红灯已经亮了，后面来的司机是个新手，没及时减速，一个劲儿按喇叭，其他人听到喇叭声都停下了脚步，王东亮跟没事人似的，结果被撞飞到几米开外。那回，他被撞折两根肋骨，在医院躺了半个多月。人们这才相信，他的耳朵真的出了问题。

三

所有人都知道王东亮是受了处分，发配到学校来的，他的办公室主任是个空头衔，落实待遇而已。原本属于主任的事，学校都交给副主任干了，只有开大会，必须举手，少不了他那一票时，才叫上他，他成了单位里可有可无的闲人。领导不支派他干别的，大家都知道单位有这么个人，但都感觉不到他，他只要干好自己的分内事就行了，他的分内事就是，无所事事。如此一来，四十岁出头的王东亮，提早进入了半退休状态。

再后来，他就成了哑巴。

王东亮之所以成为哑巴，是被两只耳朵连累的。至于具体哪天哑的，没人知道，他在单位的存在感太低，等注意到时，他已经不会说话了。

两耳失聪成为哑巴后，王东亮屏蔽了所有社会活动。每天除上班之外，只干两件事，写小说或者看NBA球赛。不论写小说还是看球赛，他都专心致志，心无旁骛，像一个绝缘体，一个将自己禁锢起来的王。王东亮一直有文学爱好，过去那些年，他写了成百上千份材料，却没上台念过一句，如今，他等到一个书写自己的机会。有两次晚上写累了，第二天没去单位，单位里没一个人问起他。妻子汤盈盈并不关心他在写什么，只为丈夫的遭遇鸣不平，抱怨自己命不好。儿子读初三，已经住校了，成绩优异，不需要他管什么，接下来会读高中，再接着上大学，到那时，人大了，就更不需要他，那些课程他已无力辅导，生活和学费方面有母亲一个人够了。以前在市委大院，虽只是个主任科员，上门求他办事的人并不少，过年过节，请吃请喝，他疲于奔命，应付不来。现在，一个转身，那些人都不见了。这个世界已经不需要他，而他，似乎也不再需要外面的世界。

听说王东亮哑了，郑云武主动上门来看。他打电话问汤盈盈，王东亮到底什么时候哑的。汤盈盈说，想不起来了。这个回答让郑云武很吃惊，甚至有些生气。你怎么会想不起来，你们不是两口子吗？汤盈盈说，两口子是两口子，可我们平时话不多，他全身心扑在工作上，一回家，要么躺下睡觉，要么看点闲书，没工夫搭理我。说到这，汤盈盈变成了哭腔。

郑云武和王东亮是大学校友，毕业后同时考到市委，两个人同一年解决的科级待遇，郑云武副处干了六七年了，他却在原地踏步。市委大院里处级干部数不过来，科长只能算打杂的。很多人愿意在市委机关打杂，在市委机关待足了年头，就算没被提拔，调出去，也会委以重任。总而言之，大院里有盼头。只可惜从进入市委机关起，十几年过去了，王东亮既没得到迁升，也没有外调，耳聋之前，他是院里年龄最大的科员。以前服务过的人，陆续成了市里的主要领导，跟自己一个战壕的同事，纷纷成了顶头上司，只有王东亮，虽解决了科级待遇，却还像刚参加工作的小年轻，事必躬亲，干着各种琐碎事。很多同僚都为他抱不平，觉得王东亮大材小用，被严重耽误了。上次那个省领导看了他写的总结材料很是欣赏，想调他到省里，问他的意思，他不咸不淡地说了一句，听从组织安排。搞得人家弄不清他心里在想什么，是想去，还是不想去。

郑云武进门跟王东亮打招呼。王东亮光张嘴，一句囫囵话说不出来，两个人用手比画着，交流起来非常吃力。老伙计不但耳朵出了问题，嘴巴也哑了，真成了聋哑人。电视里正在放 NBA 篮球赛，火箭对开拓者，麦迪受伤了，姚明独自带队，王东亮一会儿跟郑云武打招呼，一会儿扭头盯着电视屏幕。真可怜，声音都听不见，球赛如何看得过瘾？郑云武心情沉重，一时难以接受。王东亮却表现得和往常一样，又是洗水果，又是搬凳子，热情招待，还把自己写的小说拿给郑云武看，让他提意见。郑云武哪有心思看小说，转过头跟汤盈盈说，没想过学哑语？汤盈盈说，怎么没想过，他才学了几个手势，就放弃了，除了几个简单的日常动作，对哑语毫无兴趣，非常抵制，他宁愿用笔写在纸上。说起这件事，汤盈盈隐隐有些气愤，不过，语调很快平缓下来。

感谢你来看他，汤盈盈说，现在也只有你还记得他。她的话，让郑云武很不好意思，她没有想到，那是王东亮出事后，郑云武第一次也是最后一次来看他，老同学的到访，好像只是为了确定一下王东亮是否真的聋哑。以前的老同事、各路亲戚朋友也都来看过一次，此后，再无人上门。他们个个替他惋惜，好好一个人，怎么成了这样。

四

王东亮彻底迷上了写作。

五年里，他没跟人说过一句话，却写下三十多部短篇和两部长篇小说，足足两百万字。他每天在键盘上唠叨，白天没讲够，晚上再讲个通宵。那几年王东亮没离开过泥城，大门不出，二门不迈，可他的文字却像长了脚一样，走遍大半个中国。他还得了一项文学奖，奖金有十万，把汤盈盈吓了一跳。因为这项奖，向来无人注意、默默无闻的王东亮成了泥城的新闻热点。泥城好多年没出过像样的作家了，如今出了一个王东亮，文艺界跟打了鸡血似的。各家媒体要上门采访，电视台要约他去做节目。只可惜，这个异军突起的作家是个哑巴，一句话都不会说，这让蜂拥而来的媒体颓丧无比。准备好的讲座、电视对话，通通泡汤。泥城人民只是知道身边出了个作家，却不知道他叫什么，长什么样。

汤盈盈发现，王东亮经常一个人偷偷溜出家门，到公园和老头老太太打牌下棋。他虽听不见别人说话，但眼睛还在，竟跟那帮人打得火热。除了打牌下棋，他还装模作样坐在那里听大伙唱歌，拉二胡，表现得很享受的样子。那时候的王东亮，完全一副退了休的七老八十的老干部做派。尾随而至的汤盈盈见到这种情形，很想捡一棍根子在王东亮脑袋上敲两下，看看他的脑子里到底在想什么，装了什么。在汤盈盈看来，王东亮不像耳朵出了毛病，更像是得了某种精神疾病。

过去王东亮虽没什么实权，但也在万人仰敬的市委大院上班，家里没有经济压力，泥城这种小城市，幸福指数是看得见的，他们曾经得过市总工会评选的"书香之家"和"最美家庭"称号。不过，那是以前了。如今，他又聋又哑，成了残疾人，不但跟外面的人不说话，跟汤盈盈也几无交流。

汤盈盈非常痛苦，也非常不解，她万万没想到丈夫有一天会成为聋哑人，一个神经质的聋哑人，这种事怎会降临到自己头上？她受不了了，孤独无助，简直要疯掉。他们没法一起看电影，也没法一起逛街，就算在床上，也只是她在独自哼哼，丈夫悄无声息完成任务的态度，让她不能接受。没有声音的欢爱，连自慰都不如。她无法将眼前这个人和当年那个玉树临风，意气风发，嘴巴抹了蜜，把她哄得团团转的人联系在一起，他也许真的被什么人做了手脚，躯体里装的是另一个人的灵魂。过去善解柔情，很会拨弄女人的情郎，成了又聋又哑，毫无情趣，整天躲在书房敲打键盘的傻瓜。在外面，汤盈盈是个能力很强，长相出众的企业白领，走到哪都有男人围着她献殷勤，可在家里，她就是一团毫无存在感的空气。

夫妻两个，每天按时上班，按时下班，然后，各干各的，互不干涉，互不理睬。相对于王东亮的镇定自若，汤盈盈兵荒马乱。她不能接受这一切，为了逃避，把精力都放到工作上，努力跑业务，努力挣钱，虽然那些钱和业务并没有多少用处，但可以用来麻痹自己。只可惜，她的钱挣得越多，心就越空虚，跟闺蜜泡在一起花天酒地也难消心头之恨。她这才发现，一个男人不会说话，听不到自己说话，是多可怕的一件事，即便他的心智多健全，身体的其他部位都勇猛有力，也弥补不了两个人沟通上的缺失。王东亮打死也不肯多学一点手语。以前汤盈盈很同情丈夫，觉得他被外界孤立了，很可怜，现在她认为被孤立的不是丈夫，而是自己，她才是那个找不到出路的可怜鬼。

王东亮，我们就这么下去了？你还能说话吗？汤盈盈问他。王东亮表情木然，不知道她在说什么。你知道吗王东亮，老娘受够了，汤盈盈咆哮起来。可王东亮依然没有回应，他转过身，走到书房去了。汤盈盈绝望了，她要为自己另寻出路。

以前，单位有出差的活，汤盈盈尽量推给同事，如今，她每个季度都要出门联系几天业务，工作之余，顺便透透气。她上次出差是到省公司开会，忙完公事后，跟几位老同学见了一面。其中一位是从高中就暗恋她的男生，给她写过很多情书，当然，现在不能叫男生了，而是中年油腻男，头顶秃瓢，肚大肠肥。时隔多年的见面，彼此都很感慨。那位老同学没完没了地打电话过来，用微信发各种暧昧文字和图片，汤盈盈不胜其烦，有些生气了，打电话骂了他一顿。哪知不骂还好，越骂他越来劲，有时候深更半夜还发消息过来。可当他不骚扰她的时候，汤盈盈又觉得心情空虚，有强烈的失落感。她从厌倦变成了渴求，乐意地接受起他的骚扰，并当着王东亮的面大声打电话。最后，鬼使神差，在一个周末她坐高铁去跟油腻中年男见了第二面。那次之后，她再也没接到那个人的电话和微信。这件事对汤盈盈打击很大，倒不是说自己多在乎那个男人，而是认识到一个残酷的事实，自己年老色衰了，不值得男人为她持续付出了。她感觉自己和街边跳广场舞的大妈没什么区别，华丽的外表下不过是一块用旧的抹布，这个发现让她黯然神伤。她觉得自己简直是昏了头，那样一个男人居然也值得去冒险，人生唯一一次冒险，留给她的不是美好，而是一块巨大的创伤。

汤盈盈感觉受了奇耻大辱，这个耻辱是王东亮带给她的。

你知道吗王东亮，我真想杀了你。汤盈盈对自己说。

五

日子压抑，汤盈盈想去散散心，她想把王东亮一起带上。去哪里没关系，只要出门就行。于是，匆匆联系了一家旅行社。

那天上午天气很好，汽车在公路上飞奔，阳光照耀大地，也照耀着他们。汤盈盈觉得世界很久没这么明亮了，窗外景物不停奔来，像多年不见的朋友，让她产生一种向前拥抱的冲动。坐在身边的王东亮气色不错，随着她的目光一起欣赏窗外的景色，这让汤盈盈生出莫名的感动。车上座无虚席，游客有老的，也有年轻的，有拖家带口的，也有独自上路的，不时交谈着什么。汤盈盈在车上睡了一觉，醒来时发现汽车行驶在峡谷之中，她的右手边是悬崖，悬崖下有一条河。太阳高挂，山峰在河谷里的投影让人感觉汽车像飘在半空的风筝，被一根细小绳索控制着。峡谷又高又险，汤盈盈乜斜一眼，下面是无底深渊。车的速度很快，开到一个拐弯处，司机点了一下刹车，把车上睡觉的人都抖醒了。

公路中间滚落了一块大石，有三个男人站在石头后面，司机被迫将车停住。来人一胖两瘦，胖子脸上有块疤。三个人像少先队员似的，热情地在窗外挥手，说要搭个便车。司机没开门，摇下车窗很不客气地告诉他们，这是旅游公司的长途车，不搭半路客。三个男人讨好地笑着，说只搭一截路，给双倍钱，这个地方太偏了，下趟车不知道什么时候，帮个忙吧。其中一个掏出两张百元红钞在手中用力晃荡。司机还是没理会，发动车子，准备继续前行。没想到，车还没走，"哐当"一声，车门被踢开了。

三个人一上来就从怀里亮出刀子。

所有人都明白是怎么回事，都不说话，车内一片死寂。首先被刀子顶住的是司机，没办法，司机只能熄火。静了几秒钟之后，车里的乘客尖叫起来，乱作一团。汤盈盈觉得他们的叫声很难听，所以没跟他们一起叫唤，但双腿忍不住在打战，潜意识地握紧了王东亮的手。她抬头看了看王东亮，王东亮没在看她，注意力全在歹徒身上，与精神紧张的汤盈盈相比，他的脸上看不出丝毫情绪波动，他的沉着表现看起来像在构思如何把这一幕写到小说里去。

三个人挥了挥手中的刀子，示意大家安静。拿出来吧，别浪费时间了。说话的是那个胖子，很显然，那两个瘦子是跟班，他们手握尖刀熟练地走向了座位上的乘客。

乘客们干瞪眼，谁也不说话，配合着强盗的行动。还算懂规矩，臃肿的胖子咧着嘴说。游客们的行李很快被掏空，身上也搜了个遍，偶有反抗撕扯的，难免挨上几拳。汽车平稳地停在路上，平稳得让人难受。其间，不知三个中的哪一个喊了一声，穷鬼，揣这么点钱也好意思出门旅游！

好了，好了，我们要下车了，胖子说。

这时，不知谁小声嘀咕了一声，怎么能这样。

你在说什么？本打算下车的胖子，重新转过头。车厢里的人张大嘴巴，依旧没有出声，他们在寻找声音的来源。汤盈盈也在寻找，她不知道谁这么多事，钱抢都抢了，抱怨有什么用。她听见谁又大喊了一声：你们不能这么干！

声音威赫生猛，汤盈盈觉得耳朵快被震聋了，头皮一阵发麻，震过之后，发现所有人都在朝这边看，身材臃肿的胖子已经拿着刀走到了跟前。她这才意识到，刚才那声喊叫是王东亮发出来的。王东亮说话了，哑了五年的王东亮说话了，说得那么大声。她看着王东亮，表情充满恐惧，比看歹徒的表情还要恐惧，像不认识他似的。

王东亮捏着拳头站起来，发出了第二声喊叫：你们不能这么干！胖子并不理会他的喊叫，他走过来，轻松架住王东亮的胳膊，摁住他的脑袋，在车壁上"哐哐哐"，连撞三下。王东亮的额头顿时肿起了几个大包。汤盈盈吃惊地看着这一幕，呆坐在那，一动不动。

后来，胖子将刀搁在他的脖子上，王东亮感到了一片鲜活的凉意，一条肥大冰冷的虫子从他脖子上往下钻，顺着胸口爬了下去。胖子嘿嘿一笑，手中的刀玩魔术似的挥舞起来。王东亮看不清他的刀子在哪里，更看不清刀子的形状，他的速度实在太快了，转得他头晕脑眩，使得他本来就被撞晕的脑袋意识更加模糊了。王东亮木

124

木地站在那，再也说不出话。

你给我下去！两个瘦子朝他吼道。听见没，给我下去！他们去拖王东亮，王东亮的手死死抓住车座，拽了几个回合，没有拽动。这时候司机从前面回过头说，你快下去吧，我的车不搭你这样的人！下去，快下去！车上的乘客嚷了起来，随之而来的是此起彼伏的叫骂声。王东亮还以为他们是在骂司机，骂他恩将仇报。听了几遍才明白，原来是在骂自己，这让王东亮摸不着头脑。他看见有两个身材高大的乘客起身朝这边走了过来，妻子汤盈盈也伸出手帮忙，他们跟歹徒合力，将王东亮连人同座椅一同拆下，然后扔下了车。"嘭"的一声，王东亮重重地摔在公路上，他没来得及反应，汽车已经发动。妻子汤盈盈、三个歹徒以及所有乘客，安安稳稳地坐在车上走了。

王东亮下巴着地，看见公路在眼前不停摇晃，汤盈盈面带微笑将头伸出车窗，回过身朝他挥手致意。等王东亮从地上站起身，汽车已不见踪影，空气中只有一股淡淡的汽油味。

六

王东亮拍了拍屁股上的泥，走到路边往下俯视。那条河一直在底下蜿蜒，不知流到哪里，因为离得太远，听不见水流的声响，它遥远得像一张图片。再往前看，公路像别在山腰上的布带，山风迎面吹来，他觉得世界很真实，峡谷里的景色非常美丽，他一边看风景，一边迈开步子，沿公路朝前走去。

时代
广场

天很热，我穿了条半截裤出门。

李倩说，你是在白费力气，他不会出现了。但我不听她的，依然每隔一段时间就去时代广场四楼的港式餐厅吃一盘烧鹅。以前是跟李倩、王强，还有他们女儿，四个人一起吃，如今只剩我一人。我一边吃，一边透过落地窗注视从时代广场走过的人，如李倩所料，王强并没出现，人群中没有他，我的等待只是徒劳。

十年来，外界一直在猜测我跟李倩、王强三个人之间的关系以及王强的消失之谜。其实没什么好猜测的，这是一个老套的故事，如外界传言的那样，我们在搞三角恋，准确地说，是我挖了王强的墙脚，而李倩对我的挖墙脚行动持怂恿和默许态度。我们仨是高中同学，我和王强都喜欢李倩，这一点大家心知肚明，相对而言，我比较自卑，读书的时候，是个乖乖仔，不敢表露心迹，王强不一样，他做什么事都很有主见，自信满满，两个人高中没读完便确立了关系。后来，我分析，很可能是因为他们的恋爱谈得太早，最后麻木了，导致王强一点也不珍惜李倩。大学毕业后，我回泥城考了个小公务员，王强先是攻读医学硕士，去美国当了两年交换生，然后作为人才引进到市中心医院，他和李倩顺利结了婚，并且生下女儿亚亚。李倩结婚后，我的胆子莫名大了，对一个已婚妇女，再没什么顾忌，隔三岔五发一条半真半假的短信向她表白，对此，她既不回应，但也没明确拒绝。我之所以敢这么大胆，是因为当时离婚了。因为种种原因我跟前妻没有孩子，内心空虚，没着没落，生活有点破罐子破摔的味道。我没想到，有一天李倩会给我打电话，她说，她过得很不好，王强根本不知道如何爱他，经常当她不存在，除了工作他什么都不会，而我就不一样。她说了那么多，意思只有一个，她想跟我在一起。你是一个有情调的人，懂得在乎我，李倩说。我说，看起来你也挺有情调。从那以后，我身体的各个部位总觉得不舒服，不时出现这样那样的毛病，理由很充足，办公室工作做得太久，熬夜太多，不太注意身体。于是，经常去找王强看病，让一个留美硕士对付这种小毛病，真是高射炮打鸟，屈才了。谁让他是我的老同学呢。我找王强看病是想跟他拉近关系，跟他拉近关系，是为了能经常见到李倩。每次看完病，我都会请王强一家子吃饭，吃饭的时候，跟李倩在餐桌上眉来眼去，用眼神互诉衷肠。对这段地下情，王强毫无觉察，他的注意力集中在烧鹅身上，一边吃烧鹅，一边跟我谈医院的琐碎，还要我注意身体，你一个人挺不容易的，你要学会照顾自己。他实在是太信任我了。

　　那天，李倩对我说，真希望王强出点意外，车祸什么的，那样她就不用背负沉重的道德枷锁，也不用逼他离婚，我们就可以名正言顺在一起了。我说，你怎么可以这样想，王强可是我最好的朋友，你们好歹夫妻一场，现在这样其实挺好的。嗯，可不就挺好的吗，整天偷鸡摸狗，李倩说，还最好的朋友，最好的朋友你还睡他老婆，你他妈良心被狗吃了，是不是把我当玩物了？我说，看你说的，要玩也是你玩我，你都结婚生娃了，我还是个单身。她没好气地踢了我一脚。我喜欢李倩生气的样子，那时候的她最迷人。可现在，她再也不是那个多情少妇了，她老了，四十大几的她，散发着一股衰败之气，相对于她的身体，我更厌倦的是每天必须跟她一起生活，厌倦了自己在这段关系里所充当的角色。一句话，我累了。

王强，你在哪里，快回来救救我！

李倩问，你是不是想找小年轻了？告诉你，迟了，也不撒泡尿照照自己，一个死糟老头子。说真的，这个念头，我并不是没动过，但我不会承认，王强不在了，我有责任也有义务照顾她们娘俩。别瞎想，我只是想找王强把事情说清楚，让他跟你把婚离了，咱俩好生个二胎。李倩叹了口气说，我连他长什么样都忘了，你还记得吗？这么一说，我好像也不太记得了。十年了，如果王强还活着，八成跟我一样，也是个身体发福的中年油腻男，哪怕从跟前走过，恐怕也认不出来。

以前跟李倩的关系没公开的时候，我感觉良好，设想过取代王强跟李倩生活在一起的情形，真到了这种时候，却一点也找不到当初想要的感觉。王强是突然消失的，尽管我每天都在履行作为李倩丈夫的职责，可名义上他们才是真正的夫妻，王强只是失踪了，并没被证实死亡，因此，他们的婚姻关系无法解除。这些年，总觉得有一块阴影笼罩着我，或者说，我跑进了别人的影子里，替别人生活，四处奔波，任劳任怨。我不过是个替代品。我所处的位置，是王强的位置，我像继承遗产一样，继承了他的妻子和家庭，这让我觉得自己是一个被监视的人，每时每刻都有一双眼睛盯着我。我希望那个影子能从我的身体里跳出来，现身人前，我们面对面把事情扯清楚，这样，我就一身轻松了。可等了这么多年，他就是不肯现身。王强，你难道真的不回来了？就算你识破了妻子出轨的事，也不能连女儿都不要了，这么多年也不回来看看她，难道你偷偷回来过，我们没能发现？王强啊王强，我亲爱的老同学，你知不知道，我对你的思念已经超过了对一个女人的思念。

据李倩的描述，王强出门那天告诉她，要去南方开一个医学研讨会。事后调查，根本不存在他口中说的那个研讨会，这件事要么是李倩瞎编，要么是王强为离家出走找了个借口骗她。事无对证，对于李倩单方面的说辞，我不知道该不该相信她。我一直怀疑，为了跟我在一起，李倩用了什么特殊手段将王强谋害了，可看她的表现，又不像，她不是一个心肠歹毒的人，没那个能耐，而且我也不相信，自己的魅力大到能让一个女人为我谋杀亲夫的地步。

王强失踪后的第三天，医院和公安局的人找上门来。我是王强的固定病人，我的病是小病，甚至可以说算不得病，用不着王强这种级别的医生出马，因此，我与王强以及这个家庭的频繁接触显得十分可疑。

说说吧，他有可能去哪？

那口气，明为询问，实则胸有成竹，似乎早已断定王强的失踪必然跟我有关，最起码，我应该知道一些内情。我不能告诉他们，别看我跟王强是同学，其实我对他并不了解，我接近王强完全是因为李倩，如果这样，他们会更加认为事情与我有关，我很容易被锁定为犯罪嫌疑人。

其实，我比他们更想知道王强去了哪里。那段时间我的内心非常煎熬，有很强的负罪感，寝不安席，食不甘味，觉得跟李倩的事瞒着王强实在不够光明磊落，我们应该早点摊牌，好聚好散，这样大家都轻松。一连打了两天电话，对面始终处于关机状态，问其他几位平日走得近的朋友，也没任何蛛丝马迹，他好像从这个世界蒸发了。

王强失踪前有没有什么不寻常的举动？公安局来的人里有个头儿，看起来很精明的样子。

不寻常的举动？李倩说，没有啊，他每天准时上班，准时下班，生活很规律，看不出有什么变化。

那人又问：完全看不出？

李倩说：看不出。

那你呢？他用眼睛盯着我。

我想了很久，跟李倩一样，也觉得没什么，硬说有，那就是两个字。

我说：倦意。

他们不太明白。

倦意？

是的。我说。

王强是外科医生，经常上手术台，去年年底，在父亲的安排下，成了医务部主任。王强有留学背景，工作努力，长相出众，可以说是一表人才，以他的能力取得什么成就都不足为怪，但是，他没想过自己这么快转到管理岗。很多人奋斗半生才能得到的位置，他三十三岁就得到了，不过，他并没表现出什么成就感，一切都是父亲的安排，正如当初父亲坚持送他出国一样，他无力抗拒。自从当上医务部主任，会议和应酬多了，这让他感到有些乏味，经常在我面前抱怨，说自己越来越不喜欢医院了，不喜欢手里的这份工作。有两次，我在四楼等王强，看见他在穿过时代广场时停住了，火炬雕塑前面有两个老乞丐，他蹲在地上和老乞丐脸面相对。现在街头已经很少见到职业乞讨者了，市里有福利院专门收留孤寡老人和流浪汉，任何人都可以在那里找到归宿，不知道他们是从哪里跑来的。

两个老头风雨无阻，什么时候都占据广场最显眼的地方，每次从那里路过时，他们都不曾缺席。王强在老乞丐身前蹲了很久，上楼的时候对我说，两个老头身体都有毛病，一个手指骨节肿大，患有严重的风湿性关节炎，另一个，满脸疱疹，像被开水烫过，会不会是得了艾滋病？一般人这种身体情况，一定表现得生不如死，痛苦万分，他们俩却怡然自得。王强问，你知道他们为什么不愿待在福利院吗？我说，可能嫌福利院给的钱不够，不如讨来的多吧，听说很多乞丐日子过得比上班族都好。王强说，不，不是那回事，广场自由。

他们问：就这些？

我说：就这些。

警察认为我有意隐瞒，他们表面不露声色，私下却在我家附近安插眼线，暗中盯梢。那段时间，不管走到哪都觉得有人在我身后尾随，周末，索性待在家中，哪也不去，卧室和客厅的窗帘也通通拉下来。我感觉有些不妙，王强会不会像电视上说的那样，卷入某个复杂的案件，偷偷跑路了？又或者知道了什么不该知道的事，被人灭了口？

王强的失踪给我们带来了莫大的困扰。读三年级的亚亚，晚上加班很晚才回家的李倩，她们上学和下班的路上都有被人跟踪的迹象。警察已经知道我和李倩的关系，他们怀疑是我和李倩合谋将王强害了，很可能已经毁尸灭迹。为了查出真相，他们在我俩周围编织了一张密不透风的网。紧张的氛围令人窒息，我感觉自己快疯了，索性搬过去和李倩住在了一起。你们不是喜欢监控吗？那就好好看个明白。

那天，天还没亮，手机在幽暗的角落兀自起舞。我开灯，伸手去接，对面又挂了，如此反复，大约有五六次，弄得我搞不清是没睡醒，还是听错了，处在梦游状态。后来我没再管它，它反倒安静了。不知过了多久，里面传来了两声提示音，我忍不住又去拿手机，打开一看，是句没头没尾的话：到老西门忘我居来，我是秀才。神经病，我没好气地骂了一句。李倩起身说，让我看看。看完，发出一声尖叫，是他。我问，谁？她说，王强啊，你不知道他有个小名叫秀才啊。我说，你确定？她说，确定，肯定是他。我一下全醒了。

楼上楼下都安有摄像头，对面小区有人在用望远镜监视我们。我和李倩商量一番，决定使一招金蝉脱壳，让她先出门。我躲在窗帘后面，揭开边上的一角，见他们果然中计，其中一个跟在李倩身后走了。我当即飞奔下楼，剩下的一个立马尾随而来。我按照手机短信给的地址，先是坐了一段地铁，然后，又转了三次公交，下了车又故意在巷子里绕来绕去，总共花了两个小时，才将尾巴甩掉。甩掉尾巴后，我在公共厕所换了一套早就准备好的行头，赶往他说的那个地方。

忘我居是一家书吧兼咖啡馆，在泥城很有名。因为时间太早，店里没几个客人，我选定靠里的一个位子坐下，像革命年代的地下工作者，谨慎地观察着周围的环境，左右扫了一圈，确定没人跟来，才松了一口气。但我也没看见王强。要了一杯卡布奇诺，喝完之后，又等了很久，除了斜对面那个衣衫褴褛、长相黢黑的人外，没可疑人出现，我拿出手机照那个号码拨回去，结果显示电话无法接通。这时，斜对面那人起身朝我走过来了，他在我肩上拍了一拍，我以为是王强乔装打扮的，定睛一看，并不是，尽管他的面目模糊不清，却怎么看都不像王强，不可能是他。那人交给我一个小信封，说是某个人托他转交给我的。我问，什么人。他说，你打开就知道了。说完，转身从侧门出去，再看时，那人已坐上门口的出租车，消失在了大街上。

那人走后，我迫不及待拆开信封，想弄明白王强到底在玩什么游戏。我以为，他会在信里羞辱我一番，诸如衣冠禽兽、卑鄙无耻、千刀万剐等等，什么难听的话都想到了，毕竟是我不仁不义，背地里跟兄弟的老婆有了一腿。又或者，他对我和李倩的关系表示理解，慷慨地原谅了我们，然后嘱咐我照顾好李倩和他的女儿。然而，都不是，展开信一看，里面是白纸一张，什么字都没写，干干净净的白纸。

我觉得这很可能是一个局，当即给李倩打电话。她问，见着了吗？我说，见着了，这种操作蛮有想象力的，演员也找得不错。她说，你在说什么，王强人呢，你到底跟他说清楚没有？我说，你把王强怎么了，如果你把他杀了，我愿意给你顶罪，这种事越早打算越好，玩小手段，警察可不是那么容易糊弄的。李倩问，你在说什么啊老陈，我不明白。我说，不明白的人是我。

从那以后再没收到王强的任何消息，那个叫王强的男人彻底消失了，像某位诗人描述的那样，仿佛水消失在水中。一开始我很替李倩担心，怕东窗事发，如果她因为我谋杀亲夫进去了，我不但会受到牵连，良心上也会过不去，王强毕竟是我最好的朋友。警察一直在监视我们，以为一定能查到什么证据，我们迟早会露出马脚的，然而这种监视持续了两个多月，他们依然一无所获。如此，警察只好申请搜查令，直接破门而入。房子被仔细搜查了好几遍，他们弄来几台高科技仪器，动用警局的精干力量，翻箱倒柜，所有角落都没放过。他们查到了一摊血迹，DNA测试显示，是王强的，遗憾的是，进一步检测证明，那只是他的鼻血，是他在洗手间洗漱时不小心摔倒留下的，除此，再无别的证据。屋子里到处是王强的气味，那些属于他的散落皮屑和毛发组织让人感觉他就在我们眼前晃悠，所有物件都能照出他的影子，但就是看不到他，找不出那个藏身之处。李倩，还有我，是嫌疑最大的，然而找不到证据，警察无法进行传唤。

警察对我和李倩的调查进入了死胡同，外界开始出现新的流言。王强一定是被谋杀了，这是一场精心策划的谋杀案，妻子和情夫里应外合，毫无破绽，连警察都无能为力。也可能是犯了什么事，畏罪潜逃去了海外，王强在美国留过学，恐怕早做了准备，他的那封空白信件，不过是一种另类告别，对于我和李倩的地下情，他可能早已知晓。或者根本就是三个人的合谋，王强已经走了，永远离开了泥城，离开了这个国度，去了别的什么国家，因为某种说不清的原因，老婆跟孩子来不及带走，被迫托付给了最好的朋友。面对各种猜疑，警方一律不予回应，医院也没对外透露王强工作的任何情况。

那段时间每个人都神经兮兮的，所有认识王强的人都向我打听他的下落，弄得我精神焦虑。如果不是因为和李倩的特殊关系，这件事原本跟我一点关联也没有，我跟他们一样，都只是吃瓜群众，一个毫不知情的局外人。一个人失踪了，我跟大家一样，不知道他的去向，仅此而已。可现在，那些流言搞得像是我在操纵一切，有的人甚至把我描述成一个心狠手辣的高智商犯罪分子。

李倩倒表现得意外平静，好像只要有个男人躺在她身边就可以，不管他叫王强、赵四，还是别的什么名字，只要有人填补那个空档，她就不会觉得有什么不妥。她的过分平静，以及那封空无一字的信，让我不知道该不该相信她。如果事情是她干的，哪天她要是对我也不满，可以依葫芦画瓢，让我也人间蒸发了，然后再找个男人过活。想到这些，我再次质问李倩。李倩表现得很无辜，信誓旦旦地说，你怎么会这么想我，你根本就不爱我，至少没口中说的那么爱我。可能是吧，也许她说得对，我可能真的没自己说的那么爱她，可谁知道呢，爱，一个多么虚无而没有边际的词啊。

这些年我过得很累。我的工资并不高，一个科级干部，小公务员，每月领那么点钱，再无别的收入。李倩是个爱打扮，爱美食，且具有深刻小资情调的人，吃喝拉撒啥都不将就。亚亚的学费也不低，她还是个音乐天才，每年光是钢琴班就要耗费一大笔，请的都是名师，一点回旋余地也没有。我说可以请稍微便宜点的老师，孩子还小，就算把理查德·克莱德曼请来当家庭教师，也不可能把所有本事教给她。但李倩不干，什么都要最好的，她永远是这样，不考虑别人的感受，也不理会别人的看法，固执己见。

闲下来时，我会忍不住想起王强，如果他回来的话，我就自动退出，跟李倩分手。我觉得，他实在没有必要这么傻，做这么极端的事，抛弃一切，离家出走，这个家，还有家里的一切是他奋斗得来的，我受之有愧。事情过去多年，那个屋子依然充斥着王强的气息，去看李倩，躺在那张床上，睡觉的时候感觉有一股强大的气流压在胸口，越想安静休息片刻，那种气息越浓，让我的灵魂一刻不得安宁，好像我做了一件很对不起他的事。后来，在我的强烈要求下，李倩总算同意将房子卖了，重新买了一套新房，我们搬到了新的小区。

我还是会到时代广场四楼去吃烧鹅。有时候一个人去，有时候跟李倩、亚亚一起去。亚亚已经愿意喊我爸爸了，她懂事了，明白我们的家庭构造也是一种社会存在。只不过，在爸爸前面她还加了一个姓，叫"陈爸爸"，也就是说，她还有另一个爸爸，随时都会回来。在她看来，自己只是多了一个父亲，我并没取代谁的位置，或者说成为谁的角色，这一点她跟母亲李倩表现得略有不同。

广场上的两位老朋友不见了。也许是年纪太大，老天爷不允许他们再逗留，在夜里冻死被拖走了，也许是让亲人接回家或者送到福利院去了，取代他们的是另一位个子相对高一点的年轻很多的乞丐。我并不确定他到底年不年轻，他长年披头散发，胡子拉碴，面目很不清楚，我这么说只是基于他的身形和动作做出的判断。我也不确定他是否真是乞丐，这一点一直未能坐实，他总是直愣愣，熟视无睹般面对眼前的世界，给他钱，或者不给，没有丝毫感激或不高兴的表示，仿佛他的乞讨纯粹是一种行为艺术。唯一可以肯定的是，他很健康，既没得关节炎，也没得疱疹，他腰杆直挺，身体强壮，四肢保养得比正常人都好，他的双眼看起来光芒闪烁，炯炯有神。

我近距离观察过几次，感觉他有点像那个在咖啡馆给我递纸条的人。可跟他打招呼，他又不给予任何回应。这个不像乞丐的乞丐，十年如一日地观察着这座城市，没人去关心他的身份问题，他是谁，从哪里来，什么时候会死去。只有我，每次路过都施舍他五十块钱，那是买一例烧鹅的钱。一例到底是多少，我一直没搞清，可能是六分之一只，也可能是八分之一只，可能吧，谁知道呢，鹅肉的多少全凭商家个人良心。他乞讨的地方对着烧鹅店的落地窗，不给他点钱，我吃东西时都不好意思朝外面看。

亚亚考上了国内一所著名大学。她开玩笑说，这一去就不回来啦，她打算到日本去留学。我说，不留学不行吗，你妈会想你的。她说，开玩笑啦，我只是想到处看看，看够了就回来。我说，你不要什么东西都想去看，有些行为很危险，是会让人上瘾的。她说，陈爸爸，我都不知道你在说什么。我说，你确实不知道我在说什么，你还小，不知世间凶险，不知道上瘾的后果，以后你就知道了。她说，那就等以后再说。

我和李倩带亚亚到时代广场吃美食，告别之前，拍了一张家庭照。

三个人在象征城市精神的雕塑前站定，随便抓了个路人帮忙，拍完后才发现，角落里站着那个面目不清的乞丐，他正直着头呆呆地朝我们一家三口张望。亚亚说，怎么回事，回去把照片剪掉一截。我说，没关系，就让他看着。

雾失
楼台

一

　　陈笑鱼点第三杯咖啡的时候，服务员朝他别有深意地望了一眼，他正准备迎上她的目光，她却慌忙将视线移开了。午后两点，店里只有他和服务员两人，彼此各怀心事，互不理睬。有那么一段时间陈笑鱼很想找她说说话，可她却故意一个劲儿埋头玩手机，这让他们看起来像是一对正在生气的情侣。百无聊赖而又充满敌意的场面让他觉得时间的流逝比咖啡下降的速度还要缓慢，抬头往窗外看，城中阴霾浮动，跟他黯淡的心情别无二致。好几个月了，陈笑鱼以为自己的屁股已经跟那个座椅建立起牢不可破的友谊，然而，并没有，他没能做到这一点。每次喝到第三杯时他便坐不住，不自觉起身离开。他听见女服务员在身后嘟囔了一声："又被放鸽子了。"陈笑鱼扭头对她瞧瞧，她的目光像被蝎子蜇了一下，赶紧缩了回去。

　　从止间书店出来，穿过巷子，陈笑鱼看见一只大鹅摇摇摆摆地走在前方，这让他灰暗的心情突然一亮，他已经很多年没在大街上见到这种动物了。陈笑鱼跟着那只大鹅弯弯曲曲地走出巷子，既没落下太远，也没上去赶超它，他担心它会受到惊扰。后来，他们一起来到了老码头，这时他才发现，那不过是个弯腰提着菜篮子的老太婆，她是去河边买鱼的。

　　从小在泥城长大，在此生活了二十年，陈笑鱼以为自己对这个城市以及里面的大小街巷，如同手心里的掌纹一样了然于胸，就算闭上眼都不会走错方向，没想到一场大雾就让他迷失在了自己的出生地。陈笑鱼觉得，不管任何客观原因，都是不可饶恕的。

　　老码头停了不少渔船，鱼贩子直接把鱼摊在石凳上卖，从清早摆到天黑，几十年未变。天太冷，大概在店里坐久了，空调一吹，手心出了很多冷汗，陈笑鱼脱下手套，举起右手在风中看了看，那根失去的手指像多年前丢失的兄弟，不时给他制造隐痛，越是冷，越是提醒自己的存在。就在这时，他听见有人扯着嗓门大喊："雾里看花，水中望月；时近岁末，算命要紧啊。"抬头一看，边上坐着个戴墨镜的算命先生，臃肿的身躯把屁股下的小马扎全淹没了，像摊在地上的一块煎饼。陈笑鱼想给自己看个手相，预测一下前程如何，是否应该在这个小城继续待下去，他把手伸过去，瞎子赶紧将眼镜摘掉，然而，瞅了半天，却把他的手推开了。

　　"抱歉，抱歉，您这手相看不清，另请高明吧。"

　　这叫什么事，不会看你瞎叫唤什么，摆个屁的摊啊。也不知道是真瞎还是假瞎，陈笑鱼很想问问他。可当他把手抽回来，自己凑上去瞧的时候，发现手掌上的纹路一团模糊，还真是看不太清。这雾也太他妈大了，在北京四年，从没遇上这么浓的阵势，难怪那些来洞庭湖过冬的鸟会撞死在广告牌上呢。

关于这件事，报社里各种文章和推测层出不穷，泥城遭遇百年大雾，很多人连自己家门都找不到了，跑到别人家过夜，结果被女主人用扫帚赶出门，闹出很多笑话，马路上车祸接连不断，交警们忙得灰头土脸。只有苍蝇馆子乐得高兴，老板们每天会收到各种各样被广告牌撞死的鸟，城中老饕大呼过瘾，他们从没吃过这么多野味，很多鸟连名字都叫不上来。要不是它们自己不想活了，平日哪吃得上。

眼前一切都变得陌生，陈笑鱼觉得自己像个空无的虚影，每天按部就班穿梭于报社和家之间，如今，他还多了一项工作——相亲。回泥城以来，要说"上班如上坟，相亲如就义"，丝毫不过分。可他不能不去上班，母亲高昂的医药费，容不得他过潇洒日子，他也不能不去相亲，谁也不知道那个时间何时到来，他不想让母亲留下那么大遗憾。可是，他连自己都没学会去爱，又如何去爱别人呢，草率行事，只会害人害己。

陈笑鱼一个人坐在码头看风景，想着这些，手机响了起来。

"儿子，怎么样？"

"这个不合适，以后再说吧。"

"怎么又不合适？以后以后，你就没给好好处。"

"妈,你就放心吧,你儿子还不至于打光棍。"

匆匆挂了电话,陈笑鱼顺手在码头挑了一条鳜鱼,提着往回走了。

二

陈笑鱼是《泥城日报》的一名记者。

他的大学是在北京读的,正儿八经名校的新闻专业,社里唯一一个。毕业时本可留在京城打拼,可母亲做了心脏搭桥手术,他不得不回来,委身市级小报,他知道母亲没有自己是不行的。回泥城后,广州《南国都市报》的师兄多次来电话邀他去南方当记者,都被他婉拒了。《南国都市报》是纸媒界的标杆,陈笑鱼一直有自己的新闻理想,可在这个世上,他更需要一个母亲。

陈笑鱼发现,在泥城这样的小地方新闻理想是并不重要的,真正的新闻屈指可数,即便有,要么被外面的大报抢先报道了,要么被领导压着,地方负面新闻关乎政府形象,基本发不出来。拉广告远比跑新闻重要,创收远比码字重要,入行时某前辈曾告诉他,这个时代啊,是新闻的天堂,记者的地狱。

对于广告业务,他一向不冷不热,收入上自然也就马马虎虎。每年年底考核,他的稿件数量和质量都排在全社第一,遥遥领先,可那点奖金与广告提成相比,显得苍白无力,单薄可怜。报社领导跟他委婉提过,并不明说,免得让人觉得有意怂恿他别跑新闻,而去专门捞外快。领导只是拿袁莉打比方。袁莉跟陈笑鱼一同进报社，四年时间，不但买了房，还开着红色尼桑跑新闻。陈笑鱼呢，每天骑一辆破电动车，风里来雨里去，至于房子，还跟母亲住在市一中的教师宿舍里——二十几年前他在那里出生。泥城日报社有个怪现象，不单女记者广告业务拉得多，中层骨干也是女性占了绝大部分名额，这个行业女人似乎有着天生的优势。

陈笑鱼将电动车停在楼下，拿着从医院取回来的药，心里琢磨社领导的那番话，恍恍惚惚地走着，却被门卫叫住了。门卫老大爷告诉他："有人送来了一大包东西，像是药品和保健品，说是给陈芳老师的，你给你妈拿上去吧。"陈笑鱼把东西从门卫处提出来，看都没看，直接扔进了垃圾桶。他知道东西是谁送来的，他们不会接受那个人的恩惠，用不着他来假慈悲。

母亲正坐在阳台上，陈笑鱼上楼看见她手中握着收音机在听黄梅戏。他把药递给母亲，再一次转述了医生的话，正说着，手机响了，是马周。

母亲说："晓得了，晓得了，都交代无数遍了，我还没老糊涂呢，你赶紧去，莫让人家女孩等急了。"

陈笑鱼今年二十八，大好年华，完全不用着急，可母亲总担心自己指不定哪天就去了。她希望儿子能早点结婚。如果是别人，陈笑鱼是不会去的，他会随便找个借口，把会面推掉，但马周不一样。而且，说实在的，两年来，他一直在欺骗母亲，配合她演戏，这戏演得太辛苦，不如坐实了，大家都轻松，这辈子跟谁过不是过呢，不如顺水推舟了了她的心愿。

148

两个人约在止间书店，马周比陈笑鱼先到。

见陈笑鱼终于不再一个人喝咖啡，女服务员很是高兴，她将咖啡端过来时，特意打量了马周一番，然后很满意地朝陈笑鱼点了点头，像在为他把关。在她眼里，陈笑鱼早就被列为恋爱困难户，那么多回都一个人在这里等。陈笑鱼没想到自己的个人问题会给服务员带来如此大的压力，接过咖啡时，他尴尬地笑了笑。女服务员朝他竖了一下大拇指，走过去以后，又转身做了一个加油鼓劲的手势，看来，她真的把自己当成了恋爱困难户。

女服务员的这些举动，让马周有点莫名其妙。

"怎么，你们认识？"

"不认识，来得次数多，就熟了。"

"毛病，没见过人约会还是咋的。"

"我们这就约上了？"

"你以为呢？"

他们是高中同学。俩人都是母亲当年的得意门生，成绩冒尖。高考前几天，马周因为一场大病，导致发挥失常，只上了泥城师院，如今，她在泥城一家公司做广告文案。陈笑鱼一回泥城，两人就有联系，可以说彼此有着相当的好感，但并没聊到那上面去。马周不知道陈笑鱼一直在忙相亲，直到前几天，他妈陈老师不知通过什么渠道打听到她。

那顿咖啡喝得陈笑鱼七上八下。马周大概相过不少亲了，两个人没来得及修筑防御工事，大军长驱直入，直截了当，跟阵前谈判似的，很快接近摊牌。可能是因为同学的缘故，太熟了，什么迂回战术，敲山震虎之类，全没派上用场。马周步步进逼，陈笑鱼节节败退，手忙脚乱，全无招架之力。与其说是拿不准要不要跟马周在一起，不如说是拿不准是否该把余生扔在泥城。陈笑鱼的人虽然回来了，可他的心并没回来。这才是事情的症结所在。

喝完咖啡，马周提议去看看昔日的恩师，她最尊敬的陈老师。陈笑鱼说："行。"就用电动车驮着她到了学校。到学校门口时，陈笑鱼下了决心，他把电动车停下来，扭头对后座上的马周说："马周，做我女朋友吧，我妈要是知道我们在一起，一高兴说不定病就好了。"

马周说："要不，你骑车载我在学校溜一圈，我就是你的了。"

陈笑鱼说："就是开个玩笑，你咋认真了呢。"

马周啐了他一口。两个人笑了起来。

马周知道，当她坐上他的电动车时，她已经属于陈笑鱼了。陈笑鱼也知道，前去赴约的那一刻，已经没有了退路。他把那句话提出来，只是给马周面子，男同志主动点才符合固定程序。

两个人进门，马周亲切地喊了一声："陈老师。"

母亲脸上露出久违的笑容："越来越漂亮了啊，马周。"看着母亲高兴的样子，陈笑鱼像是完成了一桩重大使命，原以为这桩任务并不那么容易完成。

走廊摆了不少盆盆罐罐，里面积满枯枝败叶，大概很久没人收拾了。马周端详了一阵，转身扫视屋里的墙壁和陈设。

"房子有点旧了。"

　　母亲听完一怔："可不，我也老了，这两年头发白了好多。"

　　马周觉得自己失言，赶紧补一句："我的意思是笑鱼赶紧挣钱，给您买新的。"

　　陈笑鱼哑然。他无法接受一开始就聊房子、车子、存款这些事，尤其是马周，印象中她是那么的简单纯粹。高中一起搞文学社，她说要当舒婷，陈笑鱼说，那我就是北岛。那时候，尽管课业繁重，两个人还能把一本厚厚的《朦胧诗精选》背得滚瓜烂熟。

　　房子，陈笑鱼的脑袋猛地炸了一下。

　　刚回泥城时，房价四千，紧接着六千、七千，不过四年，已涨到上万，翻了两倍有余。一方面是因为城市建设快，街道变得干净整洁了，加上高铁的开通，离省城不过四十分钟，最重要的，大家都知道，房产泡沫。当然，如果不是母亲的手术，家里的钱给他买房、买车绰绰有余。母亲很愧疚，那些存款原本是留给儿子结婚买房用的，没想到一场手术全花光了，还不时要用儿子的工资补贴药费，幸亏有退休金，不然娘俩就吃了上顿没下顿了。谁都知道，房子早买早好，拖得久了划不来。陈笑鱼并不在乎这些，钱嘛，永远赚不完，房子也是迟早会有的，不必计较一时，他对自己有足够的信心。但女人不这么想，没房就没安全感，陈笑鱼觉得其他女人这么想可以理解，没想到马周也这样。

　　那几天陈笑鱼心情苦闷。

　　上周，袁莉去看了江景房，新修的小区，首付三十万，请记者部的同事下馆子吃海鲜。这是报社的惯例，谁买了车或房，都要请客。陈笑鱼一向不喜欢这种形式的聚餐，不知道庆祝的成分多，还是炫耀的成分多，但又碍不过情面。都去了，缺你一个算怎么回事？一群人热热闹闹，点了大闸蟹、三文鱼，再加上红酒。大家半开玩笑半认真地说："我们袁莉就是厉害，不但人美，文笔也棒，拉广告搞创收更是一把好手，世界上的好事让你一个人占了，我们还咋活啊。"暗地里，一个个却在心里揣测，部门主任置办行头都没她快，单靠跑新闻，拉广告，四年时间哪里有这么大收入。部室的人都知道，袁莉的老家在湘南农村，父母是地地道道的农民，经济上并不宽裕，大学是靠助学贷款才读完的。

陈笑鱼尿酸偏高，不能多吃海鲜，别人大快朵颐，他光捧着红酒喝。不知谁偷偷点了一份海龟，菜端上来时，那只海龟脚蹼伸展，在锅里扑腾着，像是活的，陈笑鱼看过去时，它猛地张大嘴巴，用发白的眼珠瞪了他一眼，吓得他赶紧缩手。没人注意到这一幕，就像没人看见陈笑鱼悄悄放下酒杯，用左手去捏右手的小指——他并无小指可捏，那根小指十几年前就断了，他抚摸的只是半截骨茬。

多年来，陈笑鱼总梦见自己那根小指变成了一只乌龟在河边爬行，有时候也会是一条刁子鱼，不小心被浪打到岸上，在滩涂的泥泞里拼命蹦跶，跳啊跳，跳啊跳。它并没丢失，更未死掉，就在离自己不远的某个地方存在着，呼吸着，暗中窥探自己。

那年夏天，陈笑鱼在码头洗澡时意外捉到一只乌龟。他只顾高兴，父亲也大意，在和母亲争论，孩子应不应该一个人下水，是圈养好，还是放养好。就在那时，乌龟咬住了他，他没想到乌龟的嘴巴咬力那么大，怎么都掰不开，后来，父亲用刀将它的脑袋剁了下来，那张嘴依然没松开。小指被咬骨折了，送到医院包扎，伤口发炎，最后不得不锯掉。那时候，他痛，为那根锯掉的小指哭了一天一夜，可内心深处却是幸福的，因为他有一个完整的家，一个深爱自己的父亲。事后，不管母亲如何强调，再也不准他到河边去洗澡，这次掉的是一根指头，下次不知道会是什么。可父亲还是带他去，偷偷地，不让母亲知道。每年暑假，老码头是父子俩的天堂。与那截断指比起来，幸福才是最重要的。只是，自那以后，一到秋冬季节骨茬就阴阴地疼，作为保护，右手必须戴一只薄手套。

陈笑鱼从来不吃乌龟、水鱼之类。

迟疑的神色被袁莉看出。

"怎么了，你？"

"没事，没事，你们吃。"

说着，陈笑鱼竟呕吐起来，连忙起身往洗手间走。

"这个陈笑鱼，没口福。"他听见他们在身后议论。

以前，陈笑鱼跟袁莉关系不错，一度走得很近，好心的报社同事想撮合他俩，双方你来我往，也曾有过那么一点意思，后来却不了了之，平日里言辞也寡淡起来，不冷不热的。同事们莫名其妙，闹不明白个中缘由，据说，袁莉如今还是单身。对于陈笑鱼那天的表现，他们归于他内心的不平衡，有车有房的女人送上门不要，居然谈一个什么广告文案女，不知道哪里吃错药了。

　　跟马周确定关系后，陈笑鱼在离家不远的地方租了一间小公寓，这样，既有二人空间，也能照顾到母亲。母亲没有表示反对，现在的年轻人都这样，她理解这个，总觉得自己拖累了儿子。

三

　　一开始陈笑鱼跑文教卫的新闻线，后来社里安排，调他去跑城建线，泥城正在大张旗鼓地搞旧城改造，那边人手不够。也就是说，如今陈笑鱼跟袁莉是一个战壕的士兵了。

　　泥城原来只是洞庭湖的一块滩涂，几乎每年都会被洪水淹没，可人们依然坚持住在这块滩涂之上。沉积下来的河泥太肥沃了，种什么都疯长，值得让人死在这。以前，人们喜欢用大块木头搭建简易的房子，水来时，随手推倒，就是逃生的船。因为土壤肥沃，种一年能吃上三年，不管遭遇多少洪灾，依然是鱼米之乡——就算粮食被冲走，光靠打鱼也不会饿死。出生时，父母给他取名一个"鱼"字，意思是，洪水来了也不怕，淹不着的，他是一条鱼嘛。父母多虑了。1998年那场大水之后，城外修筑起了一条防洪墙，从此再没淹过。每次洪水过来，人们站在墙堤上指指点点，像观看一场与自己毫无关联的电影。胆大的人，拿了网兜，捕鱼一样，在河里打捞上游漂来的东西，不少人因为这个发了财，河面随时会漂来值钱之物。

　　似乎，这条河已经跟人们化敌为友，亲密无间了。

　　但陈笑鱼不这么认为。水从来就是泥城的大敌，只不过换了一种形式而已。因为防洪墙的存在，泥城被箍得紧紧的，让人透不过气来，城门口的泥一天比一天淤得深了，老码头岌岌可危，如今，它终于要面临拆迁了。

陈笑鱼一有空就去老码头看看，不单为工作，他对老码头有感情。

往日热闹的河街变得冷冷清清，除了光滑的青石墩子，整个儿尘土飞扬，乱七八糟，只几个老头在那儿下棋，再过两个月，就连那些青石墩子都会消失。为了保存泥城人的记忆，市政府决定在内河的某个地方重造河街与码头。说是为了提升城市形象，改善市民生活质量，可市民们并不买账，隔三岔五就有人打着横幅列队到市政府门口示威，他们觉得搬迁毫无必要，就算建得再好都不是原来的码头，不是原来的味儿。虽然每年都有洪水经过，可码头被淹的时间最多一个月，一个月以后冲洗一下就干净了。但市领导不这么想，城外洪水的威胁不利于旅游开发，如今公路、高铁发达，码头早就失去了往日的风光，他们需要利用它的另一种价值。

老码头的改造是重中之重，领导说了，必须从正面报道城市的新气象、新变化。陈笑鱼看到那些老头坐在老码头的黄昏里，心如针扎。主管城建的徐副市长多次强调，老码头的拆迁必须在一个月内完成，别看他表面儒雅，行事却果断非常，态度强硬，一贯的雷厉风行。陈笑鱼站在河边，手握护栏，骂了句："什么玩意！当了副市长，把老底忘得一干二净了，你自己就是在老码头长大的，什么都拆，难道这样就能把过去的记忆一笔抹掉？"

四

不久前，市政府召开了新闻发布会，就市民关心的旧城改造以及老码头的搬迁问题一一答记者问。

发言的时候，徐副市长意气风发，滔滔不绝，好像泥城是自家的后花园，而他，则是一名伟大的工程师，将建造一个环境优美、布局理想的水乡之城，什么周庄啊、西塘啊全不在话下。作为常务副市长，他在发布会上对目前的"六改四化"作了详尽通报，一切工作到了扫尾阶段，年底之前将全面完成，春节后河街也会开街，那将是一个前所未有的泥城，到那时，全市居民的幸福指数将直线上升。

望着台上那个人，陈笑鱼恨意丛生，手心冷汗直冒，他又想起了父亲，想起了跟他一起去老码头钓鱼的日子，当然，他也想起了那截断指，他很努力地让自己不去想这些，可台上那个人的发言模样和得意嘴脸让他无从抗拒。

报社的人说，干了这么多年媒体工作，和这么多届市领导打过交道，数徐副市长的口才最好，最有风度。他满脸书卷气，言语亲和，从不盛气凌人——至少表面看是这样，书记、市长不出马，让他出来答记者问是有道理的。徐副市长已经五十有六，完全不出老面，报纸上刊登出来的照片看起来最多四十岁，像影视明星，一些女记者说，男人就该这样，呼风唤雨，而又不失风度。有人当场提出质疑，老码头的情况复杂，短时间内能解决好吗，老城百姓的心理创伤并不那么好抚慰。对此，徐副市长没有正面回答，而是把话筒推给了旁边的一个大光头，他是具体负责此工程的厉氏集团的总裁厉勇才。

厉勇才个头不高，脑袋抹了精油一般，锃光瓦亮，他拍着胸口，信誓旦旦地说，自己一定会协助政府做好搬迁和补助工作的，除此之外，为了感谢泥城人民对厉氏集团一直以来的支持和关心，他决定跟政府合作，修一个花园小区，低于市场的价格卖给那些在泥城奋斗却又暂时买不起房的年轻人。此言一出，发布会现场掌声雷动，政府新闻发布会由此变成了房地产商的推销会。

有人说，那天的发布会原本就是醉翁之意不在酒，是为新修的码头跟河街造势的，临近的几个楼盘已相继开盘，房子必须卖出去，这是政府和房产商事先协议好了的。商人无利不起早，所谓的低价小区，无非是羊毛出在羊身上，天上怎么可能掉馅饼呢。

对于厉勇才，陈笑鱼一直没有好感，油头粉面，轻薄无礼，有一次他宴请了记者部的所有员工，酒桌上色眯眯的眼神好像要把几个女同事生吞活剥了。那次宴请没多久，他们得知了一个确切消息，袁莉买了新房，那套房就是厉氏集团老总直接打招呼给她弄的指标，所谓的花园小区河景房，那么好的位置，每平方米却比市场价便宜两千块。

五

泥城的雾霾越来越重了，最浓的时候五米开外不见人影，交通指示灯形同虚设。对此，泥城气象中心的某专家在市民论坛发表公开文章说，他通过调查取证，得出一个可靠结论，那就是：泥城的雾霾与自身环境毫无关联，它们是从北方吹来的，尤其是北京。泥城日报社的同人看了那个帖子和发言都觉得好笑，心照不宣地跟他划清界限。从北京到泥城，十万八千里，跨黄河过长江不说，还要翻越秦岭、大别山、神农架，千里迢迢，崇山峻岭，北京的雾霾能刮到洞庭湖边的小城，岂不是逆了天了？没人站出来反驳他，大家知道那番话是说给市政府听的。可市政府的人并不高兴，政府办主任直接打电话，让他把网上那篇文删了，他的马屁拍在了马蹄上。

这场雾霾，让那些从北方迁徙到洞庭湖过冬的鸟晕头转向，成群结队地往广告牌上撞，撞死的鸟越来越多，每天早上环卫工人都满载而归。他们把鸟弄回去煺了毛，然后卖给餐馆当野味，算是额外收入。失窃事件也频频发生，春节到来之前，泥城的小偷凭借雾霾的掩护抢先过起了大年。

陈笑鱼记得，事发当天黄昏时分，他和马周正在老西门的止间书店喝咖啡。谈笑间，"轰"的一声巨响，书店的玻璃被震得粉碎，所有人都趴在地上，捂着脸，不知发生了什么。等回过神来，只听见外面有人大喊，汽车爆炸了，凌乱的脚步声四下响起。

有计划有预谋的袭击，那是厉氏集团总裁厉勇才的车。车里除了他本人，还有《泥城日报》的女记者袁莉。虽然老西门四周装满了录像监控，可当时雾霾太大，老西门的人又多，来来去去，如同鬼影，警察看了一宿录像，还开了专案会，也拿不准谁才是真正的鬼。

厉氏集团老总的车被炸了，车里有一个年轻女记者，泥城自己的报纸没登，国内各大网站却迅速飘红。厉勇才只是面部受了轻伤，无关大碍，袁莉却炸断了一条腿，血肉模糊——当时袁莉刚刚上车，准备启动，凶手将那枚半吊子炸弹放在了驾驶室的轮子下，没想到厉勇才坐在副驾驶室。有人说住老码头的拆迁户拿到的补贴太低，对开发商不满，进行报复，也有人说商人间利益瓜分不均，雇凶杀人。

整个泥城在沸腾。人们走在哪都在谈论爆炸案，餐桌上、公园里，茶余饭后所有人有了新的消遣，像喝了兴奋剂一样，尤以出租车司机嘴里的版本最多。坊间传言，厉勇才有三个老婆、七个小三，房子十几套，网上已经出了匿名帖子，说得有鼻子有眼，官方辟谣无济于事，完全是一种山雨欲来风满楼的气息。更关键的是，背后扯出了某政府大员的名字，说他们是官商勾结。

除了部室里最要好的同事，没人敢去医院看袁莉，一个个像瘟神一样躲着。曾经无比光鲜的她，一下从天堂掉进了地狱。医生说，袁莉的腿就算治好了，也会留下后遗症，极可能会跛，身材这么好的一个姑娘，可惜了，还没出嫁呢。陈笑鱼去看她的时候，袁莉面无表情，呆呆地坐在病床上望着自己，眼角满是泪痕。陈笑鱼本来想安慰她，最终却说："早就警告过你，你不听。"陈笑鱼的话没说完，袁莉将头扭到一边，埋在白色的被单上大哭起来。

一切都不对劲了，爆炸案似乎与每个人都息息相关。

看完袁莉，陈笑鱼顺便在医院取了药，给母亲送去。进门时他发现母亲正坐在电脑前浏览爆炸案的新闻，见他进来，赶紧把网页关掉了。陈笑鱼说："没什么可看的，这种人迟早会出事，等着吧，天网恢恢，这一年不知落马了多少人。"完了，又说，"听说那个人也有问题。""谁？""还有谁，我们的大演讲家徐副市长啊。"母亲没再接话，哆嗦着将药瓶拧开，倒了半杯开水，努力吞咽。

看到母亲的样子，陈笑鱼觉得于心不忍，便住了嘴。与同情相比，他内心更多的是恨，他一想起那张在台上洋洋得意、台下又假装怜悯的脸就浑身不舒服，再想到袁莉，更是说不出的苦痛与恶心。

母亲心情不佳，一连几天沉默无言，走路、做事心不在焉，有时刚放下的东西，接着就不知道哪里去了。乌烟瘴气的泥城，浓重的雾霾对母亲的心脏很不利。学校退了休的李老师约母亲一同去海南度假，打算待半个月。陈笑鱼想，这个城市真的太压抑了，空气又冷又燥，在有些事情尘埃落定、没弄明白之前，母亲离开泥城，到海边走走，散散心也好。他骑着电动车到医院，咨询了主治医生，得到了肯定的回复，便给母亲拿了药，一份一份装着，分得很精细，再三叮嘱她千万别忘，要按时吃。

六

"你们单位的袁莉是厉氏集团老总的那个？"

"你问我，我问谁，我又不是袁莉。"

"啧啧，不愧有过一段，这时候还帮她藏着掩着。"

"谁跟你说我和她有一段？你们女人就是多疑，喜欢八卦，"陈笑鱼躺在床上摆正姿势说，"我从来不关心别人的私事，每个人有自己的生活权利，别人过别人的，我过我的。"

马周说："嗯，你说得对。"

陈笑鱼一直觉得，马周说话时的音调很特别，尤其是点头或者摇头的时候，她那个"嗯"字拉得老长，跟母亲平日唱黄梅戏似的。

母亲去海南度假，给了两个人难得的空间。

平日报社工作太忙，生活像上了发条，紧张兮兮的，都快得职业病了，加上这段时间泥城发生了太多事，陈笑鱼很想放松一下。只要有空，他们就会去逛公园，然后看一场电影回来，还在小公寓里做起了饭，有时她做，有时陈笑鱼做，美好的二人世界，恋人的必修课。开始几天确实感觉良好，在一起这么久，这才算是真正的耳鬓厮磨，互相拥有。马周手艺出色，荤素搭配，样样在行，青椒炒河虾尤其到位。说到炒河虾，陈笑鱼告诉她，做什么都行，千万别做乌龟，或者水鱼汤。马周问，为什么？他就跟她讲当年自己如何捡到乌龟，而后又被乌龟咬住手指的事。马周觉得很有意思，一边听，一边捧腹大笑，真稀奇，她还举着陈笑鱼的那根断指装模作样地研究起来。

"后来那截手指怎么样了，我是说那只乌龟。"

陈笑鱼说："坏了，还能怎样，当然要锯掉，至于乌龟，被我父亲一刀剁掉了脑袋。"说完，他把手从马周怀里抽回来，摩挲着那截断指，往事再一次降临在他头上。

马周说："那你应该多吃乌龟才对，好为那截手指报仇。"

最后，还加一句："要不我明天就去给你买一只回来？"

听到这，陈笑鱼吓出一阵冷汗。

马周问："你父亲到底怎么死的？"陈笑鱼说："出车祸，被大卡车碾成了几段。"马周"哎呀"一声说："师母这些年一个人过真不容易。""所以，"陈笑鱼说，"就算耗尽所有我也要为她续命。"马周说："应该的，自食其力没有什么不好。"但马周有一点对陈笑鱼感到不满，既然这么需要钱，就应该多花心思和精力去拉广告，可陈笑鱼觉得将才华用在编广告词上简直是对自己的侮辱，他的理想是做一名纯粹而有底线的记者，再不然，退一步去当作家，自己写自己的，反正绝不向这糟糕的世界低头。马周说："你要弄明白如今的现实，在泥城这种小地方，哪有那么多理想可言。"

是的，现实！陈笑鱼差点吼出来，最后却控制住了。

蜜月期来得快，去得也快。短短一个礼拜，陈笑鱼就觉得浑身不自在了，他甚至怀疑，他们一开始就是个错误，俩人并不合适，马周完全不像记忆中的那个人，颇多怨气，让人感到陌生，毫无当年的影子。他甚至觉得自己是在替母亲谈恋爱，为了让母亲心安，随便找了一个样貌还过得去的人就带回了家。

陈笑鱼常忆起小时候父亲带他到老码头钓鱼捉虾的事。那时候，父亲在泥城一家机关单位上班，母亲还没进城，在河对岸的一所中学教书，她每天从码头坐船上下班，像浮游的鸭子，来回奔波于学校和泥城之间。下班后，父亲会带着他到码头接母亲一起回家。落日的余晖铺满江面，一群群鸬鹚站在船舷上，眼里流露着收获的困乏与满足，木船稳稳行进，每个舱里都堆满了鱼，情景煞是好看。有时，父亲会带一根鱼竿去，放长了线，慢慢钓，慢慢等。等到暮色升起时，母亲从对岸回来了，跟着人群一起上了码头，而父亲的鱼篓子里也有了一顿晚餐。他喜欢跟父亲到码头去，因为是独生子，平日母亲管得严，生怕哪里磕着了，碰着了，整天唠唠叨叨，不让干这，不让干那。父亲不一样，对于儿子从来是放任自流……这差不多是二十年前的事了。

十二岁那年，父亲托关系，将母亲调进城内，在市一中当老师，如此，一家人总算团聚了。父亲还是喜欢到老码头钓鱼，周末的时候，一家三口去。陈笑鱼知道，父亲并非真喜欢钓鱼，他喜欢的是老码头那种水汽氤氲的烟火气息，那时候父亲是一个标准的文艺青年，写得一手好文章，在泥城小有名气，毫无背景的他，就靠着那支笔，三十六岁便成了正处级干部。幸福的一家啊，左邻右舍都这么说。陈笑鱼也这么觉得，如果要给幸福下一个定义，就应该是这个样子。然而好景不长，就在第二年，那件事毫无征兆地从天而降。灾难性的毁灭，家不成家了。考上大学那年陈笑鱼对自己说，远走高飞，一辈子都不回泥城。可如今，他还是回来了，因为母亲的病，这世间唯一的亲人。

星期五那天，陈笑鱼回来得有点晚，他是挤公交回来的。

屋里开着灯，城市被大雾包裹，因为灯光的吸引，迷雾前赴后继地从窗外涌入，一进屋便被灯光消灭于无形，像一群受骗上当的人。

桌子上摆着两菜一汤，陈笑鱼明确地感觉到那三只碗所散发出来的凉意，不多的热气在步步紧缩。看到陈笑鱼进门，马周瞄了他一眼，动了动嘴唇，但没吭声，拿起筷子独自吃起来。她的眼睛盯着面前的电视机，天气预报说一场寒流即将到来。陈鱼笑觉得这简直是一句废话，一早上那么大的雾，到现在还没散，还刮着北风，不用想也知道是寒流。

他洗了手，也坐在桌前吃起来，这时马周抬起头看了他一眼说："你看，菜都冷成了这样。"

"没关系，也不是特别冷，其实你可以先吃，不用等我，"因为大雾堵车，他才回来迟了，有些不好意思，"跟你说了很多次了，真的不用等我。"

可马周不听他的，她上班的地方比陈笑鱼近，工作也比记者有规律，回来时要么买了菜等他一起做，要么已经做好。

马周有点生气，哼了一声。陈笑鱼以为她会继续说下去，举起的筷子又放了下来，等她开口。每次遇到点小事她都会发一番议论，买东西啦、坐车啦、工作啦，陈笑鱼已经习惯了，可今天却没了下文，这让他很不自在，那顿晚餐吃得像屋外的空气一样冰冷。

吃完饭，马周一个人到厨房洗碗。陈笑鱼坐在客厅，手里拿着遥控器一顿乱按。临到周末，电视节目相似而无聊，丝毫引不起他的兴趣。厨房传来了哗哗的流水声，流水声突然息了，马周大声地说："跟你说多少次了，让你买一把大锁，要不就把车子推到楼梯口。你就是不听，看看，这下丢了吧！"

这就是她生气的原因。

"丢了就丢了，反正骑了三年了。"

听到这句，马周伸出头朝他望："你就这态度？"

"对，你说得很正确，我现在真的后悔莫及，这就是不听夫人话的严重后果。"

说完，他忍不住笑了起来。

"你现在好像对什么都无所谓了。"

她真生气了，屋子里的空气陡然紧张起来。陈笑鱼觉得这时候应该让她独自说下去，说着说着，气就会散去，可她竟沉默了。水龙头又哗哗地响了一阵，然后发出"滴答滴答"的声音。过了一会儿，马周从厨房出来，她夺过陈笑鱼手中的遥控器，飞速地按着，屏幕闪来闪去，刺得他双眼发麻，最后，画面定在了一个名叫"百里挑一"的节目上，这是一个谈情说爱的节目，里面美女帅哥云集。陈笑鱼坐在那看了一会儿，觉得没多大意思，都是些老套路。

早上上班时陈笑鱼发现停在小区里的电动车不见了，不知道什么时候丢的。昨天单位外出搞活动，他并没骑车去上班。

以前马周提醒过他很多次，说电动车除了本身的锁以外，还得弄一条链子锁，锁在门栏或者其他坚固的东西上，泥城的小偷都等着过年呢。陈笑鱼嘴上虽然应着，心里却不以为然。小区住的多是教师家属，社会关系比较单纯，而且门口的保安也很负责，弄那么大两把锁，别人看了会笑话，以为破电动车多值钱呢。前不久，他看过一则有趣的新闻，某人将自行车套了二三十把锁，那些锁加起来差不多几十斤，小偷看了很生气，另外找来五六把更重的锁锁在了已有的锁上，还留下一张字条：这车就别骑了吧！这则新闻当时把陈笑鱼笑坏了，如今倒令他若有所悟。车丢了，只能坐公交，因为大雾，在路上堵了一个小时，结果就吃了一顿不冷不热的饭，听了一晚不冷不热的话。

陈笑鱼在卧室翻看一本名叫《上升的一切必将汇合》的小说，美国女作家奥康纳写的，小说字里行间满是冷漠与不安，他嗅到了一股灵魂的血腥味，但那背后又有一种平衡的东西支撑着，对上帝不怀好意的人在用另一种方式向上帝致敬。陈笑鱼一边看，一边为这个内心强大而凶狠的女人感到吃惊。

马周一个人在外面安静地看电视。先是看嘻嘻哈哈的综艺，后来又是刀来剑往的武侠，从声音上判断，一晚上不知换了多少台，不管电视演得激烈还是平稳，她始终不发一言。大概十一点钟的时候，马周站起来洗澡去了，洗完澡穿着睡衣进来，不声不响地趴在床上。

陈笑鱼喊了一声："马周，我亲爱的马周！"

她不答话。

陈笑鱼也去洗澡了。

洗完澡，他钻进被子搂住她。马周的身上散发着温暖而滚烫的气息，这种气息弥漫着整个卧室，对陈笑鱼实施了致命打击，他跃跃欲试起来。他先是用身体压了压她的胸，然后去解她的内衣，可马周却一把将他推开了。两个人一动不动地躺了好几分钟。

陈笑鱼叹了口气。

"唉，没劲。"

"没劲就没劲。"

陈笑鱼又笑着假装去亲她，她却将脸转向了另一边。

不知道是什么意思。

他还以为马周会像往常一样，吐着幽兰的气说：就是让你急！于是，他也把头偏向一边。

夜色寂静。

窗外的大雾还没散去，看不清它们是否还在继续涌进屋内自杀。窗户的玻璃上挂着一层灰蒙蒙的水汽，积到一定程度，水渍就往下流，一条条蚯蚓般蠕动着，爬向夜的深处。

陈笑鱼给母亲打了一个电话，电话那边全是海风和潮汐的声音，听母亲说话，感觉状态不错。他让母亲将电话交给旁边的李老师，拜托她多多关照母亲，尤其要提醒她别忘了按时吃药，回来再专门致谢。

虽然知道找回电动车的希望非常渺茫，可第二天，陈笑鱼还是去了小区的门卫处。保安正闲着没事，听说有人丢了东西，极为热情地为他调出了那天的监控录像。有雾，但陈笑鱼还是能确定录像里的那个男人身材很瘦，不过，气宇轩昂，身形平稳，目视前方，像电影里的男一号，中国电影事业如此不堪，他不去拍大片太可惜了。这时，旁边的保安插嘴说，一看就是个老贼。陈笑鱼见他在拐过小区前排轿车的那一瞬间略有停顿，也许是录像本身的故障，他不敢断定。随后那个人来到两座楼之间，左顾右盼，先是进了右边，又迅速转入左边，像走错路的新居户。后来，他一转眼就出来了，骑着一辆立马电动车，正是陈笑鱼的。这么迅速，比他自己开锁都快。

"这么快，你的车子没上锁吧？"保安张着嘴问他，陈笑鱼盯着车子没作声，它正载着小偷飞速逃离。在冲向小区门口时，小偷从胸前掏出一顶礼帽，将头和面孔全部遮住。他的这套动作完成得熟练而精准，看上去像在变魔术。陈笑鱼希望门口最好能飞速开过来一辆汽车，将这家伙撞倒在地，然后再把他碾成碎块。小区门口以前撞死过人，所以陈笑鱼每次骑车出去时都小心翼翼，先张望一把。录像里的车子跟小偷配合得很默契，它没有停止，也没有倒下。确实，电动车不是马，它没有"主子"的观念，它为陈笑鱼服务，也为别人效力。

小偷和车子都不见了，路上只剩下一片积水。

监控录像有什么用呢？它只会向陈笑鱼炫耀。

保安安慰他："我会通知派出所，有消息告诉你。"

能有什么消息呢？陈笑鱼不相信派出所的人能把这点小事放在心上，泥城所有的公安人员都在忙活厉勇才那桩爆炸案，谁还有心思理他，而他观看录像，不过是对那辆车的吊唁罢了。

那车虽然骑了三年，看起来却还有七成新，陈笑鱼保养得好，所以马周才觉得可惜。这样一想，马周也挺不容易，说住一起就住一起了，马周的二叔在深圳开了一家不小的公司，一直想让她过去，都被马周回绝了。上次她父亲来泥城，知道女儿已经跟人同居，气得眼珠子都胀破了，原以为跟未来老丈人的初次见面会是一场愉快的会晤，哪曾想却是前世的仇人，临走时老头扔下一句话："小子，你记住，没房别想把我女儿娶走！"

其实，两年下来，陈笑鱼的账户上已经有了二十几万，再努力一年就可以付首付了，他是同事中收入最低的，但报社这个单位在整个泥城都属于高收入阶层。陈笑鱼心里有了不少底气，他没有当面反驳马周的父亲，他想过了，等钱存够的时候再告诉她，给她一个惊喜。陈笑鱼看见房子在离他不远的地方朝自己招手，只要母亲病情平稳，很快就能买房了。

马周说得对，他确实应该放下身段，在报社多拉一点广告业务，好让这个时刻提前到来。

七

马周对那辆旧电动车的丢失始终在意，在意他不听她的。

照马周的说法，他不听劝，有意弄丢的，似乎如今才丢太迟，它早就该丢了。

周末的上午，陈笑鱼在电脑前看NBA，听见有人在楼下喊叫，千呼万唤，终于，他听出来喊的是自己的名字。

陈笑鱼下了楼。

"还以为你不在家呢。"保安说了一句普通话，"派出所来人哒！"这是一句泥城方言。

原来派出所来了警察。警车停在小区门口，两个人身着便衣，行动迟缓，斯文中伴随着傲慢，一个将军肚，一个肚将军。陈笑鱼怀疑他们是否能弯下腰去，不过办事的态度还算好。其中一个话比较多，说着关于泥城冬天的雾霾，以及小偷带来的种种麻烦。看得出，他是个下手，长官乐于让他得到锻炼。

话多的人说："小偷就是吸毒的人，毒瘾一发作就要偷窃，你的车顶多换两口毒品。"

"那车子呢？"

"早卖了，附近有个黑车市场，怎么，你不知道？"

听语气，似乎他就是那个小偷。

技术师没来，他们等不下去了，让陈笑鱼弄好后把偷车贼的录像资料送去。在警车的门关上之前，话少的人提醒保安："小偷如果再来，就把他抓住，送到派出所，但不能打，他们都是惯犯。"

陈笑鱼对能否找回电动车持怀疑态度，可人家既然已经上门了，还是要配合，他很快将录像资料送到了派出所。去了趟派出所，陈笑鱼心里有了异样的感觉，不是说他又相信派出所的人了，而是他觉得那辆车就在他身边的某个角落，并不遥远，说不定什么时候就能遇见。

那两天，陈笑鱼一上街就往车行里瞄，瞄瞄。很多车都让他觉得眼熟，但又都不是他丢的那辆。下班回来，陈笑鱼鬼使神差地往警察说的那个黑车市场跑。那儿果然有很多二手车，花个五六百就能买到八成新的，至少表面看起来很新。如此便宜的价格，绝不可能来自正规渠道。他瞄了很久，并没看见录像里出现过的那个熟悉的影子。也许它早就被拆卸，又重新组装了，偷车贼不会那么傻。想到这，陈笑鱼觉得自己很可笑，异想天开，他来这里纯粹是多此一举，白白浪费时间。

临近年末，泥城街头出现了很多鱼贩子，用板车拖着，不停走，不停吆喝。他们不能不走，城管每隔十五分钟就过来一趟，把他们当鱼驱赶。除了鱼，更多的是藕、菱角、虾、蟹。湖区的百姓，年底堰塘干了，水里的、泥里的东西都要拿出来换钱，好过年。他们不只带来廉价的水产品，也带来了湖底的淤泥，路上黏糊糊的一层，车子开快一点，飙过去，溅得满身都是，陈笑鱼不想再晃荡，回家去了。

"每天不知道丢多少辆，你要能找回来就见鬼了。"

马周告诉陈笑鱼，张丽丽结婚了，她是他跟马周共同的高中同学，通知他们两人一定要一起去。

陈笑鱼讨厌参加婚礼，每次婚庆仪式都是那么几句，繁杂庸俗，毫无新意。有的人二婚，仪式竟和第一次一模一样。"你愿意吗？""我愿意。"像他妈的两个呆瓜，好像他们今天才睡到一起一样。没有任何神圣感，没有！结婚的邀请函只是一张性交广告，陈笑鱼心想，我的幸福凭什么要别人掺和？

碰见不少老同学，男的还在拼搏，女的大多结婚了，寒暄一番发现大家变化之大。有的同学在学校里一对，现在有了各自的家庭，见面后感觉怪怪的。他们说，还是陈笑鱼、马周幸福，你们是同学中的一对独苗了，快点结婚吧，好给后来者树立榜样。陈笑鱼看了看马周，说："快了，快了，婚姻不能急，不是吗？"

那天下午，参加完婚礼，几个老同学去K歌了，回来后，俩人不约而同地躺在了沙发上，疲惫不堪。

"张丽丽家的房子买在公园世家。"

陈笑鱼知道马周的意思，那是市里环境最好、房价最高的小区。

"张丽丽说那个男的只比她大八岁，我看不像，至少大十岁，马周，你说呢？"

"你管他大几岁，人家有钱，愿意。"

陈笑鱼觉得话不对头，就打开了电视。电视里正在播放很久以前伦敦奥运会的精彩片段，主持人在讨论飞人博尔特以后还能拿到多少冠军，能否成为人类历史上最伟大的田径运动员。这个时候，手机响了起来，门卫处的保安打来的。陈笑鱼接完电话就出去了。

"小偷抓住了！"

赶到保安室时，保安的兴奋劲还没平息。

他一边放录像，一边向陈笑鱼介绍自己的壮举，手舞足蹈，像个英雄。相互干扰中，陈笑鱼不知道是该看录像还是该听他讲故事。奇怪，给他印象最深的不是小偷，而是那个保安。他觉得保安出手太狠了，其实小偷也是大个子，但始终没有还手（还手还可意味着否认偷窃），而是让身体蜷缩起来，像虾一样弓着背，接受拳脚的洗礼。陈笑鱼很失望，同情压制了对勇敢的赞扬。保安说了很久关于抓小偷的经过，才把话题转向他的电动车。

他说小偷已经被派出所带走了，让陈笑鱼赶紧去问问。

陈笑鱼来到派出所，第一次见到一个真实的小偷。那是一个中年男子，在看守室里被铁链拴着，像条狗，等待不知安排在何时的审讯。陈笑鱼发现他的手臂上有很多针孔，还真是个吸毒者。也许派出所的民警早就知道是谁干的，他们已经抓过他很多次了。

看着这个精神萎靡、可怜兮兮的男人，他没提车的事就走了。

"那个小偷太可怜了。"他对马周说。

马周盯着电视屏幕，毫无反应，也不问电动车去了哪里，是否能得到赔偿。电视里依然在回放伦敦奥运会的片段，这次主持人把主题换成了刘翔，刘翔继北京奥运会后再次摔倒了。说实话，陈笑鱼觉得刘翔摔得像个演员，过于博取别人的同情。

"是吗，我们才可怜！"

"要不要买辆新的？"

"买不买有区别？"

"到底买还是不买呢？"

"这也是车，那也是车……"

"马周，你在说什么，你说的不是电动车！"

"我说的就是电动车！"

马周突然大喊起来，陈笑鱼吃惊地望着她。

"马周，你变了。"

"我变什么了，我？我就是说张丽丽而已。"

"马周……"

"陈笑鱼，我们分手吧。"

她终于说出了这句话。

陈笑鱼一直以为她是为丢了的电动车生气，原来她是想离开他了。他没想到自己小心翼翼维护的感情如此脆弱，经不起一辆电动车的丢失。

"你看着办。"陈笑鱼淡淡地说。

陈笑鱼站在街头，看着来来往往的车流，不知道自己为何站在那里，更不知道自己为什么还要留在这座城市，仅仅因为母亲？他越来越讨厌泥城了，这个城市给他的只有伤害，一次又一次，永无止境。《南国都市报》的师兄再次打电话来，这回他没有当即给出答案，他需要一点考虑的时间。

街上的电动车一辆辆飞驰而过，入冬了，他们竟骑这般快，世人永远匆忙。陈笑鱼潜意识握住了那只戴了皮手套的右手，断指的茬口又在隐隐作痛了。阳光从轮子间旋转的钢丝上反射过来，令他感到眩晕。

陈笑鱼几乎忘了小偷的事，保安却叫住了他，问他是否得到了赔偿。他还没有搭腔，另一个保安抢着说："失窃者哪会得到赔偿？派出所对小偷无非是罚款，让他们保证绝不再犯，至于小偷，肯定早就放了，罚款恐怕也早已用完。"

对陈笑鱼来说，赔偿就是让那辆电动车回来，其他做法都无法消除对它的怀念。此刻，他知道它还"活着"，时近时远，只是不在自己身边，就好像多年前的那截断指。陈笑鱼越来越觉得自己像一条鱼了，可并不在水里，而是被拍到了岸上，在烂泥里打滚，挣扎着，奋力蹦跶，浩渺的洞庭就在眼前，却跟他毫无关系。

到了报社，办公室里群情激昂，七嘴八舌地炸开了锅。他们没再继续谈论厉勇才，转而讨论起徐副市长，因为厉勇才的牵连，徐副市长被双规了。据可靠消息，他也有好几个情人，很多套房，其中一套属于一个叫"徐小鱼"的人，面积最大，是复式楼，就在新修的河街对面，却找不到认领的人。据徐副市长交代，那个房子是他用自己工资买的，与其他贪污的赃款没有任何关系，他还请求组织不要没收，这件事成了新闻中的新闻。

"你们名字里都有一个'鱼'耶。"同事们用奇怪的眼神看陈笑鱼。

陈笑鱼没答话，他把新出的报纸清样看了几遍，在紧要处画了几道杠。

八

电视上正在播放徐副市长被双规的消息。母亲问："你早就知道了吧？"陈笑鱼没回话，只点了点头，报社已经发布消息，明天正式见刊。母亲说："不管怎样这个时候你应该去看看他。"陈笑鱼说："看什么看，他都不要你了，还去看他。"母亲轻轻地叹了口气："可他毕竟是你父亲啊！"

两人陷入了长久的沉默。

窗外大雾迷茫，不知何时才会散去。

白玉
苦瓜

下了班，带着满脑子的一季度业绩统计，茫茫然把车从公司后门开出，拐上市中心大道后，狠劲踩油门，只三分钟就到了车道众多的十字路口。红灯亮了，所有车都停了下来，我被挡住去路。红灯是个好东西，它会在你车速过快时紧急叫停，但它并不能替你选择方向，前方的路很多，每一条都通向未知，方向盘在自己手里握着，走错了，压了黄线，要扣分罚款。我小心翼翼地开着2010年的二手丰田，从最右边的车道转弯钻进那条陈旧小巷，儿子的幼儿园就在巷子深处。

来接孩子的家长很多，车也很多，小巷像一条堵塞的下水道，浮渣四溢，人在车流的缝隙穿梭，像一群逃窜的耗子。我心情急迫，但并不能从这些耗子身上碾过去，他们跟我一样，也是来接小耗子的。对面开来一辆粉色保时捷，司机车技不佳，一边留了很大空间，另一边随时可能跟交错的车发生摩擦。这种身价的人，后代居然跟我儿子读一样的幼儿园。保时捷的出现很不合时宜，让本来

178

就蜗行的车速更加缓慢，一时间巷子里的喇叭声此起彼伏，像知了一样叫了起来。我看清了，开保时捷的是位年轻女士，她已经接到了自己的孩子。艰难地擦身而过，我想好了，万一碰到它，就把这辆老旧的丰田扔了，弃车而逃，她爱怎么办就怎么办，反正我赔不起。有钱人把子女送到穷人的地方读书，挤占原本就很有限的资源，纯粹是给我们添堵。

从车里下来，走到幼儿园前门，往里探头，园里空空如也，儿子八成还在教室看动画片。因为被父母拖累，儿子跟我一样，每天都最后一个离开学校。进入夏季，白昼日长，平原上视野极好，太阳从容地往西边落去，脑袋还留在大地之上。那轮火红的圆盘微笑地看着这座城市，宽容大度，可我却觉得它不怀好意，丝毫不顾我的感受，它凭什么如此照耀我的生活？朝地上吐了一泡口水，我蔑视地望了太阳一眼，然后大声喊出儿子的名字。

"赵小龙！"

儿子背着小书包，野马一样从走廊飞奔过来，一头扎进我怀里。

"爸——爸！"

他嘴里的喊声像持续鸣叫的汽笛，尖锐而漫长。当他喊出这样的声音的时候，世界成了一片空白，什么都没有了，只剩下一个奔跑的、需要父亲的儿子。这一幕像极了我小时候在山上放羊，黄昏降临时，面对山林，对羊群归家的那种呼唤。小山羊用头在我的肋下撞了一下，撞得我肋骨生疼。五岁的他已经有相当力气了。事实上，只有这种时候，他嘴里才会发出"爸爸"这两个字音，被遗弃的小动物，有着寻找依靠的本能，平日他眼里只有妈妈，嘴里也只会喊妈妈，吃喝拉撒，亲昵欢爱，无不如此，那时，我的存在跟路人甲没什么区别。每个人都应该被需要，都应该被派上用场，就像现在这样，被需要的感觉真的很好，比喝了半斤白酒还让人沉醉。

母亲从乡下打来电话，她告诉我，因为大雨，老家的房子漏水了，让我打两万块钱回去，请师傅补一下屋顶。我知道，她的目标不只是修补屋顶。村里已经没有几座老房子了，除了我们家，几乎人人都修了新砖房，母亲住在比她年龄还大的老宅里，心里一直很不平衡。她说话一贯的旁敲侧击、隔山打牛，我不是傻子，当然听得明白，就说补屋顶干吗，要不就把厨房、厕所和院子都改造一下，修新屋要几十万我做不到，但翻新一下没问题。我承诺过些天给她打八万回去，母亲欣慰不已，高兴地说，那当然最好。人与人之间的关系就是这么简单，即便最亲的人，怨恨和欣喜，也不过是一笔钱的距离。她的要求并不过分，砸锅卖铁送我读大学，在城里成家，当了公司的骨干，理应对她有所孝敬。父亲死后，母亲一个人住在乡下，万一房子倒了，会把她埋在里面。任何人都只有一个母亲，我也不例外。哥哥开口向我借钱，既然有钱拿回去翻新房子，在村里人面前给自己长脸，也应该有钱借给他。哥哥在广州开了一家四十平方米的炒菜馆，拖家带口，小本经营，因为新冠疫情，动不动就被迫歇业半个月，一年下来，房租都交不起了，而疫情依然遥遥无期。没问题，我二话没说，也答应给他八万。我只有一个哥哥，不能看着他吃不上饭，露宿街头，也不能看着侄子和嫂子跟着他无家可归。去他的疫情，全世界没有谁不受它影响。这都是上个月的事，当时我的情况一切还好，现在不知道去哪帮他们找钱。向人借，也不是没有，这不是一笔天文数字，但欠人人情，比钱还要难还。还不如向银行贷，尽管我还欠着房贷，但似乎还没到山穷水尽的地步，只要我还上着班，就能挤出几滴油来。我不想让他们失望，不能让他们不满意，必须让一切看起来都很美好，至于我自己，无关紧要。

从幼儿园的巷子出来，往柏元桥方向走，像公交车司机一样，在那个固定的地方停一下，接唐娜。住处离这儿有相当远的距离，唐娜不会开车，她在保险公司班下得比我还迟。唐娜性格刚烈，沉默寡言，但脾气很大，心思琢磨不透。这些年，我以为摸透了，其实没有。

路边绿化带后面站着一个女人，正在低头玩手机，我不知道是不是她，忘了早上出门时她穿的什么衣服，女人的身形看起来很陌生。

"那是你妈妈吗？"

"就是我妈妈，我妈妈有长长的头发，提着大挎包。"

"街上长头发提挎包的人多的是，都是你妈妈？"

"可她就是我妈妈！"

"你妈看起来好丑啊。"

"哪里丑，我妈妈最漂亮了！"

是啊，谁会认为自己妈丑？小猪看母猪，觉得它是世界上最漂亮的一头猪，母猪看猪仔，觉得它是最聪明的宝宝，爱是相互的。

我踩了一脚刹车，又去按喇叭。那女人抬起头来，确实是唐娜。这几年我一直把自己当骆驼祥子，一个免费的劳动力。无论天晴下雨，几年如一日地接她上下班，她已经习惯，我也已经习惯。

龙龙隔着车窗玻璃大喊："妈妈！"

她在外面用力回应："哎，儿子！"

像在台上演戏，仪式感十足。他们每天都呼来唤去，即便在家也一样，时不时朝对方大喊一声，把边上的我吓一跳。

"我爱你妈妈！"

"我爱你宝贝！"

他们的呼喊像两条绳索，将我牢牢困住。这些年，我的所有努力，就是搓了两条结实的绳索，救命或者上吊都可以，看你怎么用了。

唐娜打开车门，把自己塞了进来，身体结实的她有一个硕大的屁股，磨盘一样砸在后车座上，汽车因此发生了小幅度的颤抖。就这样，他们坐在了一起，进入了忘我的交流状态，言语和眼神都是，当我不存在，过去，我以为这种不干涉是一种自由，其实是忽略。像往常一样，驮着两个人往夕阳坠落的方向飞奔。所在的小区跟落日处于同一个方向，在这个城市的最西边。母子俩在后座嬉闹，她兴致勃勃地教孩子认街上的汽车标志，如今龙龙已经认识几十种车了。车载收音机播放着全球最新的疫情形势，美国已经死了近百万人，中国正面临经济大滑坡，旅游、餐饮、艺术培训，很多行业都不能正常运转。这个世界已经疯了，去他的病毒，我又骂了一句！

下班高峰期，车流很大，速度缓慢，它的缓慢让我忍不住要说话。

"你要慎重，时间点不对，这个时候风险太大了，建议过一段再看。"

"什么时候不难？我就没觉得日子好过过。"

我只好闭嘴，安心开车。关于辞职，我想过很多次，也提过很多次，我想换个工作，换个城市也行，我已经厌倦了这份吃力不讨好的事，可如今，还是像死狗一样干着。原因很简单，这份不算好但也不算太差的工作能支持我的一切开支，我承受不起失去它的代价，没有足够的能力应对眼前的生活。改变不是那么容易的，世界不会迁就你，围着你转，哪里是想怎么样就能怎么样过的。唐娜此前从未提过要辞职，如今说辞就辞了，她已经正式提交了辞职信，在站最后一班岗，办移交手续了。她辞职，意味着将离开这座城市，孩子也是。真是咬人的狗不叫，很多事都是这样，嘴上大声嚷嚷的人，并不会怎么样，平日一言不发，很少说话的人，背后却把什么都做下了。沉默擅长酝酿毁灭性力量，女人像高脚酒杯，表面温润柔和，甚至有几分美丽，破碎的时候，处处扎人。掷杯者在做一个高妙的游戏，他热衷欣赏破碎之声，将自己置身事外。我知道这样的人，他们手段一向高明，动作潇洒，掷地有声，表现得很有艺术魅力。

回到家，问晚上吃什么。她说随便。面对此类问题，她总是这么回答。一直以来，我以为这个"随便"是指吃什么都行，没有要求的意思，其实是无所谓、不在乎，她早选择了放弃，爱咋咋的。这么多年，到现在才领会，不能不说是一种遗憾，我可真是后知后觉。有些话只在特殊的语境下才能显示其含义，就像书本上的那些名人名言，每个字你都认识，明白它在说什么，但要做到真正理解，必须经历过，充分感受，才能领悟透字里行间的意思。生活中那么多标点符号，像电报中的密码，在等待我去破译。

龙龙五点半在学校吃了简易晚餐，此刻并不饿，等下蒸一点碎牛肉给他就行了。唐娜哐当哐当地剁起了牛肉末，顺便给自己下一碗宽面，而我，在电饭锅里煮了三两米。我有属于自己的美食，白玉苦瓜，那是三天前过端午节的时候亲手做的，放在冰箱里，每顿夹几块出来吃。

南安人端午节必须吃酿苦瓜。最好是白玉苦瓜，青苦瓜筋多，不够爽口，白玉苦瓜才是做酿苦瓜最佳的原料。在老家，没有酿苦瓜，根本不能叫过端午。可在这个家，只有我一个人吃苦瓜，唐娜向来不吃，孩子吃了一口之后，直皱眉头，吐了半天的苦水，我已经不敢再让他尝试了。唐娜坐月子的时候，为了照顾他们娘俩，母亲来城里住了一段时间，那段时间，我吃了很多酿苦瓜，她走之后，就只能自己做了。酿苦瓜做起来有些麻烦，剁肉馅、切辣椒，将苦瓜裁成小段，耐心去籽，放在清水里浸泡一段时间，再把剁好的馅填进去，蒸的时候，得时刻盯着，精准掌握火候。因为过程的麻烦，每次做，我都弄一大钵，做一次，吃好几顿。夏天吃苦瓜，可败火，去除烦热，好处多多，但我并不在意这个，我只是爱那个味，苦中有甜的苦，回味无穷的苦，妙不可言的苦，越苦，越觉得有劲。

等饭煮熟，唐娜的面已经吃完。儿子坐在客厅沙发上看《小猪佩奇》，他要看上一个小时才有吃东西的欲望，唐娜坐在一边，菩萨一样陪着他。很多时候，她就是一尊活菩萨，安静而不动神色，眼前的世界，她稳稳在握。我独自在餐厅享用苦瓜，不时抬头瞄他们一眼。有些东西需要一个人去面对，也只能一个人去面对，因为只有自己才知道其中滋味，无法与人分享。这样的苦瓜，这样的生活，我爱恨交加。拿了一个小碗，将酿苦瓜中的肉馅挑出来。

"吃吗？"我朝客厅问。

她从沙发上起身，走过来，坐在了餐桌对面。

肉馅里剁进了紫苏，她喜欢吃紫苏，而我，身体发胖，要尽量少吃肉。把肉馅挑出来给她，自己只吃苦瓜的部分，算是一种妥协和最大尺度的配合，她给了我这个面子，勉强接受了。关于饮食，两个人有着截然不同的喜好，这么多年，口味丝毫没能靠近。我的鸡蛋只煎七分熟，她要炸成焦糖色，我喜欢去日本料理店吃鱼生，而她，闻到生鱼片就作呕，更别说上筷子了。虽然出身在底层百姓家庭，但她没有一点厨艺，下馆子吃，如果她对菜的评价是"还行"或者"还可以"，意味着，那盘菜非常难吃。后来去岳母家，吃

了岳母做的菜，我才知道，她对食物的要求为何如此之低，他们家
对吃毫不讲究，东西煮熟就好，食物能填饱肚子就行。在这个家，
要想吃舒服一点，必须自己动手。如果她还愿意为我做菜，做得稍
微像话一点，我也用不着弄那么多酿苦瓜。一连吃几天，再美味的
东西也会厌烦。是的，我觉得今天的酿苦瓜很不对劲，如同嚼蜡，
它不再是我印象中的味道，只有纯粹的苦，我感到一种强烈的反胃。

"你再也不会给我做吃的了，对吧？"

"我做不好。"

"做不好就可以不做了？"

"做了这么多年，我累了。"

"接了这么多年，我也累了，可每天还坚持去接。"

"你可以不接。"

"我确实可以不接，可没办法，我爱你们啊。"

"谢谢，不需要。"

其实我也知道她不需要，她早就不需要了，只是没有主动告
诉我而已。她这个人向来就是这样，想做的事，想要的东西，你不
主动问，她永远不会自己提出来。她做爱也不吭声，像完成一件任
务，尽力忍受着，就连穿一条丝袜的小小要求都不会满足我。这种
无所谓、不在乎的姿态，把一件庄严美好之事弄得枯燥乏味，兴致
索然。将就和对质量的要求，是两个人最大的分歧，她把自己和我
弄得毫无仪式感，毫无继续的兴趣。她做过的最有仪式感的事，只
有两件，一是结婚，二是离婚，后者显然比前者严谨正式得多。因

为有那么多条款、责任和财产需要划分清楚，而实际上，结果只有一个，我净身出户。她把激情和对生活的热度都给了别人，我看到了那些真正具有仪式感的内容，认识到了自己的错误。我索取太多，要求过分，把生活逼进了死胡同，所以，必须成全她，希望她能得到真正的幸福。昨天上午，我的字签得很干脆，这是我第一次没对她提出要求，没有要求的生活如此轻松，我好像有点理解她了。

谈了七年才结婚。我害怕七年之痒，两个人为此达成协议，以为谈够了，彼此磨合习惯，近乎麻木，也别无所求了，没有激情，就不会有太多期待，结了婚也就不会再有什么意外。我小看了婚姻的磁场，它像物理定律，不可违背。在孩子五岁的时候，我们不得不做出抉择。

梅雨季节，天气沤热，到小区里散步，感觉到胸腔有致密的压抑感，额头汗珠直冒。天色有变，云层突然发青，看起来随时要下雨。

下楼前，儿子说："你快点回来啊，我等下要骑马马。"

我说："我打下球就回来。"

"那你快点啊。"

"知道啦，小兔崽子。"

一边说，我一边赶紧下了楼。

在小区住了五年，前几天才知道这里有乒乓球可打。就在三栋一楼的棋牌室里，几个人凑份子买了一张球桌，折叠的，可一分为二竖起来放，不占地方。白天老头老太太们在棋牌室里打麻将扯白话，晚上，把麻将桌推到一边，把球桌打开，就是年轻人的运动场，只要两个人就能展开厮杀，乒乓球不像其他运动，对场地的要求并不高。我高中时代曾考过乒乓球二级运动员证，快二十年了，手里功夫并未放下，一直想找地方练练，顺便减肥，苦于没有对手，也没有场地。真是灯下黑，原来他们早就建立了地下根据地，单单瞒着我一人。给上次打过的搭档发了短信，又在那个小群里发了微信消息，没人回。他们也许在忙，也许还在吃饭，我打算自己先下去等着。

三栋位于小区的中心，棋牌室前有一块空阔的小草坪，种了各色绿植，它们从深山老林移居到此，虚度光阴，长得茫然而麻木，到现在才有了树的模样。

日子就躺在这个院子里，被珍爱和用旧，掉在地上，破碎易脏，不忍直视。那棵杨梅树每年都结满果实，可它的果实只是结给人看看，即将成熟时，一阵雨或者一股风经过，就纷纷坠落。美好的东西在中途夭折，几番践踏，很快会从草地上消失，好像从未存在过。人们已经习惯了，我从没见人去摘过杨梅，那棵树被种在这里，是因为叶子茂密，外表好看，适合绿化，并非为了吃。人们没有考虑它的意愿，对这样的命运，它无力反抗，只能承受。我从地上捡了一颗含在嘴里，味道酸涩，无法下咽，赶紧吐了出来。看来，它注定只能作为象征而存在了。

再次发微信催促，群里终于有了回应，说马上下来，让我把棋牌室收拾好，球网拉好。这样的季节，一楼很潮，地板表面汩了一层水珠，必须把它擦干净，否则打球时会很滑。开灯擦地板的时候，一群鼠妇惊慌失措地奔逃，它们是从阶前的下水道溜进来的，老头老太太们每天在这里打麻将，时有吃的东西撒落，虫子们有利可图，躲在这里不走了。"鼠"与"妇"的结合，这虫子跟女人有什么关系？潮湿，隐秘，怕光，见了光，四散逃窜，女人讨嫌，但又必不可少啊。

愣神的工夫，裤兜里手机响了，我以为是乒乓球搭档，却是母亲。

"钱还没打回来，师傅在等着了。"

"明天就打，这段时间忙。"

"13号是你爸忌日，别忘了给他上炷香啊。"

"有什么可上的，你给他烧把纸就行了。"

"你是他儿子，上了香他会亏待你？他在下面会管事的。"

"管屁，他连自己都管不好。"

父亲一生穷困潦倒，活着的时候，没管好自己，也没管好我们，连基本生计都不会搞，那个家在他手里弄得一塌糊涂，死了还能有什么用？我一贯不信这套，去庙里烧香菩萨都不搭理你，何况普通得不能再普通的死鬼。但母亲大有理论，你不懂，有些人活着没有什么用，死了反而变得中用了，你有今天，能考上大学，在城里娶妻生子安家立业，全靠他。我只好点头，如果再坚持，她会觉得我看不起她丈夫。她这样的农村妇女，哪怕男人生前对她再不好，怎么虐待她，死后依然是她心目中的神，那个位置谁也取代不了。

父亲是崇尚暴力的。当过兵的他，相信枪杆子里出政权，也相信应该用拳头指挥女人，母亲一逆他的意，他就会举起拳头，迎面砸去。十岁那年，母亲被打得耳朵出了血，在乡卫生院躺了一个礼拜。其间，我每天走几里山路去卫生院给母亲送饭，当然，那饭是父亲做的，他不得不做，不做就会把老婆饿死，他自己也没得吃。事实上，父亲只在母亲动不了的时候，才会走进那个光线幽暗的厨房，在灶台前勉为其难地坐下烧火，十年难得一回。正因为如此，躺在病床上的母亲嚼着难以下咽的饭菜，脸上竟然露出了幸福的笑容。看起来，挨打对她是好事。多数时候，即便遭遇家暴，母亲也只能带着一身的伤，继续下地干活，干活时，偷偷背过身去，暗自抽泣。我后来问她为什么不离婚？她说，还不是因为我和我哥。有了孩子是不能离婚的，村里从来没有谁会因为夫妻感情不和而散伙，除非一方死了，另一方才会改嫁或者另娶。在她的时代，离婚是比出轨，甚至死亡更可怕的事。而最终，母亲得以摆脱困境，得益于父亲的早死，从这个角度来说，她应该爱他，感谢上天的恩赐。父亲死后，母亲年轻了许多，所以，她理应为他多烧点纸，站在母亲的立场，我也应该为他上几炷香。想到这，我满口答应下来。

外面下起了大雨，耳朵里嘈杂不清，我把电话挂了。

打球的人还没来，他们不会来了，一个个都不会来了。只要一下雨，他们就会取消打球计划，好像外面下的不是雨，而是刀子，打一下球会要了他们的命。我只想发泄，想出一身大汗，这个小小的要求也得不到满足。雨下得真大啊，地面起了一层雾，各家各户的灯光从半空照射来，剖开这夜晚的尸，我站在棋牌室的门口，被无数刀子光顾，一刀一刀，温柔地切着我的身体。孤独就是站在闹市之中却无家可归，咫尺之外的那个家，被雨幕阻隔，我成了一枚弃子。

等了好久，雨才变小。冒雨穿过小区，冲到我所在的那栋楼的电梯口。身上衣服还好，只是头发被雨打湿了多半，加上原来的汗水，黏糊糊地贴在脑门，很不舒服。

"爸爸你怎么才回来，我要骑马马。"

"让我洗个澡可不可以？"

"不行，不行，我都等了好久了。"

我只好把球拍扔到一边，在客厅中央当即趴下。

去年冬天，疫情最严重的时候，全城警备，小区被封，粮油和蔬菜只能走配送渠道，在小区门口，戴着口罩，隔着栅栏扫码付款，所有这一切，都是为了尽量避免人与人之间的直接接触。当时，唐娜要下楼买菜，龙龙想跟着去。唐娜告诉他，外面很危险，好好在家待着。龙龙说，既然外面那么危险，那就让爸爸去。当时我笑得很开心，四岁的孩子已经懂得了关心人。关于爱，关于理解和需要，跟其他生理反应一样，是人类的本能。儿子只在骑马马的时候才会想到我，他妈只在身体寻找出路的时候才会想到我，他奶奶住在这里时，只有把钥匙遗忘在家，进不了门的时候才会想到我，而我，只在他们需要我的时候才会想到自己。所有你能得到的东西，都会成为禁锢你的枷锁，女人、孩子、家庭、工作，以及社会荣誉，无不如此，以后，我去哪求证自己呢?

"爸爸你没趴好，我要掉下来了。"

"赵志，你能不能专心点，做一次少一次了。"

我当然可以专心点，于是，赶紧耸了耸肩，压平腰板，专注地爬着。

一边爬，一边在想，明天，冰箱里的苦瓜是继续吃，还是扔了?

蘑菇与爱情

　　陈兵想去云南。他说如果生命只剩三天，死前一定要去一趟云南。王曼丽说，这个要求不高，可以满足。陈兵之所以想去云南是因为看了《舌尖上的中国》，那是一部很红的美食纪录片，里面有很多来自云南的蘑菇，它们长得十分美丽，味道十分可口，只可惜，离所在的城市太远，要坐飞机才能抵达，坐飞机得花不少钱。

　　关于那次出行，双方有着充分而各不相同的理由。

　　飞机向南而去，大块大块的云堆在机窗外，双脚悬空的状态让陈兵觉得自己像一个飘浮的气球，他终于把自己放飞了。在白天坐飞机，俯瞰大地时，陈兵脑袋里播放起"舌尖"的背景音乐，一想到蘑菇，他就好像闻到了它们的香味，胸口剧烈起伏，快喘不过气来了。视美食如生命的他从未想过会娶一个完全没有厨艺的女人，他觉得，这可能是他这辈子所受的最大的欺骗。一想到每天在家吃猪食，陈兵就非常难过，他决定这回出来把身上的钱花光。前天老家来电话说，住在上屋的陈满生死了，死后眼睛被老鼠偷去一颗，进棺的时候连件像样的衣服都找不到，银行账户上却存着十几万。陈满生捡了一辈子破烂，也穿了一辈子破烂，存的钱一分都没来得及花。想到这他突然从座位上站起来。你们知道吗，我是一个穷鬼，我坐飞机就是想来云南吃一顿好的，吃一顿蘑菇。飞机上的人对他的古怪行径居然一点也不惊奇。他们一边笑，一边饶有节奏地附和着拍巴掌。我们都是穷鬼，我们来云南只是为了吃一顿蘑菇。我们来云南只是为了吃一顿蘑菇。吃一顿——蘑菇。吃一顿——蘑菇。蘑菇蘑菇蘑菇……声音像在合唱。乘务员笑了起来，他们觉得陈兵讲了一个逗人的笑话，所有人都应该感谢这个笑话，他让飞机上的沉闷气氛变得轻松活泼。陈兵心想，如果飞机失事就好了，从空中掉下去，或者凭空消失，那样他和王曼丽的烦恼就全没了。

大理古城每家店门口都摆满了蘑菇，姿态万千，五颜六色，清洗干净之后的它们显得妖娆无比，绝大部分蘑菇陈兵都叫不出名字，叫得上名字的，也没吃过，他只在电视上见过它们的样子。在电视里，它们从大山深处被人刨出，然后运到千里之外，经过厨师之手摆上华丽的餐桌。陈兵觉得，让蘑菇跑那么远的路，实在是对食材的不敬，现在，它们不用那么辛苦了，他站到了它们跟前。面对这么多馆子，他感到为难，吃哪一家，似乎都是对其他馆子的不忠。

在云南的几天，陈兵每天都要吃蘑菇。油煎，碳烤，炖锅，变着法子来。时间充足就挑选环境好的，来不及了，随便进一家路边店，味道都不错，大店有大店的格调，小馆有小馆的风味。丽江一顿，昆明一顿，大理两顿。在和顺也吃了，每天必不可少。

吃得最痛快的两顿是在巍山。

巍山距大理两小时车程。两个人先坐长途汽车，然后又倒了两趟公交，才抵达巍山古城。因为没有高铁，来巍山的人很少，街上游客稀稀落落，相对于大理的热闹，这个地方像酒桌上被遗忘在一边的陪客，多少有些寂寞。巍山离旅游黄金区有一段距离，物价相对较低。从泥城出发，飞往昆明前，陈兵不知道中国有巍山这么个县，更不知道县中心有保存完好的古城，还是一位云南朋友极力向他推荐的。

陈兵喜欢巍山。这里的天是纯粹的天，地是纯粹的地，百姓也是纯粹的百姓，不像大理和丽江，完全被旅游业绑架了，钱字当道。古城处在闹市中心，四周却无一座高楼，人走在巷道之中，视野开阔，抬头只有蓝天白云。斑驳的土墙，褪色的青砖，一直那么斑驳着，褪色着，没有刻意的翻新和加固。古老院子里还住着世居于此的原住民，一日三餐，家常便饭，他们的生活丝毫未被旅游开发打扰。泥城所谓的古镇，每块砖头都是新的，"新修的古城"，陈兵毫无兴趣。

住的地方很好，又大又便宜。两百块钱的单间，有大阳台，宽敞的榻榻米，还配备书架和躺椅。陈兵说，我觉得我可以在这儿住一辈子。王曼丽说，当初你也是这么说泥城的，说泥城地方小，节奏慢，小日子安逸，适合虚度年华。陈兵说，泥城不是不好，是待得太久，任何地方待久了就让人厌烦，空气都熟悉得可怕，我希望去一个地方，谁也不知道我，谁也不关心我，任何人都不比邻居更了解我。王曼丽说，如果有个狐狸精作陪就更好了。陈兵看了王曼丽一眼，没回话。

把住处安排好，两人出来觅食。真旧啊，店铺少有外表华丽的，最多挂几盏灯笼，贴一副对联。黄土灰墙，陈旧的瓦片，刻意保持了老城的古朴。这种感觉很好，同时也给他们出了一道难题，他们无法从装潢确定哪家馆子味道好。时间还早，刚过十一点，王曼丽说，人这么少，跟进了鬼城似的。陈兵见有家院子木门上贴着"骑鲸"二字，两边的对联白纸黑字，纸有些泛黄，字也残缺不全，看得出是一副挽联，这家不久前应该办过丧事。陈兵感觉一股凉意来袭，他好奇，店家为何毫不隐晦自己的身份。看了一下招牌，店名叫"老二饭庄"，通过门缝往里瞧，里面有一个很大的院子，角角落落种满各种绿植，当中有一口老井，井旁摆了两把长木凳以及五六个稻草编织的蒲团。环境不错，陈兵抬脚走了进去。

店家沏来两杯红茶，用半生不熟的普通话问他们从哪来，吃什么。王曼丽说，有什么吃什么。这可难住我了，我们这里好吃的太多了，听口音你俩是外地人吧？第一次来巍山？陈兵走到厨房口看了看，大冰箱里有松茸、绿头菌、树花和很嫩很嫩的丝瓜秧，他还看见一个塑料袋，倚着墙脚靠在那，问是什么。店老板说，你真有眼光，这是鸡枞，刚从山上捡的，泥都没脱，别人提前预订的，你们要的话，我匀一点出来。陈兵说，非常感谢，刚才说的那些也都点一份，小份的，一样来点，尝尝鲜。店老板一听，笑得合不拢嘴。

吃到一半，陈兵才想起要喝杯啤酒。两个人又添了一盘凉拌丝瓜尖，放开喉咙对饮。他们一共喝了六瓶，陈兵四瓶，王曼丽两瓶。王曼丽酒量比陈兵大，但肚量不够，喝白酒行，啤酒就比不过他。四瓶啤酒下肚，陈兵站起身去放水。放完水回来，醉眼蒙眬地问店家，山上有蘑菇采吗？店老板说，有，去的话我帮你们雇辆车，很便宜的，三十块钱送到山门口，你们要注意，别到太深的地方去，山里有蛇。店老板又说，你们这时候来巍山是来对了，现在蘑菇最多，路也比春天好走，巍山是道教名山，上面有很多道观，听说道士们光吃蘑菇就能活一百岁。陈兵说，没准不吃会活得更久呢，修道成功了吃空气都行。也有运气不好的，我二叔去年就吃蘑菇死了，店老板说这话的时候，露出轻描淡写的笑容，二叔已经八十有余，吃蘑菇去了，还可免去不必要的痛苦。陈兵想起院子外面的白对联，他二叔怎么那么不小心，竟然吃蘑菇吃死了，是噎死的，还是中毒？话到嘴边又憋了回去。

那天下午，他们在山上采到很多蘑菇，把两个塑料袋装满了。

爬到山顶两人出了一身汗，他们在一棵被雷劈过的老樟树下坐了下来。抬头远眺，但见浮云朵朵，群山跳跃，涌动的滇西山脉绿得养眼，唯有被雷劈过的树枝，黑黢黢的，烧得只剩半截，像一截断臂，无助地向天空杵去，而身后，是万丈悬崖。陈兵吆喝了一声，谷底回音不绝，他伸长脖子看了看，心想，如果从这里跳下去，下面会不会别有天地，像《神雕侠侣》里的断肠崖，金庸让小龙女一个人在下面生活了十六年，当然，最有可能是摔成十八块，连完整的尸身都找不到，金老先生去年走了，没有谁会为他虚构一个安全的谷底。陈兵发现，屁股下坐的那块石头也被雷劈了，切得整整齐齐，两个人坐在离悬崖不到五十厘米的地方，各自喘气。

王曼丽问，她长得如何？陈兵说，一般。王曼丽说，我想看看，看看那个狐狸精到底长得怎么样。陈兵说，什么狐狸精，别说得那么难听，就是个朋友。王曼丽说，就是狐狸精。陈兵说，别看了，没啥好看的，没你漂亮。王曼丽说，不要骗我，我还不知道你。陈兵说，真的不好看。王曼丽说，你再说一次试试，信不信我从这跳下去。陈兵说，不知道手机里还有没有照片，你坐过来一点，那里太远了。我就在这里看，你把手机打开。陈兵只好把手机打开，别说，还真有一张。王曼丽说，看吧，你果然还存着她的照片。陈兵说，是你自己要看的。王曼丽说，把手机给我，我看不清。陈兵说，坐过来点就看清了。王曼丽并没听从他的话挪动身体，陈兵伸手想把她搂过来，王曼丽警觉地挪得更远了。她的短发被大风吹得高高飘扬，像一面黑色的旗帜，额头上汗迹未干，侧脸看去样子很是妩媚。陈兵觉得，王曼丽还是生气的时候好看。她凑近瞄了一眼说，原来是只上了年纪的狐狸，比你都大吧，长得还真不怎么样，看不出你还是个姐控。她接着又说，如果是一个貌若天仙的小年轻也就算了，这样的女人你到底喜欢她哪一点。陈兵以为王曼丽会跳下去，然后，他紧随其后，这个选择对他并不难。没想到千钧一发之际，王曼丽站起身拍了拍两边的屁股蛋，骄傲地从石头上走了下来。

下午四点多钟，阳光适中，山谷里的风吹出了春天的感觉，陈兵打了个激灵，捡了那么久蘑菇，又坐了一阵，他感觉身体里的酒精彻底散发掉了。

两个人谈了七年，这是双方约定的时间。他们害怕七年之痒，同学群里，有几个人刚结婚，立马又离婚。他们觉得，谈七年，如果七年都能熬过去，可以忍受对方，那就结婚。他们认为，这是一个完美的时间约定。

他们说好了，绝不离婚，除非其中一个死去。

他们并没离婚，也没有谁死去，但他们出了岔子。准确地说，是陈兵出了岔子，这个岔子不大，但也不是很小。他和那位女士走得比较近，彼此欣赏对方，聊双方感兴趣的话题，包括跟身体、精神密切相关的隐秘的欢愉。那位女士王曼丽听说过，是他们艺术圈的人，她从来不跟那个圈子的人交往，所以也就没见过她。陈兵也没见过，只通过微信视频。两个人是在微信群里认识的，聊得热火朝天，然后，像磁铁一样吸在了一起。他们并没发生肉体上的接触，在王曼丽看来，这更严重。陈兵竟然在这么短的时间内对另外一个女人表达了爱慕之意，精神爱慕比身体交流更可怕。陈兵的手机没设密码，跟他的人一样，光明磊落，无秘密可言。王曼丽以前从不查看他的手机，女人的直觉让她觉得陈兵那段时间不正常，精神过于亢奋，面色过于红润。等陈兵躺下，她在黑夜里打开他的手机，两个人一个月来的对话记录，明明白白，一字不漏地呈现在王曼丽眼里。那时候，他们结婚不到半年。

陈兵从未想过离婚，但这由不得他。他也从未想过爱上别人，这也由不得他，他似乎真爱上了那个人，从那些有来有回的甜蜜语句看，他们应该是相爱的。问题是，他既没做好离婚的准备，也没做好死的准备，而且他也不知道那算不算爱。什么准备都没有，为什么要这样？王曼丽问，你给我说说看。爱，用不着准备啊。这个回答让王曼丽感到绝望。陈兵没想到自己会说出这句话，他也是在说出口之后，才听到的。王曼丽说，那你去死吧。陈兵说，好的，就去。

你们什么时候好上的？不知道。你真的爱她吗？不知道。你知不知道你很恶心？不知道。你什么都不知道，是不是也不知道怎么去死？陈兵说，确实不知道。陈兵的表现让王曼丽很愤怒。王曼丽的脾气一向很好，说话轻言细语，像旧时的大户小姐，给人一种彬彬有礼的感觉，是一位标准的软妹子。很长一段时间里，陈兵觉得她的声音比她娇俏的容貌更讨人喜欢，只要一张口，他就失去抵抗力，完完全全顺从下来。

两个人把蘑菇提到老二饭庄，做现成的。

店老板说，他们采的多是毒蘑菇。把有毒的剔除，能食用的不到零头，不过，也足以开一碗鲜汤了。被丢弃的毒蘑菇个个色彩妖艳，尤其是鹅膏菌，娇滴滴的，像腼腆的小姑娘。嗯，娇滴滴，很腼腆，陈兵蹲在地上看了很久。最毒的一种是有巨大伞盖的蘑菇，伞盖上布满白色斑点，据说，人吃下后，不死即残。陈兵从地上拾起大伞盖，举过头顶问，所谓非死即残，到底吃多少会死呢，一口下去就完了？店老板说，不知道，祖辈传下来说不能吃，肯定就不能吃，谁活得不耐烦了吃这？

店老板给两个人做起了蘑菇科普。他说，蘑菇中毒情况复杂，除了种类，还跟季节、气候以及人体状况有关，有的当场挂了，有的能扛几个小时或者好几天，甚至几个月以后才出现肝衰竭的迹象。陈兵问，蘑菇中毒是不是很难受？当然难受了，头痛，呕吐，直接晕过去算是好的，啥感觉没有，等于做了场梦。陈兵说，太造孽了，阎王爷脸色不好看。店老板说，云南每年都有人吃蘑菇中毒，大家还是要吃，吃到毒蘑菇，只能怪命不好。王曼丽问，陈兵，你命好吗？陈兵说，肯定好啊，不然能娶到你？店老板笑了起来，大兄弟很会哄老婆。

吃完饭，两人到老城遛街。

黄昏降临，空气中添了一些微凉，城墙四脚堆满蛐蛐的叫声，像另一种空气，将他们紧紧包围。夜没完全黑下来，阑珊的路灯背后是幽蓝的天，街上偶有三五个人扎堆闲聊，倒扣着竹篓，在背面摆棋盘。两个人漫无目的地走着，王曼丽问，她是怎样的人？陈兵说，不好说。王曼丽说，她肯定有什么特别吸引你的地方。陈兵说，让我想想。想了一会儿说，没有。怎么会没有，没有你怎么跟人家说那种话？陈兵只好说，跟当初遇见你的感觉差不多。王曼丽问，那叫没感觉？陈兵说，但也不多。王曼丽又问，不多是多少？陈兵问，一定要说吗？王曼丽说，一定要说，非说不可。陈兵说，可我想不出来，你让我怎么说。王曼丽说，想不出来就多想想，你应该有很多理由才对。陈兵又想了一会儿说，照你这么分析，我和她志同道合？王曼丽说，志同道合还不够，光这一点不可能让一个男人背叛新婚妻子。陈兵说，还不够？王曼丽说，不够，至少是红颜知己，你们聊的那些内容从来没跟我说过，你从来没跟我说过那种话。陈兵说，那可能就是红颜知己了。王曼丽说，我呸，还红颜知己，那你怎么不去找她。陈兵说，是你叫我说的。王曼丽说，我叫你出轨了？陈兵说，没有。王曼丽说，那不就对了，没有谁逼你，是你自己招供的，你就是下贱。陈兵说，我没出轨。王曼丽说，什么叫出轨你知道吗，说说看。陈兵说，不知道，你这是跟自己过不去。王曼丽说，我没有跟自己过不去，我是跟你过不去。陈兵说，你就是跟自己过不去。王曼丽说，就算我跟自己过不去，关你鸟事。她喉咙哽咽，陈兵低头不语。

过了一会儿陈兵说，她家挺穷的，高中只读了一半，就出门打工了。王曼丽说，我小时候住的也是土坯房。陈兵说，不过她看起来气质高贵，一点不像农村人。王曼丽说，我个子并不矮。陈兵说，最关键，人家有理想。王曼丽说，那玩意谁没有，就像月亮，白天也是有的，只是你没发现。这事陈兵早就明白，早年在乡下老家放羊，下午经常一个人欣赏东山上的月亮。说到这里，陈兵抬头看了看天，天上没有月亮，星子也不见一颗，他感到了阵阵寒意，夜色像寒气一样，袭击了他们。

当年，陈兵独自来泥城，举目无亲，没有攀得上的关系，除了写几篇文章，没有任何过人之处，工作换了好几个，一直没稳下来。他总是租最便宜的房子，为了省钱，下班再晚都自己做饭。基本上每换一次工作，就要搬一次家，他对家的概念在一次又一次的不断搬离中变得可有可无了。直到遇见王曼丽，情况才好转。那时候，他的目标很卑微，也很具体，希望在城里有一套自己的房子，不管大小，也不在乎环境，是自己的就行。两个人埋头苦干，一切有了起色，买房已经在望。但他们依然节俭，住在远离城中心的郊区。

那地方叫"他乡别业"，是私家院子，打理得比较好，挂个牌子出租，城市边缘多的是那种宅院。离上班的地方有点远，每天早出晚归，但日子安稳，内心也就妥帖。在山里长大的他们，对于靠近乡野的生活有着与生俱来的好感，如果不是出了那事，他们现在可能还住在那里。

"他乡别业"的房东是个热情的老太太，隔三岔五从院子里掐一把青菜送给他们。喊她老太太，其实也就五十多岁。老太太说，年轻人在外面不容易，下班回来，菜市场都关门了，吃都没个着落，我儿子在上海做事，跟你们一样，我要是没在，要葱要蒜，尽管到园子里拔。陈兵不喜欢她的葱和蒜，他更喜欢隔壁院子。

隔壁也是一个私家小院。陈兵特别喜欢院里的田三七，它们长得非常茂密，浓绿的一团，阳光暴晒之后，发出阵阵药香。草木的芬芳之味从窗户里吹进来，夏天闻着特别提神醒脑。陈兵从事文字工作，清新醒脑的气味有助于思维运转。他连盆都准备好了，去问老头要，哪怕买也行。老头很倔，也很吝啬，坚决不给。于是，陈兵让王曼丽去，以为女同志会好说话一些，结果还是吃了闭门羹。

陈兵很想趁老头不注意的时候，溜进院里顺一兜，可他家院子门口永远蹲着一条凶猛的大黄狗。

陈兵不明白那东西为什么长得那么好，更不明白老头为何对一蓬草严苛看管。田三七他不是没见过，只有他的绿成了油亮的黝黑色，像白天里的一道暗光。难道是因为两个人深夜弄出的美好声响打搅了老头，也打搅了他将近四十还未出嫁的女儿？旧式房子，房门底下留有一条大缝，不隔音。倔老头的女儿，邻居们喊她桃花，长得挺漂亮，戴着一副粗框眼镜，走路斯斯文文，不管遇见谁，都朝来人笑笑，然后低头走她的路。听房东说，五年前她被一个男的骗了，受伤之后再没谈过恋爱，至今未婚。据说，这位斯文的老姑娘很会歇斯底里，谁要是触及她的神经末梢，后果会很严重。陈兵从未见过，也未亲耳听到过，他觉得那很可能是外界不怀好意的臆测。

陈兵说，我喜欢邻家院里的那蓬草。王曼丽说，那我晚上去偷。陈兵又说，邻家的桃花我也挺喜欢。王曼丽说，老娘明天提刀剁了那个妖精。

那天，他们下班回来，发现隔壁院子来了一群警察，五米开外拉出一条很宽的警戒线。两个人挤在人群中看热闹，警察从菜园深处挖出一副完整的人体骨骼，位置就在那蓬田三七底下。难怪长得那么茂盛，原来是吃人肉长大的。七嘴八舌的议论中，他们听出事情的大概。那副骨骼是桃花的前男友，他是外地人，在泥城熟人少，失踪五年，没引起外人注意，也没有人前来找他，以至现在才破案。据说男人是被桃花的一钵鸡汤毒死的，田三七炖土鸡，外加一包毒鼠强。理由是，男人在外面劈腿。等桃花父亲回家，男人已死去多时，他只好替女儿隐瞒，帮忙埋尸菜园。

陈兵说，田三七炖土鸡很好吃的，你没吃过吧？王曼丽说，没吃过，想必味道很好，不然怎么放了毒都尝不出来。陈兵笑呵呵地说，你要是做出那么好喝的汤，就算有毒我也一口不剩全喝完。王曼丽说，你不怕死？陈兵说，怕呀，怎么不怕，天底下谁不怕死呢，但要是死在你手里，那也算死得其所。当时，他们处在热恋之中，什么誓言都敢发，什么甜蜜话都敢说。陈兵记得自己煞有其事地向王曼丽表白，小丽啊，我这人没耐心，也没什么本事，不会做表面功夫，唯一能做的就是为你去死，这个世上除了我，谁也做不到这点。王曼丽听了感动得眼泪直流。

后来，他们就搬走了。

一想到隔壁埋着个被情人毒死的男子，陈兵浑身起鸡皮疙瘩。爱，就是你恨他，却又无法离开他。离不开怎么办？那就把他毒死，埋在跟前，日日为伴。王曼丽说，杀都杀了，如果是我，就埋在大门口，每天出门踩上一脚，那才解恨。陈兵说，啧，要不要那么狠。王曼丽瞪了他一眼，对说话不算数的人，就要狠点。陈兵说，媳妇啊，咱要享受爱情，但绝不轻易相信它，懂得他们所说的各种道道，但绝不受其蒙蔽，我们绝不能相信谎言，但一定得懂得聆听，懂得接受来自谎言的恩惠。如同这人间情事，我们也要懂得享受，但万不可沉迷，陈兵嬉皮笑脸地补充了一句。王曼丽说，不，做人要表里如一，明明沉迷的是你，享受的是我。陈兵说，现在就让你好好享受。那时，他们随时都产生美好的冲动，然后用身体填充对方。健壮而充满活力的身体，让他们的日子无比充实。

到底谁在享受，谁在沉迷？这个问题，两个人一直争论不休。每次争吵的时候，他们都以一场爱情遭遇战结束。战斗的惨烈程度取决于双方分歧的大小，争得越凶，战争就越持久，毁灭性也就越大，直至力竭，谁也不能发起进攻为止。

现在，他们正处在大战边缘。这是一个很好的作战之地。小旅馆环境雅致，遍布绿植，芭蕉密林中有溪水流过，可展开伏击战。房间里所有东西都是暖色的，灯光绵软，伸手可握，床铺干净，按下去，弹性恰到好处，榻榻米的长度足以把两具身体搁在上面。他们的眼睛发出了猩红的信号。

王曼丽关好门，干净利落地扔掉上衣，蛇一样扭动腰肢，让裙裤自由脱落。她赤条条地在屋子里走了一圈，侦查一下周围的地形，确定地形对自己有利后，像蚌壳一样打开身体，露出大片的雪白和丰沛的汁液。她动用女人最得力的武器，借助幽暗的森林为敌人设下死亡陷阱。谁也没说话，空气中弥漫起硝烟的气味，战事一触即发。陈兵很紧张，他的眼神陷在蚌肉里，呼吸急促，一动不动，有如蛰伏。脱光衣服的王曼丽很不以为然。敌动我不动，我一动，必被围歼。王曼丽说，你为什么还不动？陈兵说，不洗洗了？王曼丽说，你是不是觉得自己很脏？于是，陈兵也把衣物剥离，光秃秃地杵在王曼丽跟前。

这时候，王曼丽进一步展示了她的战略纵深，她穿着高跟鞋趴在床上，背对着他。陈兵别无选择，只能孤军深入，他知道如果再不采取行动，处境会更加危险，他也知道自己每回都是被歼灭的一方，他只是希望能败得体面点。最紧要的时候，王曼丽突然从床上跳下来，走到浴室的大镜子前，她要陈兵把手机打开。陈兵说，我怎么不知道你有这样的爱好。王曼丽说，别废话，赶紧。她跟陈兵说，你后退点，抓住我的腰，身子退一点。陈兵说，那你站直了，撅起屁股，不然我拍不到，胳膊没那么长，要不你来吧，我专心干活。王曼丽说，让你拍你就拍，像个男人行吗，婆婆妈妈的。

陈兵一边卖力，一边尴尬地录视频，这种姿势让他很不自在，这不是他所熟悉的方式。录了一分多钟，他就把手机扔了，打算专心作战。这时王曼丽不干了，一把将陈兵推开，然后走到榻榻米前，盘腿坐了上去。她高深莫测地看了陈兵一眼，迅速夺过手机，查看起录制的情况。从表情看，王曼丽对录制效果很满意。陈兵站在那不知所措，望着垂头丧气的小弟弟，悲伤不已。

王曼丽拿起陈兵的手机，叮咚一声，将刚才的一分多钟发到自己手机上。陈兵不知道她想干什么。王曼丽一边播放视频，一边坐在榻榻米上慢悠悠地喝茶，她说，得不到的感觉是不是特别难受。陈兵说，确实难受，太难受了，妈的。王曼丽得意地笑了起来。

陈兵穿好裤衩也坐到榻榻米上喝茶，他很生气，但又不能生气，因为他现在没有资格生气。看见王曼丽的腰身还是那么柔软，两只三十岁的馒头依然饱满坚挺，他有点怜悯，又有点可惜，他知道像王曼丽这么好的女人世界上已经不多了。陈兵想拨一下两个圆滚滚的东西，却被王曼丽伸手打掉。王曼丽说，要不你一个人回去吧，我在云南住几天。陈兵说，你妈不是下周来泥城吗，你不回去，怎么跟她说。王曼丽说，你就告诉她，说我死了，她的宝贝女儿被狼叼走吃了。陈兵哎了一声，不知道如何把话接下去。

这时候，来了个电话，用很温柔的声音问，在干吗呢。陈兵说，在外面有事。那边呀的一声，有什么事啊，说来听听。陈兵赶紧把电话摁了。王曼丽说，还真是东方不亮西方亮啊。陈兵说，东方不亮，西方也不是太亮。王曼丽说，亮你妈。陈兵说，你总不能让我屏蔽一切，连朋友都不做了吧。王曼丽说，你想做啥做啥，做爱也没关系。陈兵又哎了一声。王曼丽大口大口地喝茶，等了很久，她拉开窗帘，对着外面说，天真黑啊，这么黑的天，没有月亮，连星星也没有一颗。陈兵说，是啊，怎么连星星都没有一颗呢。

从云南回来，陈兵总想起那场半道夭折的性事，当然，他还会想起各种蘑菇，他发觉那些蘑菇的味道和进嘴时不一样了，现实和记忆差异让他忘了它们真正的滋味，因此，他又开始思念蘑菇了。但生活已被打断，说不清道不明，到底是怎么个断法，毕竟，他们既没离婚，也没哪个死去。王曼丽不再唠叨那件事了，似乎它从未发生过，他们从未有过什么誓言，或者约定，她依然安静地上下班，跟同事逛街聊天，性格平和，一如往常。陈兵觉得王曼丽有些不正常，这个不正常就在于，她表现得过于正常了。陈兵投入到世俗而琐碎的生活中，像机器一样按部就班地运转着，不和没必要的人联系，也不再眺望远方的事物，跟泥城绝大多数人一样，平庸而务实。终于，那场半途而废的性事在他的脑袋里变得十分模糊，快感觉不到了，而蘑菇的滋味，像大鱼一样从水底浮了出来，四下游动，搅起了清亮的水花，他又开始热爱生活了。

已是冬季。那天，陈兵下了班，骑着小毛驴往家赶，经过时代广场时，看见广场上空红旗招展，热闹非凡，各色塑料敞篷一个接一个把广场撑满了。广告牌上，醒目的字写明是冬季农产品博览会。泥城每年都会组织农博会，天南海北各种山货海货云集而来，方便大家囤购过冬。陈兵把小毛驴停在路边，想看看有什么可买的。他一进去就看到了一排卖云南山货的铺面，那些铺面集中在一块，屈指一数，有十几家。昭通天麻、文山三七、薄皮核桃、野藤椒、西双版纳普洱茶以及各种蘑菇，应有尽有。陈兵觉得很多东西都值得买，尤其是从山上采来的野蘑菇，平时市场上碰到的尽是假货，农博会上的东西相对可靠一些。他捧起一把蘑菇，俯下身去，凑近了鼻子闻，晒干的蘑菇散发着熨帖的香味，瞬间把鼻腔填满了，好像已经饱餐一顿。确实好，它们没有切蒂，腿杆子还沾着细碎的泥土。卖家说，这些蘑菇没沾水的，从山上采来后，直接晒干，以保证原汁原味。

各种各样的蘑菇，真多啊，上回在云南见的，不及此中零头。干蘑菇，不像新鲜的分好类卖，是大杂烩，各种蘑菇混在一起，一律三百块一斤。陈兵觉得价格有点贵，用手机在网上查了一下，发现这已经是优惠价。根据往年的经验，农博会扫尾时，所有东西都会打折，商家宁愿贱卖也不会把货物装上车带走，来回路费太贵。只不过，等到那时，自己看上的东西很可能被人抢光了，毕竟好东西人人都喜欢。陈兵决定过两天再来看看，伺机而动，农博会有一个礼拜呢。回到家，陈兵发现窗台上放着一袋干蘑菇，是王曼丽从农博会买回来的。王曼丽说，今天请你吃蘑菇。陈兵有些意外，她很久没主动讨好自己了。今天是什么好日子？他想了想，既不是他的生日，也不是王曼丽的生日，更不是结婚纪念日。王曼丽白了他一眼，没好日子就不能吃点好的？

王曼丽手艺还是那么差劲，但蘑菇原材料好，无论清炒、焖炖，盐放准了，都好吃。她清炒一份，放了花椒和大蒜，又做了一份干锅腊肉，满屋子的蘑菇香，快把房顶掀翻了。菜端到桌子上，王曼丽说，陈兵，我们是不是该喝点。陈兵说，是很久没了。王曼丽是很能喝两杯的，当年，他们就是在朋友聚会的酒桌上认识的，只不过，两人在一起后，他不准她再在外面随便喝酒了，想喝的时候，陪她在家对饮，喝到微醺，借着酒劲占领对方。他们已经很久没这么操作了。对于这个建议，陈兵十分高兴，想不到拒绝的理由。两人喝光一瓶武陵酒，大汗淋漓地干了一场。完事后口干舌燥，抢着倒水喝，什么都没收拾，就钻进被窝睡觉去了。

到后半夜，陈兵醒了，被冻醒的。他伸手，没抓到被子，去推王曼丽，边上空空如也，开灯一看，只见王曼丽和被子一起滚到了床脚。他感觉脑袋很沉，晕乎乎的，胸口也很闷，呼吸有些费劲，伸手摸了摸额头，有点烫。躺在地上的王曼丽打摆子一样哆嗦着，冻成那样，居然没醒。陈兵用力摇了几下，她才醒过来。陈兵把人和被子一起抱到床上说，王曼丽，我俩喝过头啦，着凉感冒啦。王曼丽恍恍惚惚地说，原来是感冒了，难怪这么冷，脑袋也疼，两个人在家喝成这样真丢人，千万别在外面说。

客厅中间的小方桌上杯盘狼藉，陈兵的黑色手机躺在无人收拾的脏碗中。陈兵穿好鞋，去拿手机，点开来看，是凌晨四点。家里没有感冒药，这个点只能熬着。

天一亮，陈兵下楼到药店买了头孢和999牌感冒灵颗粒，两个人分别吃下。吃完药，王曼丽继续上床睡觉。陈兵也想睡，却怎么也睡不着。他觉得脑袋短路，阵痛不已，越躺越难受，便强打起精神，从床上下来，打开电脑准备看电影。前不久他下了很多电影，一部都没来得及看。他打开了一部韩国导演金基德拍的电影，叫《春夏秋冬又一春》，说的是人几个阶段的生命欲望。看到一半，他发现女主角留着王曼丽一样的短发，并且有一对像她一样沉重的胸前之物。陈兵按了暂停键，说，王曼丽，你也起来看吧，这个电影很好看，看完电影说不定感冒就好了，看电影最容易打发时间了。王曼丽说，真的好看吗？陈兵说，好看，骗你是小狗。于是，王曼丽也从被窝爬出来，不过，她说，我要睡着了你可别弄醒我。陈兵说，知道了。她好像料到自己会睡着，看了不到一刻钟就靠住陈兵肩膀上把眼睛闭上了。睡眠是一种比感冒更严重的传染病，陈兵记不起自己是什么时候睡着的，等他醒来，影音软件已自动关闭，电影早放完了。他趴在电脑桌前，胳膊被脑袋压得麻木发疼，不过清醒了不少，看来电影比药物管用。王曼丽吃完药，一直在睡，足足睡了一整天，睡来后问的第一句话是：陈兵，我们还活着？

那天他们没去上班，打电话向单位请了假。

因为感冒一场，陈兵觉得那顿蘑菇吃得不够带劲，尽管吃的时候味道很好，回忆起来却凉意嗖嗖，脖子里尽是冷风，这就过于马虎了。他是一个完美主义者，对吃尤其如此，要么一切，要么全无，吃要吃得尽兴，扎扎实实捅到胃的顶点，如同一次高潮，不疼不痒算怎么回事。陈兵说，下次吃蘑菇不喝酒了，要喝就喝啤酒，跟云南时一样，白酒好像跟蘑菇不搭。王曼丽说，知道了，接着又说，好东西要留到好时候，剩下的蘑菇过年再吃吧。陈兵说，好东西不应该想吃就吃吗？王曼丽说，想吃就能吃得到，那么容易，还能叫好东西？陈兵说，哦。

他们在老家过的年，然后回泥城上班。大年初六回来，街上多半店子还没开张，行人很少，泥城这样的三线城市，往上数三代，全是从农村来的，一过年都回老家了，剩下一座空城。这时候上班基本是轮班，或者直接在家里上，有什么事打电话联系。回泥城后，两个人一直吃从乡下带来的菜，吃了几天，陈兵才想起还有大半袋野山菇没动。陈兵让王曼丽把蘑菇拿出来。王曼丽说，蘑菇好像受潮了，有长霉的迹象。陈兵说，不会吧，让我看看，春天还没开始呢，天这么冷，怎么会长霉。王曼丽说，你看，塑料袋上有个破洞，湿气可能是从这里进去的。陈兵打开袋子，看了看那些蘑菇，颜色似乎是有变化，但也不确定。陈兵说，应该没关系吧，用开水泡泡，消一下毒，炒的时候，让热油多滚半分钟，什么霉菌都杀死了。王曼丽却很犹豫，对陈兵的说法表示出某种不信任。她说，你确定能吃吗，吃死了怎么办？陈兵说，你要是死了，我绝不独活。王曼丽问，真的假的？陈兵说，你要是怕冷不想动，今天我来做菜。她又问，万一死的是你呢？陈兵说，如果那样，你的机会就来了，可以找个更好的。

那顿蘑菇炒得很香，除了蒜末，陈兵还放了青花椒，他喜欢花椒爆炒之后透出的浓烈气味，新鲜蘑菇最好是炖汤，干蘑菇必须下重油。吃下去没多久，陈兵的脑袋开始犯晕，他感觉浑身乏力，胃部有强烈的呕吐感。边上的王曼丽面色灰青，一脸死相，说话的时候，眼皮都抬不起了。陈兵说，我们像是中毒了。王曼丽说，我们就是中毒了。陈兵说，赶紧去医院，不然会死掉的。王曼丽说，你刚刚还说愿意陪我一起去死。陈兵说，但我不想看你这么痛苦。

小区离武警医院很近，那个医院在泥城以治疗烧伤、骨折以及食物中毒、被蛇咬等各种疑难杂症著称。两个人在医院灌了一杯又一杯温开水，然后躺在一边打吊针，并排躺着。陈兵想起"老二饭庄"大门两边的黑白对联，说，没想到食物中毒这么难受，要是有人用这种方式自杀，脑子肯定有病。王曼丽说，我感觉脑袋里在煲一锅粥，咕嘟咕嘟的，脑髓快被煮熟了。陈兵说，从楼上跳下去都不会这么疼。王曼丽说，你又没跳过，怎么知道不疼？陈兵说，你也没跳过，怎么知道会疼？王曼丽说，脑袋开花了能不疼？陈兵说，脑袋开花了还知道疼？

医生走过来说，你们居然还有心思吵架，快说说情况吧。陈兵说，没什么情况，要么腊肉坏了，要么蘑菇坏了，二者必居其一。医生说，思路这么清晰，看来没什么大问题。陈兵说，还没大问题，脑袋疼死了。他告诉医生，他们只是吃了一顿蘑菇炒腊肉，就成这样了。医生取了胃液去检查，并没查出确定的结果。医生和他们一样，只是知道属于食物中毒，具体什么毒，就无法说清了。我们的科技水平还没发达到这种水平，医生说，八成是蘑菇，地球上的蘑菇种类千千万，要是受潮发霉，附在它们身上的霉菌更是数不清，为什么蛇毒和蘑菇毒难治，死亡率那么高，就在于它们种类太多了，短时间无法对症下药。照医生的嘱咐，不管哪样东西出了问题，以后都不能吃了，蘑菇和腊肉都扔掉。打完吊针，两个人身上失去的力量慢慢又回到了原来的位置。

陈兵想知道到底是蘑菇长霉了，还是腊肉坏了，或者毒是从其他什么地方来的。他把腊肉从厨墙上取下来，和蘑菇一起拿到太阳底下仔细观察。那挂腊肉看起来不太干净，有几块暗绿色的东西贴在表面，当然，也可能本来就是那样，腊肉的颜色是很难确定的。蘑菇看起来跟前些天区别不大，但摸上去有点软，不知道是不是真受潮了。

陈兵问，你觉得呢王曼丽。王曼丽说，不好说，你觉得呢。陈兵说，我要确定一下，到底是蘑菇长霉了，还是腊肉坏了，这回你别动。为方便筛选排除，他单独炒了一盘腊肉和一盘蘑菇。闻着香气四溢的两盘菜，陈兵有些犹豫。王曼丽说，还是扔了吧，可能都有毒。陈兵说，炒都炒了，怎么能扔，要扔只能扔一样，腊肉是我妈熏的，蘑菇那么贵，扔哪样你告诉我？王曼丽看了看陈兵，又看了看盘子里的腊肉和蘑菇，像是面对两杯毒药，不知该选哪一杯。陈兵拿起筷子，果断伸向了蘑菇。他一边咀嚼，一边盯着王曼丽，看起来不像在吃蘑菇，更像在品味她的长相。陈兵的咀嚼姿态令王曼丽十分感动，也十分满意，进而产生强烈的嫉妒之心。于是，王曼丽也拿了一双筷子过来。两个人比赛似的地吃了起来。他们只吃蘑菇，没动腊肉。

蘑菇还是那么美味，晕倒效果更佳了。东西下肚后，身体很快有了反应。王曼丽说，她想吐，扔下筷子，双手扶墙，摇摇晃晃朝洗手间走去。刚走进去，就传来一声沉闷的声响，她摔倒在了洗手间。听到声音，陈兵走过去，像拖猪一样拽着王曼丽的双腿，将她拖至客厅。陈兵拖王曼丽的时候，感觉双腿被人抽去了骨筋，一点力气都使不上，从洗手间到客厅只几步距离，累得他满头大汗。

王曼丽晕过去了，一动不动地躺在地上，看不出是死是活。陈兵也不想动弹，但他必须动。于是，艰难地举起手机，拨打急救电话，奇怪的是，面对话筒，他发现自己失声了，成了哑巴，什么话也说不出。他没办法告诉急救中心自己出了什么事，住在哪个小区。陈兵感到某种绝望，他想，要是王曼丽死了，我却没死，那可怎么办。他将王曼丽一点一点挪到自己身上，以一种不可思议的方式爬进电梯，然后继续拨打急救电话。这回那边不再是急切地询问，很干脆地将电话挂了。挂的时候，陈兵隐约听到一句：小屁

218

孩，别胡闹！

陈兵清晰地感到自己正在死去，有什么东西从头顶飞升，如云烟般笼罩自己，或者说慢慢离他而去，这正是他期待的感觉。再后来，他就什么都不知道了。

他们在医院躺了两天。醒来时，听见医生在谈论自己。两口子中了一次毒还不够，还想到鬼门关去看看，命真大啊。陈兵脑袋木木的，耳中如有蜂鸣，屈起手指从头顶敲下，里面传来浑浊的回响，而鼻腔中，充斥着浓烈的蘑菇香味。医生说，他们给他洗过一次胃，给王曼丽洗过两次。陈兵却一点感觉也没有。

从医院回来，两天前没吃完的那盘蘑菇还摆在桌子上。王曼丽先进的门，进门第一件事就是把剩下的蘑菇倒入垃圾桶。她说，怕你忍不住再吃。陈兵说，不会了，我已经知晓爱情的味道。

城市
螳螂

一

　零点的钟声熄灭后，随烟花的余烬翻进窗户，在屋里久驻不散。当别人喜迎新年的时候，我们被旧年的气息围堵，想着如何才能摆脱彼此。我们望着对方，就像眺望遥远的回忆，身边的孩子成为过去生活的佐证。一人伸出一只手，抚摸他的脑袋——那是唯一不可分割的东西——事情就此定夺下来。

　二〇一五年，注定是充满劫数的一年。

　新年伊始我离婚了。我不能不离，就像不能不继续跟唐莉睡在一起，每月例行公事，交几次公粮，这是她布置给我的任务。此事说来话长，现在要说的是第二件事。我的前女友郑一梅从美国回来了。她不是一个人回来的，肚子里还挺着一个。风筝在天上飘了几年，落下来时身下多了只小风筝，那是一个没有父亲的孩子。知道我已离婚，郑一梅开宗明义让我当孩子的爹。她的提议惊扰到我，我想，当中一定有什么误会。

我是一名生活的被动者。有人说这叫软弱好欺，也有人称之为隐忍与善良，均有一定道理，但都不能概括我。我以为被动是一种状态，而非性格，勇猛的人同样可以长久蛰伏处于被动状态，在小城生活，没必要蹦跶，空间有限，动作大了，会袭扰他人，或者被他人所扰，这两种情况都不是我想看到的。只有不搅动生活，生活才不会给你压力。人与人之间最好就是，彼此相爱却浑然不觉，相互讨厌，又心知肚明。我从未想过跟唐莉离婚，她坚持要离，不能不离。我也从未想过郑一梅会回来，可她偏偏回来了。再枯燥的生活，也会出现意外，这就是我至今还能忍受它的原因。

郑一梅突然回来像她当初执意要走一样，让人措手不及。那张脸对我已经过分遥远了，像被雨水浸泡过的画，漫漶不清。她说来就来，打电话时在地球那端，第二天下午就笑嘻嘻地站在我眼前了。只能怪泥城发展太快，居然有了机场，这让我的生活遭到了无妄之灾。

我说，趁时间早，唐莉没下班，你赶紧走。

她说，别这样，刚来就赶我走。

我说，那就找间咖啡馆。

她说，不嘛，这事儿只能在家里谈。

我说，梅，今时不同往日，我已经是一个孩子的父亲了。

她说，可你现在必须负责。

说这话的时候，郑一梅没脸没皮地笑，在她笑容的垂直正下方是高高隆起的腹部，看样子有六七个月了。我承认，郑一梅还跟以前一样好看，甚至更好看了一些，人过三十，她有了青春少女所没有的妩媚与风韵。看得出，过去几年时光给了她许多不该属于她的内容，同时也没忘了赐予她所有这个年龄段的女人应有的财富。她的笑容是我此生见过的最好看最迷人的笑容，那张脸也是我至今抚摸过的最柔软最光滑的脸，可我没心思欣赏她的美貌与光滑，我自己的事都毫无头绪，一团糨糊呢。一个女人突然挺着肚子跑到家里来，要你对她负责，这种事谁都受不了。

沉默了几秒，她再次开口。就要你负责，非负责不可，知道不？你不负责谁负责，你说说看？你要是不负责，我就从你家窗户跳下去，这里是十三楼对吧？我要是跳下去一定会在地上开出一朵鲜艳的花，里面还有细细的花蕊，警察那么聪明，一定会查出什么来，一旦查出什么，你就全国出名啦。你不是一直很想出名吗？写了这么多年还默默无闻。

她继续笑着，笑得深不可测，不，简直是可怕。

这个女魔头，一旦被她缠上，只有死路一条，这点我早领教过了，不然当初我们就不会掰了。如今，她的深不可测蒙上了海外因素，更让人无从捉摸。

仔细端详那张脸，上面的一草一木，山河具象，还是那么熟悉，跟以前一样熟悉，只不过，草木们显出了不该有的沧桑，一条条兵荒马乱之路覆盖在细微的褶皱之下，表情变动的时候，沟壑顿时尘土飞扬。也就是说，她并没有那么深不可测，一点风吹草动，兵马就全暴露了，我一开始的惶恐不过是过去时光留下的后遗症。

我已经是个中年男人了，稍一镇定，就能稳住阵脚。原本想从她的脸上见识见识美帝的大好河山、繁荣社会和资产阶级腐朽而令人羡慕的生活，但很可惜，我只看到一条坎坷的颠簸之路。为了盖住道路上的尘土，她在脸上涂抹了很厚的颜料，这让她说起话来很没底气。一个人越蛮横，越说明内心的软弱。

我缓过神来。

梅，你不能这样，我们好几年没见面了吧，应该找间咖啡馆叙叙旧，聊聊各自的生活，你不能这么不仗义，一来就讹我，你欺负了我那么多年还没欺负够？她的表情动了一下，有所放松警惕。

我继续说，昨天还在得克萨斯，一下就到了泥城，以前谈恋爱的时候，没见你这么准时。我指着她的肚子问，孩子父亲是谁？你知道唐莉的，她脾气一贯不好，要是看见丈夫的前女友挺着个大肚子来找他，会有什么后果，我就是跳到黄河也洗不清。听到这她笑了起来。你用不着跳黄河，你们不是离了吗，怕她做甚？我说，离不离跟你没关系。那我怎么办，你不能不管，郑一梅说，这件事我会让唐莉知道的，她也有责任，但我更信任你，所以才先告诉你一声。我继续问，孩子父亲到底是谁？美国人还是中国人？黑人还是白人？听说黑人的家伙很大，你倒是见多识广。她骂道，你个臭流氓，跟以前一个德性。我说，以前是以前，现在是现在，这年头不流氓一点，哪还有老实人的活路。郑一梅不说话了，朝我挤眉弄眼，还把裙子撩起来，展示她肚子所取得的成就。

真是个妖女。

二

泥城位于洞庭湖腹地，土地肥沃。四月，春风南来之时，街头柳树肆意疯长，城中下起了鹅毛大雪，纷纷扬扬的柳絮从天空飘下来，不论沾到哪个部位，都让人不舒服。

这是个令人迷乱的季节。

郑一梅的回国打乱了我的生活节奏。准确地说，是打乱了我和唐莉的生活节奏，好像吃饭时不小心嚼进了小石子。那件事本就力不从心，每次都是她主动，她还从网上买了几件情趣内衣，配紧身旗袍。可我还是不行，挤牙膏一样，挤不出多少东西来，一桩美事成了政治任务，当然了无生趣了。就好像写作，以前是热爱，不顾一切迷恋其中，现在以它为业，反而失去了过去的那种冲劲。见我如此，唐莉一屁股坐上来，自己忙活。再忙活也是白忙活，半年过去了，她的肚子依然没半点动静。每当她提出要求的时候，我觉得是被生活强奸了，这他妈算怎么回事？

我的表现让唐莉很不满意。她说，还不努力，我几个同事都生二胎了，两年怀不上，就彻底怀不上了，就算怀上也是大龄产妇，生起来会很吃亏很危险的，你懂不懂？我说，我有什么办法，我已经尽力了。她反驳，你根本没尽力，我看出来了，你就是厌倦了，没有新鲜感了。我说，没有的事，别瞎猜。她说，可你越来越不主动了。我说，主动了那么多次，没用啊。她说，那就继续主动。她还循循善诱，你可以把我当成别人的老婆，这样就刺激啦，有新鲜感啦，跟偷情一样，当成港台明星也行，恕你无罪。唐莉并不是一个贪恋私生活的人，同事和学生背地里都喊她男人婆，她平日只知道教学，很少打扮自己，说话也没有什么女人味，硬邦邦的，直来直去，跟她头上的半截短发一样。她是外国语学校性格最强势，管教最严厉的教师，如今强迫自己装扮成性感女郎。这种装扮太刻意，太生硬了。

不知从何时起，身边刮起了二胎风，暗流涌动中大家铆足了劲儿，想尽办法完成这件事。不管正当青春的，还是半老徐娘，八仙过海，各显神通。我在一家文化部门上班，工作之外大部分时间埋头码字，熬夜是家常便饭，每每在黄昏时刻坐下，再抬头时，窗外已是黎明。平日很少锻炼，身体素质噌噌往下降，表面看还算强壮，其实是虚胖。虚胖者精子活性低，女方受孕的概率也低，所以总是事倍功半，竭尽全力却无功而返。为了提起我的兴趣，唐莉改变了很多，以前她很少穿高跟鞋，现在八厘米以下的全部淘汰，各种吊带紧身，怎么性感怎么穿，朋友见到我时都捂着嘴笑，老陈，你到底行不行，实在吃不消，吩咐一句，我替你代劳，兄弟有难，自当帮忙。看看，在他们眼里，我俨然成了一头种猪。

陈默，你是不是外面有人了，精力都花在别人身上了？我说，又胡说。唐莉说，那就打起精神来。我只好强迫自己打起精神，心里却想，儿子都五岁了，何苦来哉，独生子没什么不好，全中国几亿独生子，不差我们。好歹挤出一点牙膏，完事后唐莉斜着身子，把双腿高高架在叠加的枕头上，像倒立的漏斗。我问，干啥呢，不累？她说，你不懂，不能让它们浪费了，这个姿势效果很好，数学组的李老师告诉我的。我哭笑不得。

儿子腿上的瘀青是唐莉早上给他穿裤子时发现的。问瘀青从哪来的，他摇头不语，再大声点，眼泪就出来了，但还是咬紧牙关。唐莉发火了。儿子吓得躲在一边，眼泪哗哗地流。我说，你把儿子吓住了，问就好好问，莫发脾气。儿子随我，性格和长相都随，平时买什么玩具，有什么话一般都是先跟我说。我问，腿上的伤怎么回事。他说，跟同学打架踢的。这下唐莉火更大了。小孩打架下腿这么狠，老师不管吗？儿子说，老师走开了没看见。唐莉问，谁踢的，那个人是谁？我要到学校讨个说法，小小年纪缺管教！我说，算了算了，唐莉，我们算了，小孩子都这样，打打闹闹是常事，我们小时候不也这样吗，去学校闹影响多不好。唐莉说，这怎么能叫闹？你管这叫闹，你是没见过那些家长怎么找学校碴的。她看了看我，又看了看儿子，说，走，我儿子不能凭空让人欺负了。儿子拉了一下我的衣角，低着头说，爸爸，你们别去学校好不好，你们要是去了，以后就没人跟我玩了。儿子的确实像我，太像。我说，别去学校了唐莉，打个电话让带班的老师多注意就行。

唐莉望着我，目光猛地顿了一下，吐出两个字：废物。她说那个字的时候，就像在指责我床上的无能，透着深深的恨铁不成钢的鄙夷。我说，不要在儿子面前讲粗话，这样对他成长不好。什么好不好的，蔫头巴脑，一点男子汉气概都没有，这样下去长大了也是个孬种。我不高兴了。说事就说事，扯那么远干吗，我儿子怎么就没出息了，怎么就孬种了？一个陈默，一个小词，你是成心的，想气死我，唐莉恨恨地说，名就没取好，当初就不该取这个名。我说，陈小词怎么了，邓小平、李小龙，看名字哪是大人物，可他们个个顶天立地，小词这个名取得好，非常好！这句话捅了马蜂窝。接下来，唐莉开始大规模数落我。上了这么多年班，连个科长都不是，既不懂奉承领导，也不会混酒局，拿那么点死工资，光是对着电脑写写写，也没见写出个名堂，我也不指望你混出多大场面，可儿子的事得管好，教育好，一个都管不好，将来再生一个怎么办？她像站在讲台给学生上课，我和儿子成了她教棍下不争气的学生。儿子不好意思地看着我，觉得自己连累了我。我说，那我去学校问问。唐莉说，我现在不想让你去了，我要亲自去，看看是哪个兔崽子，这么小就横行霸道，长大还得了，我要给儿子讨个公道。

我只好载着娘俩一道去学校。

带儿子班的是一位跟我年纪相仿的女老师，气质上佳，长得也漂亮，声音甜糯，听起来像知心姐姐，不知道生来如此，还是常年带小朋友变成了这样，总之，我对她印象不错，这样的人就应该当老师。知道我们的来意，她把儿子叫到跟前。小词，你跟谁打的架，谁踢了你？儿子不答话，低头看自己的脚，他的脚尖像蛇头一样跷得老高，饶有节奏地蹦动着。女老师再次发问，儿子还是不答，抬头看了看我们，又看了看在教室打闹的同学。唐莉说，你这样问不行，当着同学的面，他怎么好意思说。女老师很不解，那应该怎么问？唐莉说，应该把学生一个个单独叫出来。女老师说，那怎么行，那不成了审犯人，他们才读幼儿园呢。唐莉说，反正我儿子不能被人欺负了，你得把坏分子找出来。女老师说，我记得你好像也是老师，怎么能说这种话，影响多不好，都是娃娃，吵个架，哪来的什么坏分子。唐莉这才敛声，注意起自己的形象。我打圆场，这位老师，请您多费心，多留意，打闹可以，别太过分了。

事情过去后，儿子闷闷不乐了好几天。我问他，怎么不肯说是谁踢了你？他说，因为我也踢了人家，他们踢了我几脚，我也踢了他们好几脚，一点亏没吃。我心一惊，问，他们？儿子说，他们是两个人，我一个人。我说，原来如此，好样的，有骨气。他说，他们是双胞胎，两兄弟一起吃饭，一起睡觉，连上厕所都是一起的，所以不能算以多欺少。我说，让你妈再给你生个弟弟好不好，这样你也有兄弟了，再跟人打架就有人帮忙了。他说，好，生个弟弟就多一个人陪我玩。我说，别只顾着玩，你是哥哥，要照顾弟弟，知道吗。他说，那当然。我又说，要是我跟你妈离了，你跟谁？他不假思索地说，跟你，跟爸爸。我说，乖，乖儿子，好儿子。他说，你们能不能别离婚。我问，为什么？他说，班上的小囡，父母离婚了，跟奶奶过，孤零零的，好可怜。我说，好的，我们不离，爸爸和妈妈永远都不会离婚，更不会丢下小词不管。

儿子不知道，我跟唐莉已经离了。从法律上讲，我们已经不是夫妻，只不过依然过着夫妻生活。我们在瞒天过海。瞒着这么多人，她累不累不知道，反正我很累。

我是说郑一梅的事。

三

　　不知道郑一梅在美国是怎么过的，都跟谁在一起，她肚子里的孩子到底来自何处，现在为什么突然跑回来，她的性格好像比以前更乖戾了。

　　唐莉带的是高考班，周六要补课。儿子由隔壁小区的外公外婆带，二老退休后，偶尔打打麻将，剩下就是遛娃，没别的爱好。一个人在家码字，手机振第一下的时候，上面写的是：我想喝汤。很快，第二声来了，三个字：乳鸽汤！我很烦，真的很烦，写了这么多年，一点长进没有，在这样一个三等小城，所有东西都按部就班，没有意外，一点也没有，每个人、每条街、每颗灵魂，面目都那么相似，空气熟悉得叫人难受。我几乎可以看见自己退休后的样子，给孙子换尿片，满头白发昏昏欲睡地坐在电视机前，又或者在公园全力摇动即将枯竭的身体，跟自己一样老的人跳广场舞。多可怕的未来图景。

　　我挣扎，反抗，无中生有，给自己强加点理想。可越挣扎，越是困惑，希望是痛苦的源头，只有放弃反抗，不被美好之物所吸引，才能得到愚蠢的快乐，像他们一样过得幸福。可我做不到。我期待意外的出现，期待笔端流出几句意想不到的话，众多意想不到的话汇聚成一篇想要的文章。然而，意外迟迟不来，写了上百万字都没出现，如今，唯一的意外又不是我想要的。我抓起手机回她：想喝汤门口有，江西瓦罐汤。那边也回了一句：那算了，我决定绝食，饿死了事，你等着收尸吧。

一个人动不动就死给对方看，其实是想跟他好好过日子，她都愿为你死了，当然更愿跟你一起活下去，只可惜我们早不是那种关系了。她的死亡威胁像是朝聋子耳朵擂鼓，震慑不了我。但我还是出门了。我的心肠太软，心肠软的人总会陷入这样那样的麻烦，他跟好事无缘，跟麻烦事倒很轻易成为朋友。

我们谈了五年恋爱，那五年我是她的御用厨师。

郑一梅是孤儿，在福利院长大，从小无父无母，吃集体餐，没人教她做饭弄菜。大学毕业时，她说，鬼的食堂饭，老娘吃够了，这辈子再也不想吃了。只要有空，我们就在出租屋做饭，主要是我做。我的厨艺能如此精湛，全拜她所赐。我的那些大学同学都说郑一梅性格叛逆，过于任性，不适合过日子，可我偏偏喜欢她，喜欢得无法自拔。因为她做的很多事，正是我想做而无力做的，跟她在一起的时候，总觉得有另一个我在她身上替自己活着。同学们只看到了表面，我也不想多解释。

郑一梅还住在建民巷，我们当年住的地方。住在建民巷的要么是进城的农民工，要么是跨出校门不久的创业小青年。这是泥城最老旧的社区，租金低。我说，你也算海归了，怎么还住在这破烂的地方。她说，我喜欢啊，住在这有安全感，人间烟火，熙熙攘攘，看着亲切，你不知道，我在美国太寂寞了。建民巷面临拆迁，租户都在往外搬，她反其道行之。不过，有一点好，旁边是农贸市场，生活便利，我买了只现杀的乳鸽过去。

血鸭、鱼冻、东安鸡；牛筋、皮蛋、秋刀鱼，郑一梅数上了。她说，几年没吃你做的菜了，不知道手艺长进没。我说，孕妇不能吃重口味的，要多喝汤。她说，就知道你不会不管我。我不知怎么接她的话，这个世上她无亲无故，出国前还有三五个老同学跟她走得近，转一圈回来，多半失联了。到了人生的这个阶段，大家都上有老下有少，创业的创业，养家的养家，都忙自己的，谁管得了谁呢，早不是毕业时那种状态了。

我说，你得找个保姆。她说，这么快就想把我扔一边不管了。我说，这话说得，我想管也管不了。她说，好了好了，看把你吓得，脸都煞白了，胆小鬼。当年要她生不生，也不知谁有这么大魅力，让她改变主意。我说，把娃生在美国不更好吗，一落地自然获得美国国籍。她说，生在美国就不属于我了。我说，孩子父亲到底是谁？她说，没父亲。我说，一个人怎么可能没父亲呢，孙猴子变的啊。她说，我就没有。我说，你不一样。她说，怎么不一样，很一样。我说，多年不见你还是这么喜欢折腾，耍性子，以前是折腾别人，这回是跟自己过不去。她说，我跟谁过不去都不会跟自己过不去，你不懂女人。

我承认，自己确实不懂女人，尤其不懂郑一梅。可懂不懂的也无所谓了，我已经没兴趣去搞懂你，问题是，你的存在威胁到了我的生活。我现在过得很好，有一个聪明健康的儿子和一个会过日子的老婆，虽然孩子总给我制造这样那样的麻烦，老婆隔三岔五说一些刻薄刁钻的话，可人要是什么麻烦都没有了，那才是真麻烦。

我说，我会尽快给你找个保姆的。

那几天，郑一梅天天闹着喝汤，我只在上班的午休时间偶尔去给她熬一罐。

保姆已经找到，隔壁教育局朋友介绍的，姓宋，是个六十多岁的老阿姨。宋妈老伴不在了，她进城是给儿子带娃的，孙子今年读六年级，上的全托，除了上下学接送一下，其他时候不再需要她管。在泥城宋妈没有什么熟人跟朋友，整天闲在家，寂寞无聊，朋友一说，她立马答应了。儿子也不反对，觉得老母亲有点事做，对她可能还是件好事，闲久了反而会出问题，熬汤、搞卫生都是轻巧事，手上功夫，累不到人。宋妈上工之前，郑一梅在家拖地板，不小心摔了一跤，自己打的120，急救人员上楼把她抬进了医院。

我去的时候，郑一梅已经检查完身体。有些事项要交代家属，见我进来主任医生满脸不高兴，好像是我把郑一梅推倒在地的。这么大肚子还让她干活？现在的男人都怎么回事，动了胎气那是两条命。郑一梅躺在一边，不说话，觍着脸得意地笑。我结巴，不，不是的医生，我们不是两口子。医生说，没结婚弄出这么大动静就更不应该了，看你年纪也不小了，现在怀个孩子不容易，赶紧把证办了吧。说完，用余光扫了我一眼，走了。

我纳闷，这是什么医生，情况没弄清就一顿瞎说。郑一梅说，是我刚告诉她的，说丈夫等下就来。我说，你，你，你，真是。她说，不这样说，我能怎么办，医生一定要家属来的。我无奈地哎了一声，然后伸手在她的腹部轻拂一下，问，没事吧。她说，没事，我小心着呢，我是可以自己爬起来的，怕出意外，才坐在地上不动，一直等救护车来。她说得津津有味，嘴巴却突然停住，愣在那。我不知发生了什么，回头一看，吓得魂飞魄散。是唐莉。

我没来得及张嘴，左脸就挨了响亮的一巴掌。护士和病人们纷纷扭头看戏，然后又假装什么也没有看到，各忙各的。这里是泥城最大的医院，这种场景，他们可能已经习以为常，见过不少了。唐莉打完那巴掌，转身跑出病房。郑一梅说，快去，快去，哄哄她，把事情讲清楚。

把事情讲清楚？说得容易，怎么讲清楚？讲得清楚吗？我就不该来看，不该管她这档子事，还跑去给她熬汤，她又不是我的什么人，是死是活关我屁事，我该！

郑一梅，你可把我害惨了。

四

不出所料，唐莉没跑远，在住院部的走廊上等我，看来她确实想听我把事情讲清楚。可我还没开口，右脸又挨了一巴掌，这巴掌比刚才那巴掌还要响，还要有力，吧唧一声，半边脑袋都木了。在她准备打第三巴掌的时候，我伸手上去拦住了。事不过三对不对，大庭广众的，打男人嘴巴子算怎么一回事，泥城就这么大，遇到个熟人，多难堪，以后还怎么见人，而且，我跟郑一梅是清白的，比小葱拌豆腐还要清白。可谁信呢，我要是唐莉也不会信的，也会火冒三丈。

　　也许一开始就该把郑一梅回来的消息告诉她，那样就不会造成现在的被动局面。要我不管郑一梅，绝无可能，那样，我的良心一辈子都不得安宁，我欠她实在太多了。

　　你跟踪我，我说。唐莉说，就觉得你这段时间不对劲，原来瞒着我和老情人过小日子，还怀了野种。我说，什么野种，你莫乱讲，那孩子跟我没一毛钱关系。她说，不是你的是谁的，到现在还想瞒我。我说，我怎么知道是谁的，你应该去问郑一梅。她说，你看，对吧，就知道。我说，知道啥，我可什么都不知道。唐莉走向靠窗的一角，你今天不说清楚，我就从这跳下去。我的天，世界上的女人难道只会这一招，动不动就要跳下去死给你看？我知道她绝不会跳下去的，可还是假装关心，跑过去搂住她，顺水推舟，做出一副紧张的样子。

　　两个人坐在走廊的长椅上。唐莉眼珠通红，头发凌乱，眉角隐约有泪，她哭了。结婚这么多年，第一次见她这样，以前都是我欲哭无泪。我说，唐莉，你冷静下，听我说。唐莉说，陈默，你良心被狗吃了。我说，唐莉你听我说，听我把话说完，事情不是你想的那样。她说，我都看见了，你伸手摸狐狸精的肚子，真是个心机婊。我说，那是我手欠。

　　我费了好大劲总算把郑一梅的事讲完，唐莉将信将疑。我说，不信你自己去问，不过要好好问。这次郑一梅说了实话，她没再坑我。郑一梅说，肚子里的娃是美国佬的，但她不想留给对方，所以才回国，按美国法律，孩子要是出生在那，她一点机会都没有。

听明白了吧唐莉，郑一梅摔倒了，没人管，我只是尽朋友之谊，是医院打电话让我来的，来看看她而已。她说，那好，以后我来看，你不用来了，唐莉看着郑一梅说。郑一梅尴尬一笑。我说，这样不好吧，你工作那么忙，还有两个月就要高考了。唐莉想了想说，那就一起来。她这么一说，我简直哭笑不得。病床上的郑一梅表情复杂，两只眼睛空洞而悲戚，不知道是嫉妒还是羡慕，又或者仅仅只是难受。眼前的这个男人本来是她的，是她自己不要，让给了唐莉，如今却死皮赖脸，跑来拣别人的残羹剩汁。

郑一梅问，你们怎么离了？唐莉眉头一惊，问，你听谁说的我们离了？没有的事！郑一梅说，还在装呢。唐莉说，离了又怎样，关你什么事？郑一梅呵呵笑了起来，离婚的人我见得多了，感情这么好的，还是第一次。唐莉说，离婚和感情好不好又没关系。郑一梅说，真搞不懂，感情好还离。唐莉说，就因为感情好才离，感情不好离得了吗？

从医院出来，唐莉问，是你告诉她的吧？我问，告诉什么？唐莉说，离婚的事，说好了保密，不让任何人知道的。我说，那时她还在美国。唐莉说，原来你们一直在秘密联络。我说，什么叫秘密联络，老同学问个好，有什么不正常。她说，那你怎么不跟别人汇报，光跟她汇报，这件事除了父母谁也不知道。我说，这话说得，我又不是大喇叭，又没站在街上去广播，她当时不是在美国吗，地远天高，知道了也不会节外生枝，谁晓得突然回来了。唐莉说，看吧，你离婚的事谁也不告诉，单单告诉了她，还说没企图。我说，你这是强词夺理，你原本也打算等到怀上了告诉大家的，这事迟早得天下皆知。她问，我可以信你吗陈默？我说，信不信由你。她猛地拉住我，盯着我的眼睛说，真不知道你是假老实还是真老实。

尽管唐莉对郑一梅深怀戒心，甚至有些恨她，但她也承认，郑一梅很可怜，一个人孤苦伶仃的没人照顾。我说，已经找了保姆，过几天上门。唐莉问，钱谁出？我说，当然是她自己。她说，倒是贴心，从没见你对我这么细心过。

当初是郑一梅把唐莉塞到我们生活里来的。

那时候，我跟郑一梅处于热恋阶段，她在旅行社当导游，我在家吃软饭，没头没脑地当自由撰稿人。一次，唐莉的学校给教师组织福利活动，去马来西亚旅游，由郑一梅带队。一路顺顺利利，相安无事，偏偏最后一晚出了意外。入住酒店时，大家的护照统一交给郑一梅保管，第二天早上启程，她发现所有人护照都在，独缺唐莉的。没有护照就没办法登机回国，学校里等着有事，其他人不能因为唐莉耽搁行程，郑一梅只好跟大家先行回来，把唐莉一个人滞留在酒店。回到泥城，郑一梅通过旅行社，找公安局开证明，又托马来西亚领事馆出面，折腾了三四天才把唐莉弄回来。

回来后，唐莉上门兴师问罪。道歉，误工费，精神损失费，是理所当然的，关键得让她把气给出顺了，气不出顺，闹到总部，郑一梅饭碗不保。平日都是郑一梅找别人的碴，这次不一样，她理亏在先，不得不点头哈腰。约唐莉时她把我捎上了，唐莉的脾气发到一半，郑一梅起身上厕所，留下我在那替她挨骂受过。唐莉滔滔不绝地陈述郑一梅的罪状，从导游的基本素养，到做事的用心程度，再到旅行社如何处理紧急情况，等等。我是个完美的听众，她气急败坏长篇大论的样子，让我非常享受，她的表现跟平日里郑一梅对我的态度别无二致，简直是异曲同工。终于，一番讨伐过后，唐莉的气出顺了，脸上露出疲惫的笑容。我瞄了眼手机，她前前后后讲了二十分钟，整个就是单口相声。

郑一梅从厕所出来，俩人抬头，四目相对，哈哈大笑。像两姐妹闹误会吵架，我成了当中的出气筒。事后，郑一梅让我去给唐莉跑补办护照的事，我们就这样认识了。唐莉一定不会想到，被自己当孙子骂的人，后来会成为自己老公。郑一梅也不会想到，弄丢客人一张护照，却把男人赔了出去。

郑一梅消失几年，又回到泥城，成了我和唐莉之间的一根刺。

原本不和谐的生活变得愈加艰难，唐莉也提不起劲了，几分钟便鸣金收兵。她越来越疑神疑鬼了，不止一次追问郑一梅的事。你们是不是在唱双簧，演戏骗我？你们谈了那么多年，发生什么事都有可能。我说，对付你一个都费劲，哪还有余力对付别人，就我这身子骨，不要命了吗，再说，她去美国好几年，一回来就挺着个大肚子，能发生啥。唐莉还是不放心，她将我从床上一脚踢起。你起来，给老娘发誓，跪着发。

可不可以等明天有力气了再发，我有气无力地说。

五

上班十年，至今是初级职称，拿最低的工资。单位僧多粥少，领导说要排队，可每次轮到我时总会因为这样那样的原因，临时变卦，将指标让给了别人。领导说，你还年轻，以后机会还很多。这个以后，以后了很久，三年五年眨眼过去，还没轮到我，如今我已三十好几。在同事看来我就是个小编辑，兼蹩脚十足的作家，既没主见，也没魄力，对上唯唯诺诺，对下与世无争，如果不出太阳，他们连我的影子都不会注意到。

人善被人欺，马善被人骑，你就是太老实了。我说，是啊是啊，太老实了，所以天天被你骑。她说，你看，是不是，连那事都不主动。我说，主动不主动还不都一样。她说，才不一样，男人主动，怀上的概率比女人主动高十倍。我说，哪听来的狗屁理论。她说，这是科学，《人与自然》里的动物有几种是雌性主动的？人也一样，体位很重要。我说，做爱，做爱，爱是啥意思，就是得舒服，我觉得躺着最舒服。她说，如果站起来你会觉得更舒服的。我说，那是你，我累得慌。她说，你掐我啊，闹我呀，就不会感觉累了，就有成就感了，只要能怀上，当强奸都行。我说，看你说的，还人民教师呢，整个一女流氓。随着她的一声呵斥，我更是丢盔卸甲，溃不成军，瞬即败下阵来。

废物！唐莉说。

每次听见她嘴里蹦出那两个字，我都像被当众打了两记耳光，绝望透顶。

五月初七，是儿子的五岁生日。

两边拢共一根独苗，他的每个生日都隆重非常。父亲母亲不辞劳苦，从乡下进城，岳父岳母也把杂事丢在一边，来给外孙做生。一大家子往沙发上一坐，整整齐齐，和和美美，聊聊乡下的故旧，说点城里的新闻，儿子很高兴，带着高高的尖头帽，摇头晃脑做怪脸。

气氛突然起了变化，他们说到儿子的性格问题。他们说，男孩性格太绵糯不行，需要改造，这都是遗传，像他爹。他们信赖性格决定命运说，为此邀请古今中外各方大佬前来做证，大致的意思是，如果孩子一直像我，没有改变的话，以后会非常危险。岳父当过学校一把手，行事果断，性格刚强。岳母是高级教师退休，讲话很有气场。农民出身的父亲，当过一二十年的村支书，在村里说一不二，就算现在不当支书了，村里有什么事，也要问他的意思。母亲的性格也很强势，村里没人敢惹她。怎么到了我儿子身上就走了样了，似乎家族的基因在我们身上发生了质的劣变。基因之所以发生劣变，是因为我从事写作的缘故，写作让我变得软弱无能，优柔寡断。

唐莉说起上回儿子在学校被人踢的事。四个老人一听急眼了。岳母把儿子拉到跟前，卷起他的裤腿，对那个已经看不出多少迹象的部位拼命揉搓，儿子很不耐烦地跑开了。岳父说，现在的娃大多是独生子女，骄纵蛮横，在学校无法无天，这么小就这么霸道，太不像话了。我告诉他们事情的真相，对方是个双胞胎，儿子回来不告状是对的，说明他有骨气。唐莉看了看我，又看了看儿子说，我怎么不知道这事？我说，你知道的事那么多，多一件或者少一件又有什么关系。我妈说，要是小词有兄弟，就不会被他们欺负。父亲插话说，还是有兄弟好，万一哪个出了意外，还能留一个做命根子。我妈呸了他一声，怎么说话的。父亲说，就是打个比方，前天新闻说，有几个学生偷偷下河洗澡，结果被淹死了，他们都是独生子，造孽啊，那几个家庭往后可怎么办。说完，父亲和母亲对望一眼，沉默了几秒。父亲并不是打比方，我曾有过一个大我两岁的哥哥，就是到水库洗澡淹死的，那年他九岁，我七岁，他要是在，我也是两兄弟。我妈说，你爹的话不好听，但话糙理不糙，女人嘛，最大的财富是身体，生下来就赚到了，以前穷养不起，现在不一样。

我想起儿子四岁生日那天，关于二胎的问题就是那天正式提出来的。

再过二十年，四个老人，加你们两口子，让小词怎么对付？对此，我的校长岳父做了总结发言，他的发言充分显示了曾经的领导身份。他说，搞了几十年的计划生育，如今出了大问题，中国现在有很多失独家庭，谁能保证不出意外？命里的事谁也说不好，孩子一出意外，整个家就没了，趁身体允许，赶紧生，人的适育年龄有限，你们没几年耗了。他们达成了高度的一致。

我承认，他们说得很有道理，只可惜，忽略了最关键的问题，我和唐莉都是有单位的人，体制内超生，结局只有一种：开除公

242

职，没有任何商量余地。这时唐莉不失时机举出几个例子，说他们都已生了二胎。我大吃一惊，那些人我全认识的，但却毫不知情。她说，如今身边的朋友只两种，一种是生了二胎的，一种是计划生二胎的，你除了坐在电脑前敲键盘，还知道什么，天塌下来都不晓得。

经过各方调查，又结合学校同事的经验，唐莉提出一个最可行的方案：那就是假离婚。离婚后，双方各组家庭，妻子那边可得到再生一个孩子的机会，生完后再复婚，这需要各方充分配合才行。在老家莫索镇，我有一个表叔，大我十岁，几年前老婆因为车祸去世。表叔有三个孩子，他说过，为了孩子，不打算续弦，我们可以让唐莉偷偷跟他结婚，等孩子生下来再复婚，明修栈道，暗度陈仓。

离，坚决离，四位老人异口同声。

他们早有预谋。五个人像联合国安理会的五个常任理事国，轻易决定了蕞尔小国的命运，至于小国人民意愿如何，是无须理会的。作为被主宰的弱国小民，我能有什么办法。照他们的描述，儿子四岁生日那天成了我们家的"遵义会议"，它挽救了我，挽救了唐莉，更挽救了两个家族的前途与命运。至于我愿不愿意被挽救，一点也不重要，先救上来再说。他们真是比菩萨还慈悲啊。

回老家接洽事宜，大家都把我当稀客。从读大学起，离开村子十几年了，没有特别重要的事，比如说哪位长辈去了、一起长大的发小结婚，平日难得回去一回，就算回去，也是开车匆忙打个转身。

村庄并无多少变化，只是更老了一些，熟悉的面孔头发越来越白，皱纹越来越深，见到我时说话有些生分。村里的小孩叫不上名来，只能凭面部特征推测父母是谁。田地荒芜，杂草丛生，农药化肥成本太高，庄稼利薄，大家都懒得伺候了。去村口钓鱼，连续两个下午空手而回，他们说，莫索河现在哪还有鱼，电、毒、网，镇上开了家雄黄矿，几年下来，鱼早死光了。如此，我的钓鱼成了对过去时代的悼念。

长辈们不再喊我的小名，很不习惯地称呼学名。他们知道我在泥城上班，说不定哪天当个大官回来，县长或者处长什么的。他们对城里人和城里生活的向往，由过去的朴素憧憬，增加了更多世俗的东西。我发现，其实他们并不是对我客气，而是对父亲客气，我是父亲的儿子，而父亲，是他们的老支书。老支书的儿子好不容易回来一趟，当然要款待，那几日，我每天都被米酒灌得醉醺醺。

太阳很好，晒得人舒服。河水清澈，水量也足，如此丰沛干净的河里却没有鱼，好像是一条虚构的河。远远的，看见父亲从大路那边走来，他一边扭头去瞄即将落山的太阳，一边不停搓手，好像很冷似的。这么好的太阳，他居然觉得冷，他确实老了。

别钓了，要是从河里钓上一条鱼，我把名字倒过来写，父亲说，石匠家杀了年猪，喊我们去吃夜饭。我说，天还没黑呢，就吃饭？父亲说，吃饭不是吃饭，是说事。我说，算了吧，天天喝。父亲说，你表叔从镇上来了。我这才明白他的意思，赶紧收了钓竿。钩子甩出水面才发现，饵料早已不知去向。那半截蚯蚓不知什么时候逃走了，我垂了个空钩。

　　石匠只有小学文化，长得五大三粗，碑却打得很好，上面的字刻得像书法家。他技艺精湛，声名远播，养了两个儿子，大儿子十几岁跟他学手艺，现在已经出师了，在镇上开了个石作坊，小儿子今年读高三，听说成绩不错，很有希望考大学，所以，石匠更忙了，忙着给儿子挣学费。表叔今年四十出头，是个砌墙师傅，跟石匠父子是搭档，经常一起揽活，以前他住在村里，活多以后，为了方便，像石匠儿子一样，搬到了镇上。村里像他这个年纪的人基本在外面打工，只表叔例外，表嫂走了，他必须在家看着三个孩子，怕他们没人管会学坏。

　　我去的时候，他们已经上了桌，炭火把米酒烫得满屋香。给石匠杀猪的是张屠夫，这么多年我们村的猪一直归他杀，尽管他已经六十好几，尽管他有一个儿子也已经在做屠夫，可以接班了，但村里人还是叫他。石匠的儿子继续打石头，屠夫的儿子继续杀猪，羊倌的儿子还在放羊，村里的紧要事情，一路传承下来。他们说，你要是在村里，可能也接了你爹的班，继续当支书。我听了直乐。支书又不是手艺，哪能想当就当，得政府认可才行。石匠说，能，肯定能，你从小书就读得好，又会讲话，脑壳子灵活，自从你爹退下来，好事都轮不到我们队了。我尴尬得不知如何回答。表叔抢过话，那还用讲，我侄子你们还不清楚，你们啊，眼光要往远了看，他虽不在村里，在城里当了大官，以后会给村里办更大的事，比支书强百倍。那可不一定，石匠说，镇上的某某，在县教育局当副局长，上次找他办事，他跟不认识似的。我说，不会吧，记得以前挺仗义的。石匠说，有的人忘本忘得连娘老子都不认，还认你个鬼乡亲，他们只会拍上面的马屁，捞好处，支书现在有工资了，单边耳朵也只听上面的。

他们你一句我一句地说，后面那句说的是新任村支书蓝脸。蓝脸是黑山大队的人。黑山大队跟我们属同村，隔着鹞鹰岭，在山那边。划组的时候，他们大队两个小组，我们队一个小组，他们七十户，我们三十户，他们人头数是我们的两倍，可现在，三十年过去，我们一个组的人比他们两个组还多，那边老人过世，要到我们队里请人帮忙。蓝脸这支书当得丢脸啊，他们说。我们村就不一样，人丁兴旺，这全靠你爹。他们说这些的时候，父亲只顾喝酒，脸上挂着笑，坐在那不发一言。

父亲当支书的时候，正在搞计划生育，上头的口号一个比一个响，措施一个比一个严厉，但并没起到什么效果。于是，下蛮功夫，罚款、赶猪、拆房。村里人知道超生要拆房揭瓦，就把房子修得很简陋，木头屋，架子轻，一推就倒，再一推，又重新立了起来。逢年过节搞突袭，深更半夜设埋伏。有段时间，父亲一天到晚不归屋，一家人见不到他的影子。他在给镇里的工作队带路，在山里打游击，寻找大肚子女人。

工作队的人明明得到了情报，可一进村，大肚子女人好像钻天入地了，踪影全无。进村前，父亲已经通过特殊渠道将消息告诉了村里人。张屠夫说，我这辈子杀生太多，将来恐怕要下地狱，你爹不一样，他是大善人，救了那么多人命，一定会上天堂的。屠夫讲得对，我们陈姓人，除了陈胡公就数老支书功劳大，石匠说。我问，陈胡公是谁？他说，陈家人的老祖宗，家谱里排第一。

一直没出声的父亲这时咳了两声。我当支书，没拿国家一分钱，说不干就不干了，为了指标得罪村里人，那是傻瓜，上面的干部说换就换，到时候大路朝天各走一边，谁也不认识谁，我后半辈子还要在村里活人呢。石匠说，你是顶聪明的人，积了大德，我跟儿子说了，等你老了，让他用最好的料，打一块最大的碑送去，不要钱。

男女平等？屁，一百五十斤的担子，小伙子挑得动，大姑娘挑不动，村里好多庄稼地有七八里路，都是女人，肥料怎么运到田里去，打下的粮食，又怎么挑回来？肥送不出去，粮食收不回来，日子还过不过？自家的农活，政府不会派人来替你干，生男生女怎么会一样？几百斤的石碑女人能抬？石匠愤愤然，我是搞不懂，黑山的计划生育搞得最好，而今如何？老人死了，连丧事都办不拢。

没有任何一种政策和法律能把人类的需要变成不需要。

在石匠家吃完饭，父亲把表叔拉到一边，跟他商量那桩事。表叔二话没说就答应了。表叔说，放心吧，这件事除了我，莫索镇不会有第二个人知道，外人晓得了，咱还怎么做人？不过，你们要快点把娃生下来，免得夜长梦多。

事情就这么定了，过了年，唐莉成了我表婶。

拿到离婚证那天，唐莉比新婚还高兴。革命不论早晚，只争朝夕，来来来，事不宜迟，今晚就采取行动。我说，来日方长，革命事业持久方能取胜。她说，你怎么没一点新鲜感。我说，什么新鲜感。她说，我们离婚了啊，你现在碰的是别人的女人。我说，感谢他们出了这么好的主意，让我们离了婚，不然哪有机会碰别人的老婆，对吧，表婶？嗯，表侄。表婶表婶。表侄表侄。我们忙活起来。

只可惜，忙活了这么久依然没动静。

六

那天上午，郑一梅给我发短信：我们扯证吧。我说，别发疯了，我在忙。她说，你都离婚了怕什么。我说，你知道我们是假离婚。她说，假离婚也是离婚。我说，你是想害我对不对。她说，你来一趟我就不害你了。我说，想喝汤，宋妈会做，我跟她交代了，这段时间不得空，忙死了。她说，你们那清水衙门，忙个什么劲，你不来我就死给你看。我说，你们总是这一套，动不动就死给别人看。她说，她也经常死给你看？你可真够惨的。她又说，你知不知道自己多差劲，别人养几个都应付自如，你两个都搞不定。

是的，我很差劲，不然怎会被你们如此拿捏。扯这些干啥，有事快说。她说，电话说不清。我说，这个世上还有电话说不清的事？她说，有的。我说，你真让人头痛。她说，现在我的头比你痛。我说，你还倒打一耙。她说，别磨叽了，赶紧来吧，真有事，你不来我不知道怎么办。我只好打的去了建民巷。

我觉得那条巷子迟早会要了我的命。

　　宋妈来后，郑一梅的狗窝比以前整洁了，鞋子、衣服都待在它们该待的地方，往日屋子像被打劫了似的。郑一梅站在窗前摸着肚子说，孩子他爹说要来。我说，好事啊，美国人的裔心也是肉长的。她又说，他妈也要来，可我告诉他们，在中国生更好，老家有人照顾，到时候一定会交一个健康宝宝给他们的。我糊涂了。他爹他妈，那你是谁？郑一梅说，我是我，他爹他妈是他爹他妈。我更糊涂了，到底怎么回事啊。

　　乔治和丹妮说他们要来，我费了好大劲才找借口糊弄过去。我问，乔治和丹妮？她说，是的，孩子的亲生父母，他们在美国外事部门工作，年轻时，一心过逍遥日子，当丁克，到老，五十多岁了，突然想要孩子，可身体已经不允许，就找代孕的，一直没找到合适的人。然后，他们就找到了你？是的，我是在带旅行团的时候认识他们的，两口子知道我是一个人，最适合不过，他们真的很可怜，我就答应了。我有些吃惊，问，医生不是说你永远怀不上了吗？她说，去美国的第二年就治好了，两口子开价三十万美金，我才答应的，营养费另算。

　　我像被什么扎了一下。三十万，还美金，也就是两百多万人民币，就算把我卖了也不值这么多钱。郑一梅说，我现在只想要孩子，给再多钱也不换。我说，你们有协议，你反悔，他们不会答应的。她说，我怀的孩子，凭什么给他们，你根本不理解做母亲的感受。我看了看郑一梅，无可奈何地说，要是以前你能这么想就好了。郑一梅跟我的时候，打过几次胎，劝她别打，她非打，结果打成了个不孕不育。不要跟我提以前，我说的是现在，她情绪激动起来。我说，好了好了，不提以前。她说，怎么办，我查过了，如果留在美国，那边是允许代孕的，我不可能留住孩子，在中国还有回旋余地。

我明白了，这就是她挺着大肚子回国的原因。

我说，他们迟早要来。她说，所以我才找你。可我是个文弱书生，文不懂算命，武不能防身，手无缚鸡之力，打架绝不是美国佬的对手，法律上的事更不懂。她说，你是不懂，老白懂，你们关系那么铁。我再次明白她的意思，她找我，是想让我找老白帮忙。

在泥城十几年，不喜交际，朋友一直很少，每次饭局都几个现人，正因为数量少，使得我对有限的几个格外珍惜，当中最铁的是老白，白书才，我的永州老乡，郑一梅认识的。老白在下南门开了一家律师事务所，规模不大，生意很火。泥城这样的三流小城，居然有那么多官司打，看来大家过得并不安宁。

给老白通电话，他二十分钟就到了楼下。下南门离建民巷近，半脚油门的事。老白上楼看见郑一梅的大肚子傻了眼，说，你小子这是作孽啊，平日胆小如鼠，竟然背着唐莉干了这么大的事，你俩不是早散了吗？我说，老白，你误会了。他说，怎么个误会法。我只好耐心地原原本本将事情始末告诉他。

老白听完后摸不着头脑，有意思，真他娘的有意思。郑一梅说，多新鲜，大律师不会是头一回听说代孕吧。老白说，三十万美金，孩子以后可以再生，我觉得还是先把钱拿了。郑一梅说，你怎么跟陈默一样，你们男人全是狼心狗肺的东西，把女人当成下崽的母狗，以为是在菜市场买菜呢。老白说，难道你不是在做生意？郑一梅横了他一眼。说实话，刚怀上的时候，我也想按合同办事，等肚子一天天大起来，会动了，感受到孩子的心跳了，感觉就不同了，母子连心，你不懂的。我问，你们也算母子？从生物学角度看，只能算抚养关系，老白说。郑一梅说，我生的，必须算。老白看了看我，有点为难，说，这种事很麻烦，打起官司来很头疼。郑一梅说，不复杂，不头疼，找你干什么。我说，有话好好说，别激动，把小家伙颠出来，我们接不住。郑一梅说，反正你得管，你和白书才都得管。

我不想插话，把目光投向老白。

老白说，这种事见光死，代孕也是近些年才有的事，一般人不会报案，一个要钱，一个要孩子，各取所需，民不报，官不纠，真报了案，也以协解为主，我没打过代孕官司。郑一梅说，我就是想搞清楚，代孕者保住孩子的概率有多大，打官司胜率几何。老白说，这个不好说，无论经济能力还是社会地位，单身代孕者都没优势。郑一梅问，结婚了呢？老白说，那就不一样了，结了婚，女方有了家庭，夫妻二人有足够的抚养和监护能力，官司的赢面将大大增加。

郑一梅不说话，直直地看着我，看得我心里发麻。我们明白了她的意思。

入夏，天气燠热。巷子两边的樱树上，知了一阵阵叫得欢快，传到耳膜，节奏是这样的：结婚，呀，结婚，呀，结婚，呀……

扯吧，扯吧，明天你就跟郑一梅把证给扯了。

唐莉答应得那么爽快是我始料未及的。你说对吧陈默，朋友有难，理应帮忙。我还没来得及说话，郑一梅赶紧接过茬，那真是太好了，就知道你们会答应的。

郑一梅当着唐莉的面喊我，老公老公老公。我脸一红，头低了下去，不知所措。唐莉表面笑呵呵，却在桌底下用脚踢我，不介意，不介意，怎么会介意呢，戏还可以演得更真一点，你们可以出去走走，手挽手的那种。她们你一句我一句，把我当成了空气。郑一梅说，就是就是，唐莉都不介意，你介意什么。我介意什么？我能介意什么？我什么都介意！两个女疯子，阿弥陀佛，我上辈子造了什么孽！

唐莉和郑一梅私下签了一份协议，将我租出去给郑一梅当老公，租期半年，官司打完，再物归原主，郑一梅给我们十五万，权当我们未来孩子的奶粉钱。好一个"物归原主"……孩子能不能怀上还不知道呢。

我说，你们这么干，有没有考虑我的感受。她说，我还不知道你，嘴上这么说，心里早乐开花了。我说，我有病啊，还乐开花了。她说，你最好心里有数，别以为什么都可以干，过了红线那是找死。我说，我值十五万吗？唐莉说，我说值就值。朋友一场，拿这种钱算怎么回事，你什么时候掉钱眼里了。唐莉说，人家拿两百万，搂草打兔子，我们不过分点零头而已。我说，以前怎么没看出你这么喜欢钱，你完全可以找个条件比我好的，钻石王老五什么的，嫁给我这个穷光蛋岂不是受了天大的委屈。她说，我跟钱没仇，跟你也没仇，要说有仇那也是跟郑一梅有仇，她就是欠我的，霸占了你那么多年，算是精神损失费。什么叫霸占，难道结婚前，我连自由恋爱都不能有？

事实上，我从未对生活做过主，跟郑一梅在一起的时候没有，结婚后，更没有，我觉得郑一梅这次回来是为了报复我，报复我当年在她最艰难的时候离她而去，而唐莉也在找一个机会报复我的过去。我说服自己，踏踏实实做她们两个人的出气筒。为什么要跟她们过不去呢？跟岳父岳母我爹我妈过不去呢？顺从这个世界，大家都会高兴，我只要跟自己过不去就行了。

七

郑一梅隔三岔五会发短信过来，肆无忌惮地喊我老公。她说，老公老公老公。我就说，二货二货二货。她说，你怎么不哎哎哎，你应该赶紧答的。我说，别闹了，唐莉看见了不好。每次手机上出现那两个字，我就担惊受怕，像被蝎子蜇了一样，赶紧删掉。我们本应该成为真夫妻的，如今却在作一场戏，生活真是不可思议。

郑一梅的肚子大得像快开裂的西瓜，孩子在里面对她拳打脚踢，她走路的时候比其他孕妇吃力很多，长臂猿一样，伸出两只胳膊捧着大西瓜走，生怕不小心，西瓜掉下来摔破了。她已经快撑不住了，却还没有产前反应。检查的时候，医生说是个巨大儿，比一般双胞胎都大，顺产怕是不行，早点住院观察，等待挨刀。

郑一梅的西瓜采摘在望，唐莉这边却迟迟没有动静。

几个月来，我勤勉刻苦，夜以继日在土地上劳作，种子撒了一钵又一钵，可那块地一片死寂，半点破土迹象也没有。尽管那玩意依然坚挺，我却沮丧得像被阉割了一样。能挤出来的东西越来越少，配合的时间也一次比一次短，算了吧，我想，既然上天注定我们只有一个孩子，那就一个好了，把一个培养好，出息了能顶十个，生一群猪又有什么用呢。我尽力了。

我说，昨天在楼下花坛看见一对交配的螳螂。唐莉说，这有什么稀奇，小区离郊外近，螳螂是会飞的。我说，好多人站在那看，场面那叫一个热闹。唐莉说，真无聊，人家两口子过二人生活也围观。我说，知道吗，交配以后，雌螳螂会把雄螳螂吃掉。她说，不会吧，为什么呢？我说，不知道，小时候在山里经常看到体型硕大的雌螳螂抱着雄螳螂尸体啃，先将脖子咬断，然后躲在一边慢慢享用。唐莉说，太残暴了，为什么要吃掉，它们找不到食物？雄螳螂自愿的？我说，据说有一些是自愿的，不过也不好说，雌螳螂做完那事后突然袭击，雄螳螂根本来不及反应，它想不到会被配偶吃掉，雌螳螂比雄螳螂强壮很多，干完事雄螳螂没力气逃跑，螳螂饿了什么都吃。唐莉说，自然法则，螳螂弱小，要延续种族，必须牺牲另一半。这就叫提了裤子不认人，动物界的母权社会。唐莉，你觉不觉得我现在就像一只雄螳螂。唐莉说，拐弯抹角，就是为了说这，我牺牲得比你少还是怎么的，学校忙完了，晚上回来还累得半死。我说，女人越做越滋润，男人做多死得快。唐莉说，陈默，你良心被狗吃了，嫁给你我图了什么我？你自己说？

我不说了，因为没什么可说的。我倒真希望自己良心被狗吃了，可它堂堂正正摆在那，比拳头还大的赤子之心，一天到晚蹦蹦直跳。我总狠不下心，身体该硬的地方不硬，比方说心肠，该软的地方不软，比方说骨头，面对工作是这样，面对唐莉、郑一梅也是这样，一个人要是对自己不狠，别人就会跑过来对你狠，古代英雄豪杰哪个不是铁石心肠六亲不认，无毒不丈夫啊。

唐莉，你知道吗，男人要是自己会生孩子，多半不会结婚。她说，可不就是，女人结了婚百分之九十会沦为奴隶，完全没有个人生活。我说，结婚真是太麻烦了。唐莉说，确实麻烦，完全没有必要为了一根香肠买下整头猪。这句话让我笑出了眼泪。

八

人最好是雌雄同体，一个人把事情解决了，谁也不求谁。最强大的生命是雌雄同体的，从肉体到灵魂都是。

我们看到的世界很可能是个假象，生物并不是在进化，而是在退化，从高智力向低智力退化，从高体能向低体能退化，考古学家在地球各个角落不断发现的史前文明很好地佐证了这一点，几亿年前的电子设备、宇宙飞船以及核爆炸遗迹，那些可能是真实的存在。人类退化的最大标志是，两性间的区别越来越大，人与人的身体、语言、世界观，到现代社会，精神隔阂无限拉伸，任何科技手段都无从弥补，国家对立、民族战争，从来没有停止过，如果雌雄同体，就不存在这些问题。男女之间需要的可能并不是爱情，而是身体的缺陷在寻求互补，二十万份的调查问卷显示，冲爱情结婚的人不到百分之十五。

——纪录片《穿越文明》解说词

唐莉掐着我的胳膊问，陈默，你确定自己有爱情吗？你能确定吗？我说，我不确定。唐莉说，我也不确定，这一点我们是一致的。我说，何苦作践自己。她说，你非要作践我，我有什么办法。我说，对不起，唐莉，我错了，我们是有爱情的，像世上所有小人物一样，有着属于自己的那份，只不过被日常琐碎遮蔽了。她说，这次你确定？我将唐莉狠狠搂进怀里，用坚定的口气说，确定，非常确定。那郑一梅呢？我说，跟我们有什么关系？

要不，我们去检查一下吧，看看到底是什么原因。我说，行。

九

周六早上，唐莉让我穿好看点。我说，要不要吃顿海鲜。她问，为什么？我说，上刑场前不都要吃顿好的吗？她说，你对生活总这么马虎，什么事都不认真。我说，我很认真，是生活对我太马虎，一个人老是对你马虎，你很难对他保持长久的热情。她说，搞写作的是不是都像你一样神经质？

在医院待了一整天，一项不漏地把检查做完。到下午，报告单出来，数据密密麻麻，全不懂，他们用的是德国进口仪器，标注的也是德文。医生拿着报告单逐一给我们解释。

问题主要在我。我的问题也是目前世界上男人面临的最普遍的问题，简单点说就是，精子活力不够。虽然你还年轻，但体内有用的蝌蚪可能只有几十个，医生如此描述。我们的大环境太差，空气污染、食品添加剂、转基因蔬菜，通通都是精子杀手。别看那些运动员、拳击手，个个生龙活虎，是肌肉猛男，其实多半都是性无能。唐莉听了神色凝重。你的意思我们怀不上了？那倒不是，精子的情况由人体环境决定，自然环境改变不了，身体是可以调节的。怎么调节？我问。医生说，首先要调整作息时间，休息好，吃好睡好，加强锻炼，既然蝌蚪跑不快，你就言传身教，带它们跑，特别要注意饮食。我给你开点药，调理一个月，一个月以后再来检查，这个月你只养身，不干活，欲速则不达，太急躁，会适得其反的。听到这句，我松了一口气，半年来我快被榨干了，皮囊之下身心俱空。

转过头，医生又说，你也有问题。唐莉一惊，我有什么问题？你那块地荒得太久，突然种庄稼，得先松松土，浇浇水，培好基础。唐莉问，什么意思？医生说，工作别太拼命，多休息，适当补补，尤其要多睡觉，好身体是睡出来的。唐莉带高三，还是班主任，晚上自习到十点，早上六点半广播一响就起床，两头不见天。医生说这些的时候，朝我微笑示意，好像看出我的处境，这番话是特意为我解围。唐莉吓得不轻，有点不知所措，眼眶发红，简直要落泪了。医生说，放心吧，这都是小事。唐莉说，这还叫小事？医生说，当然是小事，能调理的都是小事，这种情况我见得多了。

唐莉说，我有几个朋友做的试管婴儿，成功率挺高的。医生说，确实越来越多的人选择做试管婴儿，一做一个准。唐莉说，那我们也做。医生说，试管婴儿是有弊端的。唐莉问，什么弊端？医生说，正常怀孕，男人一次射出几千万乃至上亿蝌蚪，它们排除万难逆流而上，最终与卵子结合的只有一到两个，其他全死了，那一到两个是生命力最强健康指数最高的。试管婴儿，随机抽取精子，很难保证会不会有问题，有的是身体问题，有的是智力问题，情况很难预测，不到万不得已别走这条路，你们不是已经有一个了吗？医生说，你们还是夯实好基础，身体力行解决问题比较好。医生的解释精妙绝伦，我觉得他才应该当作家，文学史上那么多大师都当过医生，是有原因的。

按照医生的嘱咐，我认真锻炼，按时吃药，作息时间全部重新调整。唐莉的早自习托给了学校一位关系好的同事，每天睡足时间，一个月最多同两次房，我获得了短暂的呼吸权。

十

护士喊郑一梅的家属签字，我坐在走廊上没反应，唐莉用肘捅了我一下，我才意识到自己的角色，拿起笔在上面画了押。

关键时刻，她把生死交给了我。笔尖划过纸张的时候，我感到了生命的流逝，有条河在我和郑一梅之间诞生了，瞬间扩大，乃至无限，我不是拥有了她，而是彻底失去了她。五年前失去了一次，现在又失去了一次，我有什么资格对别人负责？没有。我的签字与补救是那么无济于事。我从未原谅过自己，如果以前能对生命足够敬畏，就不用像后来那样内心备受煎熬。我从未正视过生命，别人的以及自己的，不断用一个错误去挽救另一个错误，结果，越错越多。

郑一梅满头大汗地躺在手推床上，鬓发紧贴额尖。她很紧张，跟唐莉当初一样。医生在给她做心理疏导，放松一点，第一胎都这样，剖宫产很安全的，睡一觉起来娃就生下来了。

郑一梅说，我怕。

我说，不用怕，我和唐莉在外面等你。

唐莉说，麻药打下去就什么都不知道了。

郑一梅说，万一我死了，你们一定要帮我照顾好娃。

唐莉说，别胡思乱想，不过是在身上打块补丁。

场面如此和谐，好像她们原本就是没有芥蒂的一家。同为女人，看得出唐莉的关心是发自内心的。

我和唐莉坐在妇产科的走廊里，一个小时没说几句话。走廊上坐满了像我们一样前来照顾产妇的家属，此起彼伏的婴儿啼哭在空气中飘荡。在这里，生命以其特有的慌乱形式，指向它混沌不可知的未来，正因为它的不可知，才让每个人都稳住自己，抱着坚定的希望等候它的到来。我们不时望望窗外，又不时对上一眼。偶尔起身走动，翻看手机，然后再坐下来。我不知道她在想什么，她也不知道我在想什么，一个小时就这么过去了。

先出来的是孩子，用高架婴儿车推出来。

两名护士，一名推车，另一名在旁边保驾护航。

护航的护士又喊，郑一梅家属。这次我警觉了，赶紧跑上去。护士将孩子推进病房，我和唐莉尾随其后，五室三号床。她们将孩子靠在大床边，婴儿车跟大床平行，大床是留给郑一梅的。推车的护士一只手拿着婴儿手册和婴儿临时用品。护士问，你是郑一梅家属？我说，是的。她很不相信地看了看我，又看了看孩子。唐莉说，他就是郑一梅的丈夫，我陪他一起来的。那名护士说，恭喜啊，是儿子，母子平安，母亲在缝线，马上会出来。我和唐莉凑过去，才意识到为什么护士会用那种眼神看我。这是一个洋娃娃，平额，宽下巴，皮肤发亮，像一个烧制的瓷器。好像为了提醒我，护士故意用手扒开了孩子的眼睑，一瞬间，我看见了一对又蓝又碧、澄澈见底的玻璃珠，晶莹剔透的色泽，光芒四溢。孩子扭动了一下，很快将眼睛闭上。他还睁不开眼，暂时不适应强光，护士说，有十斤四两，是我们医院五年来产下的最重的婴儿。外国品种果然厉害。

住院部的人像发现了新大陆，纷纷伸长脖子看稀奇。唐莉回头扫了一眼，他们才故作镇定，将身体恢复原状，嘴里念念有词，不停用怪异的眼神打量我和唐莉。护士拿着婴儿手册，逐条逐条讲解给我听。唐莉打断她说，知道啦，他不是第一次当爹了。那名护士没再说话，将手册递给我，转身的时候，特意嘱咐一句，有事按铃啊。我看见婴儿车内侧靠着孩子脚底板的地方有一个蓝色按钮。医院的设备比几年前先进了不少。

唐莉说，这么漂亮的孩子，要我也舍不得。我说，旁人一看就知道是外国种。唐莉说，那又怎样，就当女方出轨，和老外生了个私生子，多的是人愿意当冤大头。傻子都能听出这句话的潜台词，明明是她把我推进了火坑，到头来还啐我一口痰。唐莉瞪了我一眼说，你儿子多好看啊。我说，你有完没完？她说，没完，生了二胎才算完！

把宋妈叫来，医院食堂有各种产妇汤提供，财鱼、木瓜鲫鱼、当归田七鸡，直接去端就行。我们替郑一梅做主，请了月嫂。反正是花她的钱，唐莉说。

我的外国儿子哭声像炸弹，每天哭足三小时，夜里也不好好睡。喝奶的孩子，不知道哪来那么多力气。宋妈抱，不让，月嫂也不抵用，只认我和郑一梅，月子期间，她没办法多使用身体。孩子怎么这样？唐莉说，为了十五万，忍忍吧，反正你这段时间也不干活。她是指生二胎的交配事宜。不知道了吧，婴儿睁开眼睛第一眼看到谁就认谁。我说，有这种事？唐莉说，我也是在书上看到的。我问，当时我们都在，怎么确定他第一眼看到的是我而不是你？唐莉说，因为你是他爹。

我们的儿子真好看，郑一梅躺在床上说。我说，是你儿子。她说，明明是我俩的儿子。我沉默。她说，我今天才知道有儿子的感觉多好，要是当年生下来，现在都读小学了。我还是不说话。她说，陈默，你信不信，到今天我还是爱你的。我说，其实我也爱你，但这一点也不重要，生活要遵循的是日子，而不是其他什么。她说，重要，非常重要，当一天夫妻，就好好爱一天。过去的事就让它过去了吧，我郑重其事地说，郑一梅，以前我对不起你，现在不能对不起唐莉。她说，你就喜欢伤我的心，你怎么可以这样。我说，那我能怎样。她叹了一口气，让你来陪陪我，一句好听的话都不会说，这么多怨言，我告诉你，孩子是我故意弄哭的，骗你来，是希望你能来看看我。我叹了一口气，没接话。郑一梅说，儿，我们以后只能靠自己了，那个没良心的不抵用。

我和郑一梅之间不是谁对不起谁的问题，是命运的问题。

我们大学一个班，毕业前开始谈，尽管郑一梅身上有这样那样的毛病，可我从未想过会跟别的什么人过日子，我是一个夹到什么菜就拿什么菜下饭的人。郑一梅在福利院长大，性格不好，我都由着她。她挣的钱比我多，当她肆意挥霍自己的金钱时，我没想过劝阻，我对钱没太大概念，况且那两年还是个吃软饭的人。

她在泥城最大的旅游公司上班，英语好，经常带境外团，新马泰、澳大利亚、美国，足迹踏遍大半个地球。每次出远门她都会带回各种异域奇物，从没见过的特产，或者收藏品什么的，她工资不低，钱却基本存不上。我们租住在建民巷，她在天上到处飞，我足不出户，在家昏天暗地码字，文章发不出几篇，也就挣不到多少稿费，只能花她的。对此，她毫不介意，我们还没到山穷水尽的时候。我原打算当五年自由作者，实在觉得有愧，感觉很对不住她，写了两年见没有起色，就报名考进了现在的单位。那时我精力旺盛，她一碰就孕。我说，我们结婚吧。她说，不，我才不想这么早结婚，更不想这么早生娃，现在生孩子只会成为我们的敌人，我们会被孩子捆住的。我说，那就戴套。她说，不，那样一点感觉也没有。她至少堕过四次胎，刮宫。过于频繁的次数让人害怕，我劝不了她，她像挥霍金钱一样挥霍着自己的身体。也怪我，太过迷恋她在床上的样子。

家里催结婚。老家的习俗要奉子结婚，男女有了结果，再领证吃酒。可医生告诉我，她永远都怀不上了。郑一梅不能生孩子的事，家里无法接受，老陈家传到我这代就我一个男丁，他们不能眼睁睁看着老陈家绝后。郑一梅跟我父母说话时态度不好。她骂我没关系，骂我父母就不对。我们吵了一架，盛怒之下，我从建民巷搬了出去。冷战持续三个多月，没有宣示，便告分手。

单位同事见我单身了，说介绍个女老师让我认识，本地人，条件不错，只是比我大一岁，所以家里有点急。这种事我向来没有兴趣，可又不好拂人好意，打算应付一下了事，没想到跑去一看，却是熟人，是上回被郑一梅弄丢身份证的唐莉。我阴差阳错跟唐莉走到了一起。我说过，我是一个生活的被动者，跟谁走到一起，和跟谁分手一样，不由自己做主，唐莉说我适合她，我就认为自己适合她，父亲和母亲说这姑娘不错，我就觉得姑娘确实不错。就像现在这样，唐莉觉得我们三观不合，我就认为我们三观不合，但不合又有什么关系，世界上那么多人，不可能三观都一致，三观也好，性格也罢，都不是幸福的决定因素，幸福只取决于一件事，那就是对现实的妥协程度，只要你说服自己放弃理想，放弃抵抗，世界就会变得美好起来。郑一梅什么时候去了公司在北京的总部，我并不知晓，她只在去美国的时候告诉了我一声。再见啊，陈同学。保重啊，郑同学。我们这样简单地知会了彼此。

　　说实话，如果让唐莉和郑一梅站在一起，我会毫不犹豫地选择郑一梅，但如果有第二次选择的机会，我就会选唐莉了。

　　她竟梦游似的编起了韩剧，不知道是不是过度的虚空导致她缺乏安全感，还是精神失守后，作为女人的她产生了错觉。我就是去北京治身体，你那么快就变了心。我说，我没变。她说，没变心怎么转眼就跟别人混在一起了。我说，我们已经分手了，我得听父母话。她说，我宣布分手了吗，你哪只耳朵听见的？我沉默，她确实没说过。郑一梅说，不经我同意擅自跟人谈起了恋爱。我说，现在说这些有什么意义，说点眼前的事吧，眼前的高兴事。郑一梅说，没意义，一点意义都没，要说有意义，也就我这个儿子有意义。我说，你别这样，要往前看。郑一梅泪眼婆娑，但并未哭出声。不去掀动记忆，别试图改变现状，大家便相安无事。我现在能做的是当好几个月的丈夫。

　　郑一梅，我们没有什么过去。她说，是的，确实没有。

264

十一

郑一梅将孩子出生的事告诉美国佬，是一个月以后了。

乔治和丹妮不知道自己得到的消息是一个陈旧的消息，他们的欣喜在郑一梅看来是一种陈旧的情绪，像一部过时的纪录片。两个人心情激动，说立马启程来中国，把孩子接过去。郑一梅在电话里说，初生婴儿如翅膀没长毛的鸟，不宜飞行，母乳哺育两个月后才能坐飞机。不明真相的乔治和丹妮认为郑一梅说得在理，他们压抑思子之情，取消了即刻来华的计划。

郑一梅决定坐完月子，再跟美国佬摊牌，那时候，她才有精力与敌周旋。当务之急是休养生息，准备好打官司的细枝末节。老白说，其实没什么可准备的，这件事的复杂性在于合同是否具有法律效力，事实本身是很清楚的。如果合同无效，不用遵照协议，孩子理所当然归郑一梅吧？老白说，这是两个概念，除了法律效力，还涉及伦理原则。我说，看起来希望很渺茫啊。所以才要结婚，把个人问题转化为两个家庭的问题，结了婚，就不止她一个人的事，而是两个家庭的事，你也有足够的发言权。老白说，放心吧，中国人的法院还能不帮中国人说话？就是，不帮中国人，难道帮美帝国主义？

八月，泥城一场雨没下，城市却长时间被洪水包围。沅江上游的贵州、重庆和湘西大片地区暴雨连连，河水暴涨之后，洞庭湖发生倒灌，坐在城墙上，伸腿就能洗脚。烈日高悬，北去的江面水汽升腾，城里像在蒸馒头。没有雨的洪灾，泥城历史上也很少见。

沅江水位高出路基五米，二楼以下皆在水位线以下，洪水大张旗鼓在头顶咆哮，脚下土地发出阵阵微鸣。泡了这么多天，如果大堤坍塌，我们将被冲到洞庭湖喂鱼。

所有人都在提心吊胆过日子。我，唐莉，还有郑一梅。

这是一个危险的游戏，大家随时会有灭顶之灾。

雨是和乔治、丹妮一同降临泥城的。先用炮弹重点轰炸，硕大的雨点在水泥路面砸出哪哪回响，然后是密集的机枪式扫射，玻璃窗外视野模糊，被风吹斜的粗长雨线，麻绳般交织在一起。外面是枪林弹雨的战场。

他们从上海转机过来，下机时头顶瓢泼大雨，室外空气凉爽，室内却异常闷热。我和唐莉陪郑一梅一起去见美国佬。乔治牛高马大，戴一副眼镜，短袖T恤，胳膊上栽满小松树一样的黄色卷毛，一副西部牛仔模样，只是年纪大了点。丹妮染一头红发，巨大的耳环触及胸肩，也是高个。两个人往那里一站，很有一股气势。如果不是我们陪郑一梅一起来，不知道她能不能稳住局面。

密斯郑，他们是？乔治的中文说得很流利，夫妇二人外事部门工作，懂这个。乔治和丹妮很客气地跟我们打招呼，挨个拥抱，好像是出国访问，或者在做一笔大生意。他们的客气让我和唐莉觉得有点难为情。

客套过后，俩人很快变换口吻。你们，中，国，人，不，守，信，用。乔治拖着长腔，每个字都像踩在滑板上，刺溜出去，跑得很远。我，们，法，庭，上，见，他又说。丹妮补了一句，孩，子，是，属，于，我，们，的。

　　事已至此，没什么好说的。乔治和丹妮不会放弃自己的血脉，郑一梅同样不会，当然，还有我，也不会放弃属于"我们"的孩子。

　　中国人的法律像天上星辰，时刻都在，但距离很远，平日不大看得见，只有黑暗来临时才显现出来，即便那时，人们多是屈膝抬头仰视。在中国，很多人一辈子都不会跟法律发生关系。西方就不同了，法律对他们而言是家常便饭，乔治、丹妮这样的精英人士更擅长此道。从提出上诉到判决，不过一个月。媒体报道说，这是国内第一场代孕官司，跨国，以前虽然有过代孕的事件，但都没开过庭，相关部门调解处理就完事了。报道中出现了"郑女士"，以及作为美国人的Q先生和D夫人，除了老白和唐莉，没人知道我在里面扮演了什么角色。

　　郑一梅坚定地认为从自己身上掉下来的肉理所当然归自己所有，他们的协议是一张废纸，是没有法律效力的。乔治和丹妮向法院递交了双方的《代孕协议书》，还有美国某医院的试管婴儿证明。如老白所说，这个案子，外人看来有些稀奇，实则很清楚，就看法院站在哪边。

　　事与愿违，法院在法律条款欠缺的情况下，依然照合同法判了，据说援引了什么国际惯例，改革开放几十年，中国已经与国际接轨了。他们说，对方是美国人，又在外事部门工作，怕造成国际纠纷。当事人，也就是郑一梅，必须按协议，履行自己的义务，将孩子归还给乔治夫妇，乔治夫妇将拥有孩子的监护权和抚养权，同时，郑一梅也将得到属于自己的那笔辛苦费，作为补偿，乔治夫妇愿意在原有基础上加五万美金。

我很替郑一梅难过，也替自己难过。我们做了那么多事，耗费了那么多力气，到头来却是一场空，并没影响判决结果。唐莉说，也许不该找老白，他的事务所名字没取好，叫什么"告成"，现在是别人在告我们。

乔治、丹妮走的那天，我们去送。郑一梅将孩子交到丹妮手上时，愣了一下神，然后，跟一家三口抱在了一起。郑一梅两眼淌泪，祝你们好运，永远幸福。丹妮说，密斯郑，有时间来美国看我们。郑一梅说，会的，会的，一定会的。外国人还是讲客气，这种时候还在假装礼貌。

十二

看着乔治夫妇推着孩子走进飞机过道，郑一梅转过身一头扎进我怀里，大哭起来。我们的孩子没了。我说，别难过，再生。相拥而泣时，忘了唐莉还在旁边。耳边一阵呼啸，唐莉手中喝剩的半瓶农夫山泉，准确无误地砸在郑一梅头上。既然这么喜欢这个老公你就留着吧，我用不着了。说完，气哼哼走了。我放开郑一梅，撒腿去追，脚一蹬，踢开的却是被子。

原来是一场梦。

十三

　　第三次检查。数据显示，精子活力达到了正常的百分之七十。医生说，差不多了，你们不必节制了，该怎么忙活就怎么忙活，乱枪打鸟，总有一枪能中。

　　养精蓄锐三个月，我有了充足的勇气和信心。

　　吃了晚饭，洗完澡，把儿子哄睡下，唐莉关了房门一个人在里面拾掇自己。打开门后，出现在我眼前的是一个穿高跟鞋、丝袜和三角吊带的妖娆少妇。我进去，然后把门关上。不再像平常那样胆怯，用力从后面抱住，快速进入她。我们忙活着，捣鼓着，唐莉趴在身前，费劲地喘息，我们都不敢发出太大声响，怕把儿子吵醒了。迎上高峰的一刻，我忍不住喊了一声。唐莉身子一拱，猛然将我掀翻，然后抽出右手，一巴掌打在我脸上，接着又连踹两脚，将我踹下床来。我坐在地上，摸着被打疼的脸想了两秒，恍惚记起，刚刚好像喊了一句话：梅，你一定能怀上的。

　　我活该被打。

　　唐莉从床上跳下来，再次给了我一巴掌。这一巴掌她蓄足了力，打完后，满意地搓了搓自己的手。陈默，你不是个东西。唐莉抽泣起来，好像被打的是她。彼此无话，沉默了半响。我站起身，穿好裤子，独自来到客厅，光着膀子坐在茶几前，点燃了一支烟。有桂花香从窗外飘进来，跟烟味混在一起，味道怪异。我希望唐莉多骂我几句，那样气就消了，可她没骂。我们的目光穿过半掩的房门在空中碰撞，她抖抖索索在套睡衣了，侧着的脸看不清表情。沉默像空气中的烟雾，充斥了整个屋子。

儿子醒了，走到客厅，见我在抽烟，又走到我们那间卧室的门口，问，妈妈你怎么了？唐莉止住抽泣，说，问你爸去。儿子转过头，爸爸，你们怎么了？我说，没怎么，你快去睡觉。儿子没听我的话，而是再次来到客厅，站在了我的前面。他说，我不睡，你们在吵架对不对？老师说了，父母吵架，子女应该在中间调和。他又说，爸爸，老师还说男人要让着女人，吵架也不例外。我伸手摸了摸儿子脑袋，一句话说不出来。

唐莉站起身，再次说道，陈默，你真不是个东西。我摁灭手中的烟蒂，穿了件T恤，朝门口走去。儿子问，爸爸你去哪？我说，你陪妈妈睡觉，我下楼转转。说完，将把手一带，关好门，下楼了。

十点钟，月光大亮，院子里坐了不少老人，他们在桂花树下聊天，絮絮叨叨，家长里短。身心疲惫，面无表情地踱着步子，看看月亮，再看看跟在身后的影子，我感觉自己一定灵魂出窍了，不然怎么会说那句话。不知道唐莉的气什么时候消，这二胎怕是遥遥无期了。一个人在院子里又抽了几支烟，遇到相熟的面孔，低了头，假装避过去。

心里憋屈，想找人说说话。虽然不知道说什么，但就是想说。我只想跟一个人说。不知道有谁愿意聆听我的诉说。

打了个的，下车后发现是建民巷。从巷子进去，到了熟悉的三楼，才意识到自己原来是想找郑一梅。这个时候，怎么能找她。我不应该来找她，非常不应该。可我还是来了。所以，我活该。屋里的灯亮着，这么晚，难道她知道我会来？旧房子，门也旧了，灯光从最下面的门缝漫漶出来。屋里有人声。

明知道官司会输，你还跟他结婚，答应给他们钱？是老白。郑一梅说，接下来该唐莉求我了。老白问，求你做什么？郑一梅说，求我离婚啊，她不求我，我就不离，只有唐莉这个傻瓜才信，陈默找了个什么女人。你这是报复啊，对唐莉不公平，你恨的是陈默。我就是要光明正大地把陈默抢回来，看她能把我怎么样。没想到刚生娃的女人这么有弹性。郑一梅说，别废话，赶紧干活。那我进来了啊，会不会影响身体？你是女人还是我是女人？四十天早够了，不来算了，睡觉。来，当然来，也不知道有没有真本事。哎呀哎呀。吭哧吭哧。陈默知道了不好吧？他又不是我的什么人。

是啊，我又不是她的什么人。

但结婚是真的，游戏还没结束。我把手缩回来，悻悻地下了楼。

深夜街头，车飙风而过，一辆辆如同鬼魅。这个时间，他们把公路当成了赛道，个个开得飞快。我很想哭一场，蹲下身子，憋了很久，却一点声音、一滴眼泪也挤不出。我连悲伤的能力都失去了。我想做一名弱者，一名需要被安慰，可以对世界示弱，对它进行诅咒的人。我不想强撑。但我做不到，连哭都哭不出来。我对自己太失望了，这让我想起唐莉常说的那两个字：废物。悲伤都不能的人，不是废物是什么？

恍恍惚惚走在街上，任夜的流水冲刷身体，后来，脑门被石头磕了一下，抬头一看，是块闪烁的门牌。我来到了"柒零年代"，这是泥城很有名气的一家酒吧。

那天晚上，我在酒吧一个人喝了一通宵酒。我想把自己灌醉，但并未成功，是累得不行，撑不住了，趴在桌上自然睡去的。醒来时天已大亮，翻看手机，时间到了早上六点。

十四

秋天的早上，街上寒意袭袭。老粉店十年如一日，早早开门了。有几只早起的鸟儿在埋头捞食，我坐下来要了一碗牛肉粉，匆匆吃完，回家去。

从电梯出来，看见走廊窗户口站着两个人，他们在俯瞰城市风景。仔细分辨时，两个人转过身来，是父亲和母亲。这么早来干什么，怎么不进屋去？父亲说，时间早，怕你们没起床，故意没喊门，看看风景也好。母亲说，我们连夜坐火车来的。连夜赶火车？我连忙问，家里出了什么事？母亲说，没事。没事急急忙忙进城干什么？父亲兴奋地说，看了昨晚的《新闻联播》吗，我说，没看。国家要放开二胎啦。原来老两口怕我不知道，错过了新政策。这么大的事，就算不看电视，网上马上也会铺天盖地。这下好了，母亲说，放心大胆生，别放弃。老两口一人一句说着那个新闻的观感。我想到刚进单位时的情形，那时上面提倡晚婚晚育，生一个有奖励，婚假也多给十天，我什么事没干，一下从响应计划生育的先进

272

分子变成了落后分子。

连夜进城就为了这事，打个电话不就行了？父亲说，你这是什么态度？什么叫打个电话就行了，来看看你们不行？看你的样子晚上干什么去了？

第一缕阳光照进走廊，昏暗的楼梯顿时亮了起来。我的憔悴模样让父亲和母亲感到惊愕。他们问，怎么了？出了什么事？我说，没怎么。伸手敲了一下门，里面没动静。再敲一下，还是没动静。父亲和母亲觉得不对劲，娘俩怎么睡得这么死，敲门都听不见？

再准备敲时，门吱呀一声开了。儿子从屋里跑出来，扑进我的怀里，大声喊道，爸爸。唐莉站在儿子身后，表情冰冷。母亲嘟囔了一句，你们是不是吵架了？

蝉叫了一天

阿袁打电话来的时候，小林正躺在办公室沙发上眯着眼睛睡午觉，迷迷瞪瞪没听清，问她，什么丢了？阿袁说，你妈丢了。小林还是没听明白，阿袁只好重复一遍。小林说，一个大活人怎么会丢了？阿袁说，反正就是丢了，家里没人，电话也打不通，你赶快回来吧，我打不开家里的门。早上出门，阿袁忘了带U盘，盘里面有她昨晚熬夜做的课题，下午等着要用，不得不从公司赶回家拿，结果发现钥匙也没带。敲门，屋里无人应答，打电话，也不通，平日这个时候老太太要么在家睡觉，要么在院子里和那帮老头老妈子乘凉聊天，现在，两个地方都不见她的影子。

炎炎夏日，大中午的，进城没多久，人生地不熟的农村老太太能去哪？小林从单位开车匆忙往家赶，一路想着脾气多少有些古怪的母亲。老太太很能吃苦，也很会吃苦，身上有一种与生俱来的乐观精神，那些年，家里接二连三遭受不幸，全靠她支撑下来，送儿子读书，给丈夫治病，在病床上伺候了他十几年，毫无怨言，即便最艰难的时候也未动摇对生活的信心。前年，父亲在跟病魔的对抗中败下阵来，走了。母亲悲伤的同时，也松了口气，她总算从多年家庭保姆的角色中摆脱出来，像刑满释放的囚犯，重获自由。去年冬天，小林回老家看她，发现母亲脸上出现了难得的血色，在人前说说笑笑，如鱼得水，一开始小林还担心父亲走后，她一个人在老家会孤独难熬，没想到她把自己的生活打理得那么得心应手。有那么一瞬间，小林觉得简直不认识她了，这个人真的是自己的母亲吗？以前，母亲所有心思都放在家人身上，如此这般，耗费了所有精力，农村最流行的赌博游戏，诸如搓麻将、推牌九，从来跟母亲无缘，小林一度认为，母亲眼中除了丈夫跟儿女没别的内容，她是一个标准的被家庭拖累的中国农村妇女，她的世界那么小，那么可怜，可怜得让他这个当儿子的感到悲哀。可就在父亲去世后的两年，她不但学会了打麻将，还爱上了喝酒，隔三岔五去串门，找她的小学同学初中同学喝，男的女的都有，同学们都已白发苍苍，几十年不联系的人，被她挨个找了回来。儿子结婚生子，在城里有了事业，病床上再没有需要她伺候的人，她像在有意拿回失去的东西。她的青春回潮了，容光焕发，一下年轻了十几岁。这是刚死了丈夫的女人应有的表现？这么快就从失去丈夫的阴影中走出来，如此种种，小林不知该高兴，还是生气。这真的无可指责吗？父亲活着的时候，所有人都觉得他是家里的负担，把母亲害苦了，可如今，见母亲活得这么滋润，如此轻松愉快，他又替那个死去不久的男人感到难过。人生大抵就是如此的吧，有一天他死在前面，妻子也会过得好的吧，谁离了谁不能活呢？

天空没有一片云，路上也无行人，这个时间点，没人会上街。正午的阳光把路面照得发白发亮，从地面反射过来的光太过耀眼，眼珠子刺得生疼，虽然路上车少，小林却没办法把速度开快。泥城的绿化做得太好了，有几段路法国梧桐遮天蔽日，车子开进去，像进了山体隧道，树荫和阳光强烈地交替出现，光线的对比让他很不适应。街上没有人声，正是中午休息的时候，司机们也很少按喇叭，只有蝉在外面拼命喊叫，聒噪如硕大的雨点，砸得路面粉尘飞扬，隔着车窗小林都能感觉到它们强大的气势和对世界充满的敌意。就不能叫小声点？这么大声不费力吗？

下了电梯，小林看见阿袁坐在对面楼道里，屁股下垫着工作牌。小林问，怎么坐在这？阿袁说，楼道有风，凉快。小林问，你确定不在家？阿袁说，我用拳头捶了半天，睡得再死都会听到的。像不甘心，小林把耳朵贴在门上听了一会儿，用自己的拳头验证了一遍，如阿袁所说，屋里像真没人。阿袁说，还敲什么门，我急死了，等着回公司呢。小林这才掏出钥匙把门打开。老太太确实没在家，不过屋子被打扫得很干净，一切物什摆放整齐，都待在它们该待的地方，不像早上他们出门上班时那么乱，看来母亲是打扫完卫生才出去的。阿袁到书房拿了想要的东西。小林问，这个时候老太太会去哪？阿袁说，谁知道啊，你妈这人，什么都好，就是太有主见，一个老太太跟我们过就得了，想那么多事干吗。小林说，你上你的班去，我到外面找找。阿袁问，你到哪去找？小林说，这个你莫管。

阿袁走后，小林一个人在客厅吹了一阵空调，现代科学制造的冷气，让他浑身凉爽，空空如也的家，又让他觉得若有所失。在慵懒和舒适的某个间隙，他被什么东西击中了，坐在那动弹不得。联想最近发生的事，小林生出一种不祥之感，母亲大人会不会出了什么事？她该不会离家出走吧，或者以此表达对儿子跟媳妇的不满？

母亲一直不愿进城。她过去几十年的生活，所有的人际关系都在乡下。记得刚进城那会儿，第一个月打了五百多块话费，尽管跟儿子生活在一起，却每时每刻都想着那块土地，要是哪天不跟老伙计们说话，她连觉都睡不好。小林执意接母亲进城，一方面想让母亲好好享几年福，弥补过去的辛劳，另一方面却有说不清的苦衷。父亲去世一年，村里便有了流言，流言很快传到了千里之外的儿子的耳中。寡妇门前是非多，即便是上了年纪的寡妇。有不堪者甚至说，那个屋子留宿了不同身份的男人。此种中伤，不但关乎母亲的声誉，也影响到儿子的清白，他可不愿被人在背后指指点点，他不愿承受这个。好不容易送走一个父亲，小林不想再找个父亲来奉养。但母亲说过，她才过了两年舒坦日子，在村里自在得很，打死都不会进城。她还说，村里的某某，本来身体很好，进了城，不适应城里的生活，两年就走了，她可不想像他那样。小林说，豆豆需要你照顾，他有自闭症，医生说了，要家人多陪陪，多进行心理开导，我和阿袁要上班，哪有那么多时间。为了孙子，老太太只好投降。这是小林的一个计策，豆豆确实不太爱讲话，性格羞涩，但并不是什么自闭症，他如此形容，是拿准了老太太舍不得孙子的心理，用一个小骗局把母亲骗到了城里。

豆豆已经上中班，老太太每天早上把孙子送到幼儿园，剩下就没什么事了，下午不需要她去接，下了班小林顺便接回来。如此一来，她的空闲时间很多。小林发现，自己在小区住了四五年，才认识几个人，而母亲，来了不到两个月，把小区各家的情况摸得一清二楚，谁谁谁以前当过校长，谁谁谁跟她一样也是来这里带孙子的，谁谁谁是重组家庭，谁谁谁生了一儿一女，他们很争气，都在美国留学。如今，她跟小区里的老头老太太已经搞得相当熟络。小林把母亲接到身边，是想远离闲言碎语，没想到，到了城里，老太太竟然陷入了更可怕的包围。有好几个老头前来打探母亲的情况，有的是替别人做媒，有的是毛遂自荐，这种情况完全超出小林的预料，他自己单身的时候都没这么吃香。前来询问的人，条件都不错，最低都是拿退休工资的人，不会给子女带来经济负担，也许这就是那些老头们那么大胆的原因吧，他们有底气，有恃无恐，你不过是个农村老太太，能有什么过高的要求？他们说，要是嫌麻烦，怕将来的事不好处理，不领证也没关系，老来伴嘛，凑合过。小林从未想过再喊别的什么人叫爹，他喊不出来，他只有一个爹，那个爹已经死了。但他又理解这种情况，毕竟老年人也有自己的感情世界。那些人如此评价母亲：性格好，勤劳能干，能吃苦，会持家，这样的女人适合过日子。他们还表示，凑一起以后，工资卡归母亲管，死后财产不论，没有任何纠纷。真是奇货可居啊，小林想，换作自己恐怕早嫁过去了。他问母亲，母亲有些措手不及，很不好意思地说，都六十大几了，这种事她哪做得了主。说是那样说，意思是明显的，如果可以，她会很愿意开启新的生活。她自己恐怕都未曾想到，当初那么不愿进城，这么短的时间，就跟城里人打得如此火热，到了谈婚论嫁的地步，母亲对环境的适应能力让小林感到吃惊。

阿袁说，你妈真有男人缘啊，你会不会马上有个后爹？是老李还是老张？要我看，还是老李吧，他是退休教师，条件很不错了，长得也很体面，带出去不丢人。老张当领导出身，说话趾高气扬，虽然条件更好，但不会照顾人，他找老伴肯定是指着别人照顾他，你妈累了大半辈子了，没这个必要。小林说，你是不是觉得我妈在这里妨碍我们了，巴不得她嫁出去？阿袁说，看你说的，那是你妈。小林说，我妈难道不是你妈？阿袁说，俗话说"天要下雨，娘要嫁人"，到时候你管得着吗？我是不好说的。小林说，你看我管不管得着。后来，他直接对母亲说，你跟哪个老头过，我都不反对，反正大家住在一个小区，可以相互照顾，要是再嫁，我的态度很明确，我不会再喊谁爹了。母亲说，要么领证，不领证凑合过算怎么回事，我这张老脸还要的呢。母亲虽然表示不会再嫁，但很长时间都不高兴，不过，依然和那几个老头走得很近。在小林看来，不嫁给具体某个人，那些老头就有了平等的机会，母亲更成了他们眼中的一块肥肉。

小林再次拨打母亲电话，电话依然处于失联状态。已经是下午三点半了，小林站在走廊从窗户望下去，看见平日跟母亲走得近的几个老头老太太正坐在小区的凉亭里聊天，他们每个人手里都拿着扇子，有的是旧蒲扇，有的是色彩浓艳的塑料团扇，一边摇，一边说话，他只看见他们的嘴在动，听不清在说什么。倒不是距离远的缘故，小林家住三楼，离凉亭很近，平日只要把窗户打开，小区里的人说什么话听得很清楚。蝉的叫声实在太大了，它们的存在如同一道屏障，起到强大的屏蔽作用，在蝉声的笼罩下，其他一切声响都退居幕后，那些人的动作成了一连串无声符号。

小林下楼打听母亲的情况，才起了个头，几个老头便主动问了。老李说，你妈是不是在楼上看电视？也不下来聊天，电话打不通，喊再大声也没人应。老李的热情让小林感觉有些不适，看起来，他跟母亲的关系比自己跟母亲的关系还近。小林说，我下来就是想问问，你们谁看见我妈了，她没在家，出门也没留半句话。一位老太太说，早上见过一面，那时候她送你们家小孩去幼儿园回来，在隔壁市场买了两块嫩豆腐，说晚上给你们炖鲫鱼汤喝，后来就没见她。小林哦了一声，算啦，可能等一下就回来了。说不定她是去哪个店子买衣服去了。边上一位年纪不太大的妇女插了一句，上次听你妈说，没一件合适的夏天衣服穿，媳妇买的颜色太艳了，穿不出去。小林礼貌性地微笑了一下，他知道母亲肯定不是买衣服去了，她要是去买东西，一定会找个伴，同时告诉自己一声。这时候，当过局长的老张说，放心吧，大妹子那么聪明，还能丢了不成，说不定到哪玩去了。"大妹子"三个字令小林感到恶心，像吞了一只苍蝇，可他又不能不表示出感谢的意思，毕竟大家表面上是在关心母亲。走出凉亭的时候，他觉得那些人的发言全变成了蝉鸣，嗡嗡地塞满了他的脑袋，令他头痛欲裂，简直要爆炸。太阳太大，即便站在大楼的投影里，小林也能感觉到阳光的炙热，母亲可千万别爱慕虚荣，看上这个局长，那张嘴脸实在无法让人忍受。

小林用手搭在额头上眯着眼睛望天，几朵小规模的云分散各处，它们白得非常纯粹，也非常彻底，像一群惬意的游客，在天空自由行走，这个时候，只有它们不害怕太阳。有辆送快递的小三轮从小区门口开进来，擦身而过，刮出一小阵凉风，这激发了他的思维。小林朝门口走去，给保安大哥支了一根烟，问他，你看见我妈了吗？保安大哥说，上午看到一回，下午没看到。小林问，上午是什么时候？保安大哥说，大概十点多钟吧，她出去的时候用塑料袋提了什么东西，因为手里有东西，不方便按开关，是我帮她打开的门栏。

上午就出去了，还提了东西，也就是说，她中饭都没在家吃。事情看起来有些蹊跷，母亲从不单独在外面吃饭，她认为外面的馆子既不卫生，也不经济，是一种不必要的浪费。有什么重要事让她中饭不吃就出门了？小林想不出来，看来当中真有什么隐情。想到这，小林再次拨打了那个号码，声音反馈，既不是欠费，也不是关机，而是您呼叫的用户无法接通。无法接通意味着什么？手机掉了？卡被人抽走了？还是人被控制住了？那样一台老年机，即便掉在路上也没人会捡，根本值不了几块钱。想到这，小林有点心慌。他打电话向单位请了假，又跟妻子阿袁说，下了班你去学校接豆豆，我得出门找人。阿袁说，一个大活人，她自己走到外面，你上哪去找，等等吧，说不定等下就回来了。小林说，万一没回来呢。阿袁说，没回来，咱就报警。小林说，找都没找，就报警，真有事，报警就迟了。阿袁说，那你上哪找？小林说，让我好好想想。阿袁说，要不你到上次卖健身器材的地方看看，说不定，她又被那班人给骗过去了。妻子一说，小林如梦初醒，我怎么没想到呢，八成去了那。那个地方，挂羊头卖狗肉，专门欺骗老年人，他们组织健康知识讲座，不让听众把手机调成静音，而是直接没收，讲座结束后才发给老人，以此保证洗脑效率，典型的传销手段，上次母亲就失踪了一回，回来后才知道，原来是听讲座去了。听完讲座，母亲羞涩又不甘心地说，要是你们工资高一点就好了，就可以帮我买一张按摩椅。小林问，什么按摩椅？母亲说，可以健身，还有助睡眠的椅子。小林说，那是骗人的，专门骗你这种进城不久，什么都不懂的无知农村妇女。听到这，母亲生气了，在小林的记忆里，母亲从未生过这么大的气，她几乎咆哮起来。买不起就买不起，我又不会说你俩不孝顺，有必要污蔑中伤别人吗？后来，小林打听到，母亲说的那种能治各种疾病，延年益寿的按摩椅，要一万多块一张。

为了将母亲拉出骗局，小林费了九牛二虎之力。他先是调查了那家名叫"一康健身"的保健公司。那家公司骗术高明，很会利用国人的孝心。如今生活好了，经济收入比早年改善了不少，人有了钱，日子好过了，当然想着多活几年，子女们也想补偿父母以前吃过的苦。如今，老人跟孩子的钱最好赚，很多人即便受骗，也心甘情愿，毕竟钱花在了最心疼的人身上，至于能否起作用，并不重要，他们花钱只为买个心安，甚至心安都不用买，能得到邻居亲戚的夸奖就行。那些健身器材买回去后，常常用不了几回，扔在角落里任由灰尘覆盖。

"一康健身"组织员工到社区搞了几次免费体检，像做公益事业一般向老人宣传各种健康知识、饮食起居方略、心血管疾病预防措施，等等，无所不包，在宣传这些内容的同时，他们让老人填写家庭情况、子女工作单位和联系方式，全面掌握他们的经济状况。有了这些信息，便可对症下药，像攻克堡垒一样挨个攻克老人的心理防线。打电话，安排老人去店里体验免费理疗，几个疗程下来老人们基本会被征服，对他们公司的产品深信不疑。如果这样还不行，他们就放大招，组团带老人去旅游。对经济收入高的人，组织出省，收入一般的，像小林母亲这样，就用大巴车接到郊区转一圈，那都是些免费景点，不收门票的，一辈子生活在农村的老人，从未得到如此礼遇，内心的满足感不言而喻。那些健身器材也不是一点用没有，它们是符合医学原理的，也有出厂的合格证书，只不过功效被严重夸大，说连糖尿病综合征、半身不遂都能治好，疗效如此神奇，当然要卖高价了。要是没治好，他们会说，每个人体质不同，效果也就不一样，他们从未保证一定会治好。打这种擦边球，公安局和消费者管理协会拿他们完全没办法。小林请工商局的朋友给母亲做了几堂防骗知识讲座，母亲才将信将疑地放弃。

来到"一康健身"的门面前，透过落地窗的玻璃，小林看见里面人头攒动，生意很是红火。每台健身器材上都躺着老人，男男女女，有的秃瓢，有的白发，还有戴各种假发的，他们或闭目养神，或哼哼唧唧叫唤，很是享受的样子。一群待宰的老羊，等着受骗吧，小林既为他们感到悲哀，又为他们感到可怜。每个老人边上都围着公司的工作人员，都是些大龄妇女，因为有这些人围着，小林不确定躺在里面的人有没有自己的母亲。他气咻咻地推门进去，环视一周，寻找要见的人。工作人员见有陌生人闯入，问他是谁，找哪位。小林一句话不说，从外到里挨个扒拉着看过去。这时候，店长认出了他。又他妈是你，我们在工商局注册了的，合法经营，再来捣乱，小心我报警抓你。说着，招呼店里员工朝小林围过去。小林挣脱着跳起来大叫，妈！见没人应，他又高声喊了两声母亲的名字，还是没人回音，如此，他只好从店里退了出来。出来后，他站在路边，朝街对面的店子奋力咆哮，我肏你们全家！这一声咆哮，把街道两边原本热闹的蝉鸣吼得噤了声，一时间，世界仿佛被调成了静音，等了十几秒，才恢复喧嚣。

没在"一康健身"，还可能去哪呢，小林坐在驾驶室吹了十几分钟空调，竭尽全力让自己冷静下来。太阳已经西去，马路上铺满了树木和楼房的影子，歪歪斜斜，错相交杂，但街上依然燠热，蝉声不止，有如沸水。小林有些懊悔，或许那次不该把母亲买的手机退了，应该直接换成华为新款，那样，不管走到哪都可以用微信定位，她也不可能把自己弄丢。

为了加强跟小区老头老太太的联络，母亲上回偷偷换了个手

机，虽然是老年机，但比此前那部先进了不少，可以发语音，还可
以视频聊天。她不知道，那些手机早已退出国内市场，在二手市场
上几十块钱都卖不到，电信部门的处理方式是，充几百块话费，白
送一部手机，因为除了老年人，没人会要它们。然而，那回营业大
厅的业务员见母亲一个人来买手机，一个老实巴交的老太太，嘴里
说的还是外地口音，原本白送的手机，居然以三百块钱的价格卖给
了她。小林知道后，气疯了，那个营业厅就在小区边上，他回到
家，带着母亲和手机，把卖手机的业务员狠狠羞辱了一番。说她狗
眼看人低，专门骗老人，赚黑心钱。他们经理知道后，让那个女业
务员当众赔礼道歉，退还了钱款。钱虽然退回来了，母亲却闷闷不
乐了很久。毕竟那个营业大厅就在小区边上，平素散步，送孩子读
书，出门买菜都可能从门口经过，随时会碰到那个业务员。儿子大
张旗鼓去讨公道，让做母亲的很没面子。她是一个自尊心很强的
人，小林的勇敢举动不但没得到母亲的认可，反而让她感到前所未
有的羞辱，似乎儿子骂的不是业务员，而是她这个没见识、没文
化、早就被时代淘汰了的乡巴佬。更关键的是，母亲觉得儿子不让
她换手机，是反对她跟那群老头交往过密，这不是侮辱，简直是人
格践踏了。尽管后来小林向母亲道了歉，但一切都晚了，伤害已经
造成，哪能轻易挽回。

小林发动汽车，漫无目地开了几分钟，车子被堵住的时候，
他发现自己来到了城墙垛子下，城墙之外，是绕城而过的河，河水
翻涌的声响裹住蝉鸣，顺利抵达了他的耳朵。这是他今天第一次感

到有超过蝉鸣的声音存在。小林把车停好，不自觉朝码头走去，忙活了这么久，他想到河边透口气。下班时间就要到了，趸船上陆续有人在等着过河。每天早晨，河西的人从这里坐船去河东，到了黄昏，再坐船从河东回来，他们一天的生活由一艘渡船连成一体。渡船二十分钟往返一趟，坐船过河比坐公交车从大桥过去要省不少时间，不开车的上班族大多选择这种方式。小林选了个离渡船很近的地方坐下，看人们往来河上，他希望能从人流中捕捉到熟悉的面孔，然而，所有人都那么陌生，他们的表情或匆忙，或笃定，很像自己，却与自己无关。小林很疲惫，重重地叹了口气。他在河边坐了大概有四十分钟，百无聊赖地看着流水和渡船在眼前走过，再抬头时，天已经不像刚才那么明亮了，不知何时，太阳舍自己而去，长河尽头没有落日，只有黏糊糊的晚霞，层层叠叠，堆在天空一角。河风依然温热，熏蒸的气息中夹杂了很重的水腥味，波光在河面跳跃，像一群躁动的鱼。蝉并未因黄昏的到来而停止嘶鸣，它们只是变得有些柔软了，像柳条一样，在晚风中随意飘扬。

　　小林坐在码头的石阶上，晚风和蝉鸣灌得他有点想睡觉，脑袋昏昏然的时候，忽然听见有人大喊，救人啊，快来救人啊！喊声是从右边传来的，随着喊声的爆出，岸上所有人，散步的、过河的、像小林一样在河边闲坐的，纷纷往那边跑去。小林也跟在人们后面追了过去。有人跳河了。据目击者，也就是那位发出救人呼喊的钓鱼老头说，跳河的是个女人，她在河边站了很久，远远地站着，一开始以为是在散心，或者欣赏他们钓鱼，没想到，突然就从岸上跳了下去，他都没来得及看清她的长相，人就沉了下去。老头说，只记得她穿了一身黑色衣服，年纪不小的样子。听到这，小林心中一惊。穿黑色衣服，年纪不小，想不开跳的河？母亲早上不就穿了一件黑色单衣吗？他问钓鱼的老头，那个女人头上有白头发吗？有没有说过什么话？是不是本地人？老头说，我怎么知道，她扎了个马尾辫，看不太清有没有白头发，看样子不像本地人。说完，还顿了顿，老头表示其实他也不敢确定那女的是意外掉到河里的，还是自己跳下去的，他只看到那个黑影像石头一样砸进了水中。小林心中又是一惊，差点哭了出来，他想当即跳到河里去，奈何不会游泳，只能在岸上干着急。

已经有十来个会水的跳了下去，他们划拉着胳膊，在水中寻找，但并没什么发现。此处虽然地势平坦，水流却并不慢，绕城而过的河在这儿转了一个大弯，这个弯像一个加速器，河流表面平静，底下却流得飞快，东西掉下去，会立马冲走，那个女人肯定不在原来的位置了。很快，渡船开了过来，挖沙船也开了过来，在边上下网的几艘小渔船也纷纷往这边靠，他们围绕那片水域，仔细搜寻着。都是长年在水上行走的老师傅，不到一刻钟，他们便在距离女人落水五六十米远的地方把人捞了上来。是挖沙船将渔网套在铁轱辘上，伸到水底捞上来的，他们解下那个女人，像解下一条黑色的大鱼。那鱼水淋淋地摆在那，纹丝不动，气息全无。岸上的人围了上去，指指点点，说这说那。小林没看清她的脸，她的脸被纷乱的头发盖住，一时无法辨认，但他看清了她的身段，这是一个体型高大，略显肥胖的女人，母亲是瘦小个子。她的衣服也不是黑色的，而是藏青色，钓鱼老头没看清，说错了。女人的身体在地上洇出一块巨大的水渍，那是她留在世上的最后的印记，那块印记很快因为天热的缘故蒸发掉了。救护车来的时候，人们对那个死去的女人的兴趣不像刚捞上来时那么大了，围观者走了很多，此时，救护车的用处不是救人，而是负责把人拖到殡仪馆。随着救护车的离开，天也暗了下来，夜色像一床漆黑的被，降临在河面上。活着和死去的人，一起大被同眠。

开车往家赶，小林满脑子都是胖女人在地上留下的水渍，水淋淋的身体阴影似的，在他眼前挥之不去。停好车，小林坐电梯上楼，出了电梯门，他发现家里的门是开着的，阿袁已经把豆豆接回家了。她故意把门开着，等小林回来。看那眼色，不用问就知道，一点消息也没有。豆豆在客厅地板上玩他的超级赛车，用遥控器指挥，嗖嗖地满屋子跑。小林和阿袁并排坐在沙发上，一句话不说，沉默了几分钟。天都黑了，平日很少出门，对本地所知甚少，人地两疏的老人家，能去哪呢？想到那个被水淹死的女人，小林心有余悸，母亲会不会遭遇什么不测？不然怎么出去了大半天还不回来？他简直不敢往下想了。小林从沙发上站起来，跟豆豆说，别玩了，奶奶都不见了，你还有心思玩。他问豆豆，这两天奶奶跟平时有什么不同？豆豆说，没什么不同啊，她每天都开开心心地送我去上学，还让我在学校听老师话，莫跟同学打架。小林问，今天呢？豆豆说，今天啊，奶奶连让我在学校别打架的话都没说，摸了摸我的脑袋就回去了。摸了摸你的脑袋？小林把手伸过去，比画着，是这样摸的，还是这样摸的？豆豆说，记不清了，反正就是摸了后脑勺。小林问，奶奶以前摸过你脑袋没？豆豆说，以前没有，就今天摸了。听到这，小林吓了一跳。母亲为什么要摸豆豆的脑袋呢……阿袁说，摸一下脑袋而已，哪有那么多暗示，当奶奶的摸孙子脑袋很正常啊。小林说，可她以前从没摸过。阿袁说，那能说明什么呢，你说说看。小林说，我要是知道，就不会在这里猜了。豆豆说，爸爸，我饿死了，什么时候吃饭？小林生气了，他问，豆豆，奶奶平时对你好不好？豆豆说，好，非常好，经常给我买零食吃，你说小孩子零食吃多了对牙齿不好，她就在学校门口偷偷买给我，让我在学校吃，别带回家，她还跟我讲了很多你小时候的事，让我多说话，多跟同学们玩，不要一个人老待着。小林说，奶奶对你那么好，现在她不见了，你还有心思吃饭？豆豆说，奶奶不见了跟我吃不吃饭有什么关系，我们不吃饭，奶奶就会回来吗？要是那样的话，就暂时别吃，只要奶奶能回来，我饿半天没关系。豆豆的话搞得小林不知如何回答。

小区里的路灯陆续亮了起来，那些路灯每天都很准时，这说明时间已经到了晚上六点半，母亲失踪有七八个小时了。小林站在窗口，心绪烦乱，他不知道接下来怎么办，是带儿子去吃饭，还是继续等下去，母亲到底去了哪……这些问题让小林坐立不安，无所适从。客厅里突然响起了手机铃声，是阿袁的手机。小林看见阿袁很客气地接听了电话，心平气和地听着，不时嗯嗯地点头，听了有一分钟，他才从电话余音里听出几个关键词，原来电话是警察打来的，阿袁早就报了警。等阿袁挂了电话，小林气急败坏地说，你就不能盼我妈一点好，动不动就报警，你是不是觉得她一定会出事！阿袁说，你冷静一点好不好，人不见了这么久，报警让警察找，总比你一个人在家像无头苍蝇乱转好。小林说，警察能找什么人你知道吗？阿袁说，你不要急，你这个样子，我都不知道怎么跟你说了。小林说，什么不知道怎么跟我说了，警察在电话里讲了什么？阿袁说，你坐下来冷静一下，我就跟你说。小林说，我现在很冷静，你不说，我才会不冷静。阿袁说，警察说，今天下午三岔路那边发生了一场车祸，被撞的是个老太太，让我们去认尸。小林刚落在沙发上的屁股立马又弹了回来。不会吧，我妈会看红绿灯的，怎么可能被车撞。阿袁说，那我们要不要去看？小林想了一下说，你觉得呢？阿袁说，还是去看看吧，早看早放心。小林没说话，艰难地点了点头。他回头看了一眼豆豆，豆豆嚷嚷着要吃烧鹅，小林大声吼道，找奶奶去了，等下回来再吃！阿袁说，你小声点行不行，吓着儿子了！小林换了鞋，准备出门，打开门一看，母亲正站在外面，他惊讶了一声，妈，你怎么……

小林没来得及开口问，母亲自顾自说了起来。今天啊，我走了很远的路，我有二三十年没走这么远的路了，我到乾明寺烧香许愿，还算了一卦，把身上两百多块钱都捐了香火，回来的时候发现连车费都没了，手机出门没多久就没电了，也不知道跟谁打电话。听到这小林像被什么蜇了一下，这么远的路，你去乾明寺干什么？

豆豆不是不爱跟同学说话吗，听他们班李宣的奶奶说，她上次去乾明寺烧了香，回来孩子的病就好了，乾明寺的菩萨灵验得很。小林说，你没钱坐车，随便跟路人借几块钱，坐公交也能到家啊，怎么要走这么久？母亲说，我跟他们借钱，他们见我是外地口音，以为是骗子，说前不久很多老人用这种办法，见人就借十块八块的，公交车司机都是本地人，听得半懂不懂，不愿搭我。听到这，小林的眼泪都快出来了。他说，明天我就给你买新款手机，那个手机的电很经用，还能定位方向。

阿袁说，回来就好，妈，你都不知道我们多担心你。老太太说，我没想到从河那边过来，看起来很近，走起来要两三个小时。小林说，能不要两三个小时吗，有好几十里路呢，湖区地方平，才看着近。阿袁说，你儿子以为你出什么事了，急得在家骂人。老太太说，都怪我，出门时没跟你们说清楚，也不知道手机会没电了。小林说，不讲了，我们吃饭吧。说完这句，他才意识到，家里根本没做晚饭，平日晚饭都是母亲做的。阿袁说，小区后面开了家新馆子，我们下馆子去，顺便庆祝母亲平安归来。豆豆问，那里有烧鹅吗？阿袁说，有的，我早问了。豆豆听了开心得大叫，快走快走，我快饿死了。

小林给儿子点了烧鹅，给母亲点了臭鳜鱼，阿袁则是十年不变的麻婆豆腐，她说要减肥，不吃肉，只吃豆腐。小林自己是什么都不点的，在他们吃的菜里一样夹一点，足以对付自己的胃了。一家四口把那顿饭吃得滋味百生，好几次，小林欲言又止。

　　吃完饭已经到了八点，四个人从餐馆往小区走，小林看见路边有很多老人在跳广场舞，男男女女的，把小区前后的空余地方挤满了。他们有固定的团队，也有固定的地方，各跳各的套路，团队之间鸡犬相闻，却老死不相往来，不跳够时候，是不歇息的。大喇叭飘出的音乐让原本衰老的身躯变得活力四射，他们摇动自己，像摇动整个世界，把全身力气都用上了。老头老太太中有很多熟悉的面孔，见了小林一家，朝他们点头微笑示意，他们跟母亲一样，多半是进城给子女带娃的，除此之外，没别的事，不跳广场舞，能做什么呢？或许，这就是她们融入城市的方式。路灯昏黄，气温依然很高，用鼻子一闻，满是太阳炙烤的气味。夏天，不到零点感觉不到一丝凉风。馆子里有空调，出来走几步就出汗了，小林一边走，一边擦汗，高音喇叭的吼叫加剧了空气的灼热感。

　　忙活了一天，小林身心疲惫，但不知为什么，并没睡好觉，半夜醒了过来。醒过来后，他蹑手蹑脚一个人出门下楼，独自到小区里散步。他发现，这个时候蝉居然还在叫。焦躁的蝉声，绵绵不绝，从绿化树上飘下来，像漫天尘埃。他第一次知道，原来蝉在午夜也是会叫的，这让他觉得世界的陌生。不是他粗心，也不是他缺乏观察力，他从来是一个生活细心的人，只不过，很多事物只在特殊时刻才会被唤起，小林如此想着，抬头看了看无尽的夜空。

失忆者终将与幸福有染

一

　　乙未年秋的一个午后，泥城大学生物系教授平生是和大悲院
住持明瑞法师相约垂钓。船行至湖心，水面寂然无风，两人各持一
竿，背对夕阳枯坐，突然，鱼竿轻微抖动之后，教授不及解衣，纵
身一跃，跳进了湖中。事后，人们问住持，教授怎么回事，怎么掉
湖里了。住持法师三缄其口，不予回答。那段时间，教授常去钓
鱼，他只钓一种鱼，一种身体扁平，肉质敦实，形态近似于糍粑的
鲫鱼，其他鱼即便上钩，也会放掉。鱼钓上来后，被教授拿到岸上
一条一条从头颅正中切开，准确无误地一分为二，他手中的解剖刀
娴熟得叫人可怕。出家人有好生之德，住持法师佛学精湛，声名远
播，按理更应爱惜生灵，可他不但不加劝阻，还为教授提供各种便
利，这让人们不得其解。法师解释说：

　　"生命自有归宿，死亡是其中一种。"

大悲院的那片湖，面积不大，十来亩的样子，但水质好，水量也丰沛，山上竹林四季有定量活水注入，湖中鲫鱼，味道之美，远近闻名。据周围百姓说，湖不知什么时候有的，有生以来他们从未见它干涸，这类事不单祖辈没有提及，地方志上也无相关记载，因此，无人知道它的深浅。从泥城大学到大悲院四十公里，车程不过一小时，教授亲自驱车前往。他在寺里前后住了一个多月，杀了一个多月的鱼。夫人郑兰图有时会过来给他打下手，只不过，她的手法比较笨拙，教授三个鱼头切好了，她一个都没完成。

平生是教授是泥城的大名人，尽管没有一官半职，却无人不知，无人不晓。他身上有两样东西为同事所羡慕：一是，其貌不扬的他，有着一位长相出众，跟自己极为恩爱的夫人；二是，头顶一颗硕大无比的脑袋。他能将圆周率背到小数点后两百多位，上万幅动植物标本图片如数家珍，人人都说那颗头颅简直是一台容量巨大的计算机。那颗头颅让他成就卓越，四十多岁便享受国务院特殊津贴，从生物学角度说，他完全够格列为国家重点保护动物。不过，毛病也不少，比方说，性格孤僻，不拘小节，生活粗心大意，经常丢三落四，除了教学和科研，其他事概不放在心上。

对于教授身上的种种毛病，夫人郑兰图不分巨细全部容忍，把他的生活照顾得妥帖有加，至少表面看是这样的。在学界，长相丑陋的权威教授娶一名貌美妻子，似乎成了标配。而教授自己，对身边貌美如花的夫人好像并无察觉，他没意识到自己拥有的财富，或者说，意识到了，但并不觉得有什么了不起。倒不是说夫人仅仅是个花瓶，郑兰图也是高学历的大学老师，只不过没有突出成绩，因为她把主要精力放在了相夫教子上，在学校主要负责学工部工作。儿子今年二十六，继承了两口子的优良基因，在国外留学。

为了给丈夫帮忙，中秋节郑兰图和教授一起在寺里过，吃了几天斋。可她毕竟有自己的工作任务，所以，多数时间将照顾教授的事交给了他的助手蒋芸。

这位助手是三十出头的女博士，戴一副粗框眼镜，面目姣好，斯斯文文，甚至有一点妩媚之气，没想到却是个钓鱼高手。教授和明瑞法师用的是从市面上买来的饵料，捏成一小团，粘在钩尖，助手用的是传统的蚯蚓。她带来了家中种花用的小锄头，去地里刨蚯蚓，只要筷子粗的大蚯蚓，小的扔到一边。刨出来后，烧一蓬野火，将蚯蚓放进火灰，翻两个来回，原本粗大的身体迅即缩成了一小条，肉质紧密，气味浓烈，如同经过了油炸。这种蚯蚓不但能吸引鱼，身体也很有韧性，不容易被咬断，更不容易脱钩，一钓一个准。那股焦香扑到鼻子里，别说鱼，人都想去咬上一口。看起来，助手这么多年在学校修的不是生命科学，而是专门研究如何钓鱼了。

第一次看到蒋芸，法师眼皮一跳，掠过一道精光，似有神谕降临，他手握念珠盯着女助手的脸庞看了整整一分钟，弄得蒋芸不知所措。女助手问："有什么问题吗？"确实有一点问题，她长得太像某位故人，不过，这不能怪她。去年学校招聘青年教师，跟她一同进面试竞争同一岗位的有五个，五选一，她的专业能力并不占优势，教授力排众议，选择了她，毕竟是给他当助手，学校要充分尊重教授的意见。"是不是很像？我当时也吃了一惊，"教授说，"一个女博士，能到泥城这种小地方来算是很难得了，她完全可以留在北京的。"法师说："你好像是在弥补当年的遗憾。"对此，教授不置可否。

教授不会平白无故驱车四十公里去看一个跟自己毫不相关的人，他跟住持法师是大学同学，两人当年都是北大生物系的高才生，由一个导师带，师出同门。离开学校三十年了，谁也没想到会以这种方式见面，连接他们的不是滚滚红尘，而是一群鱼。

那个月，教授说不清劈了多少条鱼，根据助手蒋芸的统计，事后，他们共获得两百七十二张结构完整的鱼的头颅剖面图。那些鱼，教授没有吃，也没拿到市场上去卖。明瑞法师就地挖了一个坑，为它们修了一座鱼冢，将尸身埋在里面。为了防止猫狗前来掘食，那个坑挖得不浅，土擂得严严实实，此外，他还专门做了一场法事超度，给它们立了一块碑。教授说：

"毕竟，它们是为科学献身的。"

明瑞法师过去在北方一个大寺院出家，两年前偶然来到大悲院。大悲院是禅宗祖庭，唐代高僧惟俨禅师在此驻锡二十年，让它声名大噪，成为曹洞宗的法脉源头，只可惜民国之后，彻底衰败了。二十世纪末，有日本佛教人士漂洋过海来此参拜，推门一看，满院尽是荒草，没有几位像样的修行者，他们乘兴而来败兴而归。这件事被媒体报道出去，造成国际影响，当地政府顿感脸面无光，被迫进行了一些保护性修缮，然而，没有大德高僧的入住，香火终究不旺。两年前，当地民宗局向明瑞法师发出了礼请，他修行了二十多年，师父觉得他的佛学造诣足以独当一面，于是，他便点头来到大悲院当住持。

如今，大悲院面貌一新，偌大的竹林禅院雅致而气魄，而当初，它是那么的破败不堪。"第一次进寺，感觉好像闯入了某部古装片破败的拍摄现场。"他如此描述自己当时的心理感受。法堂是一间低矮的旧瓦房，释迦的塑像严重褪色，胳膊上掉了好几块肉，断裂的石杵和石柱陷在蒿草之中，唯一看得过眼的，只有寺前那一小片竹林。寺院的荣耀掩在那些破碎的瓦砾之下，明瑞法师到来后，一方面感到复兴寺院的艰难，另一方面，对南方生活也不适应，小寺院的修行百无聊赖。于是，便经常去后面的湖边钓鱼。不断钓上来，又不断放生，那些鱼成了每日必念的经文。有时候，他连鱼也懒得钓，直接把饵料撒到湖里，慢悠悠转两圈，然后走回寺中。他承认：

"这里真是修行的好地方啊。"

法师发现，那些鱼通人性，记忆力非常好。它们享受，并且乐于上他的钩，似乎知道即便被钓上来，最终还是会被放生的，为了贪图那一点饵料，鱼甘愿忍受针扎之痛。不仅如此，时间一久，法师发现即便不下钓竿，只要从湖边走过，鱼群也能辨别出他的身影，像认识主人的狗，在水中跟随他的脚步前行——一群体型与众不同的鲫鱼。教授口吻坚决地说：

"那是一种记忆力超群的鱼。"

　　教授兴奋得大叫，好像他不是来见故人的，而是专门为鱼而来。

　　教授在进行"鱼类记忆研究"。这项课题已经持续多年，各种深海鱼、湖鱼、喀斯特地貌幽暗洞里尚未被命名的鱼，解剖了上万条，但他总也不满意，觉得囊括的种类不够，怕出纰漏。几年来，他的足迹遍布全国，调动所有人脉，四处搜罗，法师口中的鱼，让他产生了柳暗花明的感觉。

　　它们的记忆力很好，因此才乐此不疲地咬法师的钩；也正因为如此，一旦察觉敌意和圈套，便不会再上钩。教授那天就遭遇了一条脱钩之鱼，情急之下，直接扑到水里去抓。

　　"当时，他看上去像被一条鱼给钓了。"

　　很久以后，明瑞法师谈起那天的情形时如此说。

二

　　中秋节那晚，月色清朗，法师和教授坐在庭院，有过一次深入交谈。教授坚信，自己的"鱼类记忆研究"，对鱼类进化史，乃至人类的起源有着重要意义，因为，据说人最早就是从海里爬上岸的。他说：

　　"我们的祖先很可能是一条鱼。"

　　对此，明瑞法师不以为然，觉得教授的研究没有多少意义，在他看来，大脑记忆远不如身体记忆可靠，相对脑袋中逐渐淡化的悲痛，身体上的创伤才会伴随我们的一生。"灵魂流转，寄存于六道之中，不减不灭，它们居住的身体才是独一无二的，"法师说，"这也是活着的意义所在。"为了印证自己的说法，法师特别举出一个例子，洄游鱼，一出生就知道从大海返回故乡，这到底算不算记忆？教授认为，那是种族惯性，不能算记忆，就好像人一出生就会吃奶，完全出于生存本能，绝不能说他记得上辈子吃奶的事。"不记得不代表事情没有发生，"法师反驳，"因为鱼可能会记得，它记得，但跟你我一样，没意识到这一点。"教授没再辩驳，他们一个说的是宗教，另一个说的是科学，这两样东西，有时趋向统一，有时却南辕北辙。在寺里住了那么久，两人只谈过一次。后来，明瑞法师回忆说，早知道他会变成哑巴，我就跟他多说说话。

法师跟教授的看法有异，但依然支持他的科研举动，甚至帮他杀生。

根据教授的研究，湖里的鲫鱼之所以拥有超常的记忆力，是因为它们的生活环境所致。这个湖是个完整的封闭系统，这种鲫鱼，很可能几十万年，甚至几百万年前就生活在这里，从未离开过，它们的基因未受到玷污和破坏，保持了物种的原始性，笨拙的身体也因为长时间身处静流，待在原处，没有进化，反而比别的同类智力更高，这绝对是对达尔文进化论的颠覆，一旦论证成功，将是生物科学的重要收获。

说起来，教授的这项研究很有戏剧性。那天，他难得清闲，一个人在家打开电视机，电视里在播放一档娱乐节目，其中有一个提问环节，关于鱼的记忆问题，嘉宾回答说，鱼的记忆只有七秒，答案竟然是对的。教授气疯了，打电话到节目组质问，那个编导说，听说是七秒，听说而已。听说怎么可以当成真，还通过节目扩散，误导观众。事后，教授翻阅资料想查找这个说法的出处，他发现古往今来没有任何科学家做过如此结论，它的始作俑者是诗人徐志摩，其来源是作品《阿诗玛》。如此谬误的东西竟然有人信，还广为流传，可见文人没有常识，一部坏的文学作品影响有多恶劣。谬误的时间久了，会成为真理，进而统治人们的头脑，记忆的存在只会推波助澜，成为谬误的帮凶。他本来就有些排斥文学作品，自那以后更讨厌了，那个节目开启了他的"鱼类记忆研究"。

一个人不能拥有的时候，唯一能做的是别轻易忘记。只是，很遗憾，法师说，记忆带给人的往往是痛苦。他说的是解脱之道。

那时候，他不叫明瑞，叫李春来。一米七八的北方大汉长着一张南方人的脸，意气风发，仪表堂堂，两条剑眉稳稳一横，透出挡不住的青春魅力。他是学生会里最耀眼的明星，广受女生喜爱，追求者难以计算，不过，他早心有所属，谁也没答应。而教授，也不是现在这样的小老头，他个子虽矮，人却很精神，思想活跃，口才也好，有过目不忘之功，平日不认真上课，考试回回排第一，奖学金拿得手软，同学们都喊他"小达尔文"。那时候，他们常聚在一起，谈个人理想抱负，谈国家和民族的未来，誓要在改革开放的浪潮中放手一搏，开创自己的时代。临近毕业，两人都很心仪的那位女生死于意外。平生是伤心之下去了美国留学，而李春来，直接出了家。

从那以后，世上少了一个李春来，佛门多了一位明瑞法师。法师醉心于参禅悟道，日复一日叩问生命的真谛。平生是到泥城教书，致力于教育和生物学研究。他们都在破解生命的密码，只是方向不同。三十年来，同学们有的活着，有的死去，有的一直在海外漂泊，像明瑞法师这样出家为僧的，无第二人。

大悲院只有五位僧人，另有七八个人是带发修行的居士，他们以前就是明瑞法师的信徒，法师走到哪，他们就跟随到哪，不远千里，只要有空，比方说五一、十一，或者年休假，来寺里小住一段。别看现在寺里僧人少，以前却是南方禅宗圣地，东面山坡的小树林里散布着很多矮石碑，都是唐宋以来在寺里圆寂的高僧之墓。蒋芸钓鱼用的大蚯蚓就是在那个林子底下刨来的。那一片是阔叶林，长年累月，叶子落下腐烂后，形成很厚一层肥土，蚯蚓也肥，随便扒拉几下，便像跳跳虫一样蹦了出来，泥土蓬松，它们藏得很浅。只不过，到那里刨蚯蚓，要经过一户农家，那户农家养了一条大狗，长期蹲在门口，人一靠近，便狂吠不已。那些长眠地下的大师，助手并不怕，但她怕狗，所以，隔两天就让教授陪她去一趟。

秋日黄昏，月亮出得很早，淡淡的，像带着白色花纹的石块。助手手里拿着锄头，捏了一只塑料袋，跟在教授后面，像下地干活的父女。大黄狗果不其然在他们经过的时候叫了起来，而且在他们走了很远之后，还亦步亦趋不紧不慢地跟着，直到教授做了一个下蹲的姿势，狗才吓得飞跑。它不再叫了，折身跑回家，然后，站在门口朝他们张望，它以为教授要捡石头打它。

　　到了林子，助手埋头刨蚯蚓，教授俯身查看石碑上的字。树林里光线不好，加上年代久远，那些碑文漫漶不清，大多已无法辨认，他抬头信手点了一下，数到四十三的时候，听见助手一声大叫，坐在了地上。助手刨到了一根巨型蚯蚓，其粗壮程度跟人的食指相当，那么粗的家伙从锄尖上跳起来，蹿到她手上，她没看清，以为是一条蛇。她的惊慌失措不但让自己摔了个跟头，也把教授吓得不轻，要不是有这么多高僧大德坐镇，还以为林子里出了夜游的鬼魅。教授回头去拉她，她一只手撑着锄头慢慢站起来，另一只手搭向教授，凭空一抓，抓住了一条更大的蚯蚓。教授触电一样，呆立在那，一动不动，那里在迅速膨大。助手站起来，朝教授轻松一笑，暮色的掩护下，她迅速拍了拍胸口，又拍了拍教授的裤子，那个地方沾上了一块泥迹。助手的手很柔软，她脸上的笑容跟记忆中的完全一样，真真假假，难以分辨。教授享受这种混沌。

　　几天后，他们离开寺里回学校了，教授想要的东西已经全部到手。

　　从大悲院回来，教授发现自己的记忆力骤然出现衰退。每次出门都会丢东西，剃须刀、手机或者别人送他的礼物，累计下来不知几何。后来，夫人郑兰图想了个办法，给他买了一条链子锁。她说："不管走到哪，收拾好东西后，全部装进行李箱，然后锁在什么固定的物体上。"那么大的箱子是不容易遗忘的，只要不把箱子忘了，其他东西就会安然无恙。这个办法看起来着实不错，甚至称得上万无一失，然而，没想到，第一次就出事了。

　　台北要举行一场名为"全球生态与物种大变局"的国际学术

交流会，教授是泥城大学的学术带头人，又刚刚完成一项重要研究课题，学校自然派他去，先坐高铁到广州，然后从广州直飞台北。国际性的学术交流，郑兰图怕他像平日一样大意，帮他收拾好资料后，特意将准备好的链子锁交给他，临行嘱咐，慎重非常。确实，这回他没丢东西，但很遗憾，下了火车，他发现手里提着的并不是自己的箱子，它们只是长得很像而已，都是黑色的，并且都中等大小。教授自己的行李箱，此刻依然在列车上，以每小时350公里的速度奔跑，不知道跑到了哪里。上车时，他将箱子锁在座椅腿上，等到下车，提的却是邻座的。教授意识到自己的错误时，火车早已开远了。

那个看起来很像，却并不属于自己的箱子，很容易打开。它是一个没设密码的密码箱，满满一箱全是维生素B族、深海鲑鱼胶囊、蛋白粉等直销产品，显然，这是某位直销员的货箱。他伸手翻了一下，保健品下面压着一本书，叫作《百年孤独》，那本书和它的名字一样，孤零零地淹没在大小不一的瓶罐之中。赴台学术交流自然泡了汤，他的入台通行证放在箱子里，没有通行证就算赶到机场，也登不了机。教授拖着一箱来路不明的保健品打道回府，对此，他一点不觉得遗憾，那箱保健品价格不菲。世上没有哪个科学发明是交流出来的，教授说：

"所谓学术交流，通常并不会交流出什么结果。"

回到家，他将保健品清理好交给夫人，然后躺在沙发上翻起了那本小说。以博闻强识著称的他，对这种人文类图书，从来都是一目十行，不到一个小时就翻了几十页。当他看到马孔多小镇的居民得了失忆症，还彼此传染，顿时忍不住大笑起来。这些小说家，真是胡闹，完全不符合生物学逻辑，失忆症又不是细菌感染，怎么可能传给身边的人。他是搞科研的，最看不起这种无根据、荒诞不经的事，翻了几下，再也看不下去，便随手丢在了床头。他不知道，潘多拉的魔盒就此打开。

三

耻辱性的一幕发生在第二年夏天，像被人按了快门，永久地定格在那。

闷热多雨的天气，不断从窗外涌进来的知了声，昏昏欲睡的学生们的脸庞，以及夏日午后瘀塞不堪的大脑血管，这些都不应该成为犯错的理由。那天下午成了教授漫长教学生涯中最为黑暗的一页，他竟然将鱼的大脑剖面图和青蛙的弄混了。如此简单机械的事，过去不知道重复了多少遍，是的，他从来没错过，只是记忆出了点问题——但下面的学生不这么看。讲台下那一张张错愕的脸和随之而来的满堂轰鸣，让他备感羞辱。画面就定格在那。

平生是教授是生物系的一块宝，活宝，拥有众多学术成果，同时也给大家提供各种段子。那些段子像细小的河流，流经大家的嘴唇后变得丰沛妖娆，甚至险恶起来，不过，总体而言大多是美谈。某天早上出门，教授的脖子上挂着夫人的吻痕；学校发给他的商场优惠卡，他存了两年，想起来时，那家商场已经倒闭。诸如此类，不一而足。对于这些，无论善意的调侃，或者略带讽刺的揶揄，教授一概坦然纳之，并不介意，因为它们都处在生活层面。

在教学和科研上，他从未出过差错，直到那件事的发生。

仔细想想，其实早有征兆。一个月前，也就是拿错行李箱后的不久，那天，他问夫人郑兰图，楼下电梯口怎么站了个姑娘，是谁啊，笑得那么放肆，卖弄风骚。郑兰图说，什么姑娘，中年大妈了，比我小不了几岁。教授说，没有吧，海报看着挺年轻的，他们为什么把她贴在电梯门上，还是那么低的地方，走过去她的脸刚好对着裆部，瞄着那儿看，手上还配有攻击动作，要上去掐一把似的，太难为情了。夫人说，一个卖空调的，我们家的空调就是她家的，要卖东西，肯定矮人一等。即便这么说了，教授还是觉得别扭，像有什么隐私被人窥见了。自那以后，每次坐电梯他都念叨一下那个名字，却总也想不起来，挠半天头都想不起来。等走出电梯，用钥匙开门时，他发现自己下错了楼层，插进的是别人家的锁孔，险些被当作小偷抓起来。

课堂出错似乎是个节点，自那以后，教授发现自己的脑袋越来越不好使了，很多浅显的知识都想不起来，好像有人趁他睡觉不注意时，偷偷在他脑袋上做了个开颅手术，将里面的存储取走了，用力摇晃，能清晰地感到头颅空空如也，越来越轻，很多东西在弃他而去。到底是什么呢，他问助手蒋芸，蒋芸不知如何回答。现在，好多事都要助手反复提醒他才能捋清，至于教学和科研，他已感到力不从心，在有意识逃避了，就把助手推到前台替他。好在，助手没跟外人泄露丝毫隐情，将一些事尽量保密，教授要做的任务她也主动承担起来。但同事们似乎都有所察觉。

对那些一步步远离自己、日渐淡薄的往事和各种科学数据，教授很是留恋，却又毫无办法。这是怎么回事，到底哪出了问题？

泥城大学最有学问、以脑容量著称的教授得了失忆症，这简直太荒唐了，太不可思议了。但这就是最后的医学鉴定。那些像字典一样在脑子里排列有序的数据，成了一群惊弓之鸟，一下子跑得干干净净。要是把那些数据刨去，他空壳的身体还有何价值可言？教授很难过，但他不得不接受这个结果，这样至少能挽回他三十年来所积攒的名声。

医生告诉他，他身上出现的问题大约有两种可能。一是病毒性感染，大脑中枢神经被什么东西入侵了，触电一般，那么，过去储存的内容就可能被烧坏。再就是家族病，这属于遗传学范畴，再聪明的脑袋，如果家族有这种病，后代患病的可能性会很大，教授发病的时间只不过来得早了点。

对于医生的说法教授非常惶惑，他不觉得自己会出现以上情况中的任何一种。他的身体一直很好，多年没进过医院了，每年学校组织的例行体检，除了血压稍高一点，其他再无别的不正常。但他又清醒地知道，医生下的结论是有科学依据的，否则，没办法解释自己身上出现的情况。毕生奉行唯物主义，标榜科学至上的教授，突然想起了什么。是的，那本小说以及小说里被失忆症日夜折磨的马孔多居民。他拿起小说，擦干净表面的蒙尘，发泄似的用力击打了一下，扔到走廊对面的杂物间里。然而，为时已晚，失忆如同一项被启动的程序，根本停不下来。他终于开始相信发生在马孔多镇上的事，失忆不但能在人群中传播，还能通过书页抵达它的读者。过去的记忆不断淡化，变得模糊不清，唯有那本书的内容过目不忘，随便翻到哪一页都能顺畅地背下去——他完全记不清，自己什么时候已经将那本书读完。忍无可忍，教授拿出打火机，在走廊上将书点燃。即便这样，依然无济于事，书中的故事和人物在脑海深处无限繁殖，飞速膨胀，挤占着他的脑容量，往昔岁月成了末路英雄，被压缩在狭窄的空间里，喘不过气来。他沮丧地坐在客厅里，喃喃自语：

"我这是在跟自己诀别啊。"

无奈之下，教授向出家的老同学明瑞法师求助，法师跟他说：

"记忆并没有离开你，很可能是你不需要它们了。"

得知儿子的情况，年过八旬的母亲前来安慰。这些年母亲一直跟弟弟住在乡下老家，听说儿子出了事，才进城看看。教授记得，母亲曾告诉过他关于父亲的事，当时，她说父亲是在多年前的一次批斗中意外死去的。可现在，母亲却说，事实并非如此，他是在某日清晨出门买菜时走失的，他忘了回家的路。

"我撒了谎。"母亲大人对他说。

老家是一个很小的县城，总共就十字交叉的两条街，怎么可能走失呢，一定是犯了失忆症。平生是的祖父是严重的老年痴呆症患者，从六十岁到九十岁，糊里糊涂过了三十年，像一具活尸。只可惜，当时平生是还小，没注意到这一点。父亲走失是在1974年，那年他五十六岁，刚好是平生是现在的年龄。

母亲如此说，是为了让儿子免于恐慌。她没想到，事情适得其反，学校很快知道了教授的情况。为了他和学校的双重荣誉，校方经过研究决定，让教授提前退休。夫人郑兰图也从学工部提前退了，以便更好地照顾他的生活起居。

想来教授的一生还算完满。夫妻两人恩爱非常，多次被评为市里的书香之家。也可能是太恩爱了，俩人的性格、脾气相互传染，渐趋一致，都说两个人更像是兄妹。他们一直在同一所学校教书，没挪过窝，彼此肝胆相照，知根知底。他们每年暑假都出门旅游，被同事们所羡慕，如今，大半个地球都留下了他们的脚印。儿子在日本早稻田大学留学，毕业在即，他的提前退休除了年龄上有点不甘，没有别的可遗憾的。

教授决定整理自己的私物，他担心有一天彻底失忆，自己的一生会成为空白。抛开所供养的肉体，生命的本质是记忆在替我们活，一件东西如果不记下来，就等于从未发生，这也是史书的意义所在，教授如是想。对于群体，它们的后代不必事事亲历，最重要的记忆通过基因足以传递，但对个体而言，一切只能靠自己的脑袋，这是几十年的生物学研究告诉他的。

当他着手处理屋子里的东西，才发现自己的一生远比想象的丰富，或者说庞杂。这么多年都去过哪里，哪一年发生了什么事，到何处领了什么奖，一共出了多少本学术著作，论文发表的时间顺序是怎样的。一一整理妥当，差不多花了一个礼拜。

"没想到我的一生已经如此漫长。"教授说。

他独坐书房，内心空洞无比，难受极了。他总觉得缺了什么，有什么事没做完，到处找，拼命想，却怎么也想不起来。教授的记性越来越差了，每天的事要用纸条写下来贴在房门上，即便如此，还得夫人在旁提醒，否则必有遗漏。

最糟糕的情况出现了。

那天早上，教授起来后，和夫人对视了五六分钟才认出对方。第二天，时间更长，花了差不多十分钟。到第三天，一刻钟过后，他才确定眼前这个人是自己的另一半。终有一天，教授从睡梦中醒来，对身边的妻子发出了终极质问：

"你是谁？从哪来的？怎么住在我家？"

教授没想到郑兰图也会被自己感染，开始出现失忆症状。他们的生活处境跟《百年孤独》中的马孔多小镇别无二致，那本被烧成灰烬的书还在对他们产生作用。难道这就是文学的伟大之处？搞了一辈子科学研究，抵不过一本捡来的小说？

过去，教授沉迷于工作，对生活琐事漠不关心，口头禅是"记不清了"，因为，他压根没去记过。患病后，很多日常句子从他嘴里纷纷逃逸，只有那句话他一直拥有它，他们的友谊牢不可破，如同患难与共的兄弟。

两个人坐在一起，回忆彼此的往昔，遗漏的地方由对方补充。

郑兰图问："还记得我的四十九岁生日吗？"教授说："去大

314

悲院吃斋饭了吧？"郑兰图说："不是。""那就是待在家哪都没去？"她说："也不是，那个生日是我自己过的。"教授问："那么，我呢？"夫人说："你那天出差开会去了。"教授说："哦，我记不清了。"夫人说："就知道你会这么说。"教授又说："哦。"夫人说："但你并没去开会，而是跟系里的同事以出差的名义旅游去了。"教授笑着问："跟赵峰还是李明月？"郑兰图说："不，是蒋芸。""蒋芸是谁？"教授吃惊地问。夫人告诉他："你们系的女同事啊，当年是你把她招进系里的，北京大学的高才生。"教授又说："记不清了。"就在这时，郑兰图不知从哪拿出了几张照片，是他和蒋芸的，当然还有系里其他老师。有张照片他和蒋芸站得很近，目光柔和地看着对方。郑兰图把那张照片翻过来，后面有淡去的数码日期，正是她四十九岁生日的那天。教授拿着那张照片，想了半天也想不起那人究竟是谁，也想不起那是个什么日子，他和那个女人站在什么地方。他定定地望着照片说："可能是哪个毕业了的学生吧。"

郑兰图将照片撕碎，点火烧了，屋子里冒了一阵浓烟，教授呛得直咳嗽。他们很少过问对方的事，一直以来都很尊重对方的隐私，这也是他们这么多年能恩爱如初的原因。

四

八月的一天，教授夫妇手挽手上了一趟街。

刚走到街上两个人就后悔了。泥城在举办一场声势浩大的商业活动，到处人山人海，脚往哪搁都不知道。据说，活动当天除了房子，全城什么东西都打折，两个人站在汹涌的人流前不知所措。后来，不知从哪蹿出来个身体强壮的小伙子，没头没脑地乱撞，还用力沉肩，把他们撞成了原地旋转的陀螺。等彼此反应过来，两个人已经在人群中失去了对方。

对于失散，教授并不慌张，自从发现自己患上了失忆症，他经历过各种尴尬局面，他担心的是夫人，刚进入失忆状态的她还没来得及适应自己的角色。教授穿过人流，挤到路边站定了。他掏出裤兜中事先准备好的纸条，那上面有自己的住址。问了几个人，居然没人晓得那个地方，就连出租车司机都摇头，他们上个月搬家了，那是一个新建的小区，小区环境很好，但有些偏僻。再问的时候，有个人表示自己知道，可他指的路绕来绕去，根本没办法记清。就在这时，他看见一个身穿青布碎花外衣的女人像他一样在焦急地问路，那个女人看起来有些面熟，一定是在哪里见过的。教授不由自主走过去问："天鹅湖小区怎么走？""天鹅湖小区？我也去那啊。""那我们同路啊。"教授很庆幸地摸了摸自己的额头。

他们遇到了一个心地善良的的士司机。在司机的护送下，两个人很快到了天鹅湖小区，他们发现双方居然住在同一个单元，等到拿出钥匙开门的时候，又发现还住在同一个门牌号。女人感觉不对劲了，警惕地问："你也住在这？"教授说："这里是不是一栋二单元五号？"女人点点头。教授说："那就是我家。"女人说："怎么可能，你肯定是个强盗，大坏人。"年纪已经不小的女人身手很是矫健，她突然用钥匙打开门，转身将教授关在了外面。但她没想到，没过多久，教授也把门打开了，大大咧咧走进去，坐在客厅中央。女人吓了一跳，冲进厨房，手握菜刀对着教授，同时用另一只手打电话报警。教授很想阻止她，却无能为力，他是一个文弱书生，而那个女人，虽然长得漂亮，看起来绝不是省油的灯。

教授说："一个人可能走错门，但绝不会拿错钥匙。"

女人反驳："一个人可能拿错钥匙，但绝不会走错门。"

他们对峙了很久。

警察总算来了，一老一少一共两位，年轻的是个小伙子，身材魁梧。他们进门就将教授摁在沙发上。年长的问："老实交代，你是谁，从哪来的？"教授挣扎着想了半天说："我就住这啊。"女人当即反驳："不，他不住这，不知道从哪逃出来的窃贼，跟了一路，可把老娘吓坏了。"两位警察见他身体瘦弱，目光茫然，不像是什么犯罪分子，就把他的双手放了。教授伸手去摸口袋，那张写有家庭住址的纸条已不知所踪，他抬起头，欲哭无泪地看着那个女人和盘问他的警察。年轻的说："看来是个走错门的老年痴呆。"年长的说："我看也是，有病就在家好好待着，现在的年轻人也是，不知道是怎么给人当子女的。"年长的警察说："你是不是跟家人走丢了，仔细想想。"年轻的警察说："好好想想，想想你的家，想想生命中最重要的那个人。"

平生是教授呆坐良久，终于记起一个地址，把它告诉了警察。警察很有责任心，开着车将教授准确送到了他提供的地址。教授伸手敲门，屋里很快出来一个穿旗袍的中年少妇，她看了教授一眼，上去一把将他搂住。两位警察对视一眼，算是放了心。临走时，年长的警察提醒说："以后出门要一起啊，千万别再走错小区了。"

第二天，泥城电视台的社会新闻栏目播放了一则奇怪的新闻，著名教授平生是失踪了，妻子找不到他，跑来求助，报社也刊登了寻人启事。

<h2 style="text-align:center">五</h2>

十五天后，人们在大悲院发现了教授，那时他已经剃度成了一名和尚，而且，谁也不认识了。他好像完全失忆，妻子郑兰图站在跟前大声喊叫，他不为所动，没听见一样。助手蒋芸去的时候，他也只皱了一下眉，嘴里一直念着不知道什么经。儿子听到消息，从日本匆忙赶回，那时候，他已经闭关，谁都不愿意见。儿子叩门三日，教授背过身去，面壁而坐，像一具圆寂的肉身菩萨。

到如今，平生是教授已出家半年，仍一言不发。

图书在版编目（CIP）数据

逃脱术 / 秦羽墨著. —— 成都 : 四川文艺出版社,
2022.12

ISBN 978-7-5411-6463-7

Ⅰ.①逃… Ⅱ.①秦… Ⅲ.①中篇小说—小说集—中
国—当代②短篇小说—小说集—中国—当代 Ⅳ.①I247.7

中国版本图书馆CIP数据核字（2022）第208444号

TAOTUO SHU

逃脱术

秦羽墨　著

出 品 人　张庆宁
责任编辑　程　川　蔡　曦
封面设计　叶　茂
内文设计　史小燕
责任校对　蓝　海
责任印制　崔　娜

出版发行　四川文艺出版社（成都市锦江区三色路238号）
网　　址　www.scwys.com
电　　话　028-86361802（发行部）　028-86361781（编辑部）

邮购地址　成都市锦江区三色路238号四川文艺出版社邮购部　610023
排　　版　四川胜翔数码印务设计有限公司
印　　刷　四川机投印务有限公司
成品尺寸　145mm×208mm　　开　本　32 开
印　　张　10.25　　　　　　　字　数　210 千
版　　次　2022 年 12 月第一版　印　次　2022 年 12 月第一次印刷
书　　号　ISBN 978-7-5411-6463-7
定　　价　48.00 元